IL PESCI PRENDE ALL'AMO
IL TORO

Segni d'Amore #4

ANYTA SUNDAY

Traduzione di
ELORIEE

Prima pubblicazione nel 2018 di Anyta Sunday,
Casella di posta: Bürogemeinschaft ATP24, Am Treptower Park 24, 12435
Berlin, Germany

Una pubblicazione di Anyta Sunday
http://www.anytasunday.com

ISBN 978-3-947909-16-2

Copertina: Natasha Snow
Grafica Pesci e Toro: Maria Gandolfo (Renflowergrapx)

Content Editor: Olivia Ventura del Hot Tree Editing
Line Editor: HJ's Editing
Proof Editor: Labyrinth Bound Edits

Traduzione italiana di Eloriee
@Triskell Translation Service

Avvertimenti: Questo libro contiene scene di sesso esplicito e un protagonista
che porta il concetto di *bromance* a tutto un altro livello.

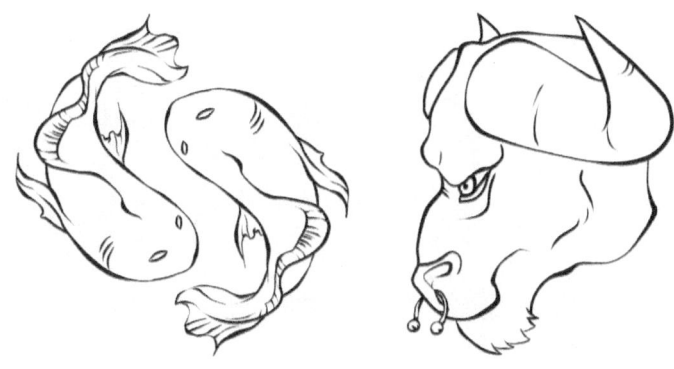

Per Julien e Ryan.
Siete una bellissima coppia.

Siamo tutti folli in amore.
Jane Austen

Capitolo Uno

C'erano tre cose che eccitavano Zane Penn: la sua arte, le noci pecan e le storie d'amore.

Procedeva a gran falcate per le strade di periferia con un tappeto di finta pelle d'orso sulla schiena, la testa terrificante accoccolata sulla spalla. Il retro della sua maglietta era madido di sudore: era stata una scomoda camminata di sedici isolati dal negozio dell'usato.

O, in termini più ottimistici: la palestra perfetta per un Principe Azzurro.

Il sole del tardo pomeriggio lo accecava. Con una smorfia, sistemò la testa dell'orso sopra la propria, riparandosi sotto il lungo muso di plastica rivestito in poliestere. Si curvò per evitare che il pesante tappeto scivolasse giù.

Uno skater con la maglietta larga ridacchiò nel passargli accanto. «Mancano sei mesi a Halloween, amico.»

Vero, ma Zane quella sera aveva un appuntamento.

Non doveva far altro che proporre a VoceSinuosa di incontrarsi di persona.

Non si erano ancora confidati i loro veri nomi, però chattavano già da due giorni. Le loro conversazioni erano piacevoli, con un piccolo contorno d'indispensabile sfacciataggine.

Quella mattina, Zane si era svegliato con le farfalle nello stomaco. Era a un passo dal Sacro Graal delle relazioni: l'amore a prima vista. Se lo sentiva.

La testa dell'orso cadde giù e la luce del sole scaldò il suo sorriso.

Ci scommetteva: entro la fine del mese sarebbe stato felicemente sposato, a fare l'amore in un groviglio di lenzuola lavate di fresco, il suo corpo solido che tormentava intimamente quello di lei in una spirale di eccitazione crescente.

Sarebbe stato *perfetto*.

E sarebbe successo prima che gli scadesse il visto.

Sganciò la catenella del cancello e percorse il vialetto che conduceva a un bungalow in mattoni. Aveva trascorso quasi due anni in viaggio per Europa, Canada e Stati Uniti, e da tre settimane si era fermato a Redwood, una delle città più pittoresche che avesse visitato. I ragazzi con cui condivideva la casa si erano rivelati ben poco accoglienti. Oh, pazienza. Non si poteva avere tutto.

Al suo ingresso una nuvola di fumo alla marjuana gli colpì le narici. Rex, uno dei coinquilini, era stravaccato sul divano logoro. Seguì Zane con lo sguardo.

«Che diavolo…» La canna gli cadde di bocca e finì per terra. Lui la raccolse. «Lo sai che giorno è?»

«Sabato.»

«Jane rientrerà dal Minnesota da un minuto all'altro. Per cui, sai…» Rex aspirò una boccata e aggrottò le sopracciglia mentre Zane si scrollava di dosso il tappeto d'orso. Si accigliò ancora di più nel notare i suoi sandali di gomma. «Sandali? È primavera. Non hai i piedi freddi?»

Disse il tizio nudo come un verme avvolto dal fumo.

Zane indietreggiò verso la sua camera con una scrollata di

spalle. «Puoi togliere un *Kiwi* dalla Nuova Zelanda, ma non puoi togliere la Nuova Zelanda da un *Kiwi*.»

Sbatté la porta in faccia a una nuvola di fumo in avvicinamento, lanciò l'orso sul letto e ci si buttò accanto. Ne fissò gli occhietti luccicanti e afferrò il cellulare. «Lei è online, che ne dici?»

Iniziò a digitare e giocherellò entusiasta con le larghe fauci snudate.

«*Hai detto che speravi che non fossi troppo orso. Ti va di uscire stasera, così posso dimostrartelo?* Il mio messaggio suona bene, vero?» Più tardi, si sarebbe presentato all'appuntamento avvolto nel tappeto, lei avrebbe riso e cinquant'anni dopo avrebbero raccontato il loro Magico Incontro ai pronipoti.

Il suo telefono vibrò e lui si affrettò a leggere.

VoceSinuosa: Sì, ma mi piace NSA.

Si era fatto in quattro per procurarsi l'orso, però okay, potevano anche guardare le stelle.

PrincipeAll'Estero: Lo spazio è una figata. Uno dei miei fratelli studia astronomia.

VoceSinuosa: Che cazz... NSA, non NASA.

Zane sbatté le palpebre e, con un gemito, si picchiettò il bordo del cellulare sulla fronte. Rivolse un mezzo sorriso all'orso e riprese a digitare.

PrincipeAll'Estero: LOL. Sono un idiota. :P Quindi, NSA... vuoi diventare una spia o qualcosa del genere?

VoceSinuosa: Che università hai detto di aver frequentato?

PrincipeAll'Estero: Non l'ho detto. Non, ehm, non sono andato all'università.

VoceSinuosa: Per tua informazione: NSA = No String Attached. Significa senza impegno. Niente legami.

Senza impegno. Oh. Certo.

Zane fulminò con lo sguardo il soffitto, la sua risata spenta che riecheggiava nella stanza spoglia.

PrincipeAll'Estero: A me piacciono i legami. Belli stretti.

Il suo sogno? Essere impigliato in un groviglio di spaghetti alla bolognese e polpette, naso contro naso con qualcuno.

Ancora nessuna risposta.

Si alzò dal letto e si accasciò sulla sedia scricchiolante davanti al tavolino che aveva adibito a scrivania. Indossò gli auricolari e sparò a palla *Please, Please, Please Let Me Get What I Want* degli Smiths.

Caricato dalla musica, inviò un altro messaggio.

PrincipeAll'Estero: Ci vediamo stasera?

In passato aveva già fallito nella fase Magico Incontro della relazione. Più e più volte. Quasi tutte, a essere onesti, anche se in genere non *prima* dell'incontro.

PrincipeAll'Estero: Ci sei?

Gli pizzicava la cute dall'imbarazzo. Non avrebbe dovuto mandare quell'ultimo messaggio. Andava oltre il limite dell'idiozia.

Con un sospiro, gettò il telefono accanto alla sua adorata tavoletta grafica, scelse un pennino e scorse i pannelli che gli avevano commissionato per *Scarlet Sentinel contro Fire Falcon*. Doveva consegnare le illustrazioni all'autore entro sera. Ci aveva sputato sangue per l'intera settimana, lavorandoci ogni giorno ben oltre la mezzanotte. Erano finite. Perché non riusciva a convincersi a inviarle?

Aveva seguito le istruzioni di Rocco alla lettera, eppure... la vignetta che occupava metà della penultima pagina non comunicava abbastanza emozione. Se Fire Falcon fosse stato mezzo celato tra le ombre con un sorriso beffardo, sarebbe trasparso un significato più profondo. Rocco non gliel'aveva chiesto, ma...

Non c'era niente di male a disegnarne una seconda versione, giusto? Se a Rocco non fosse piaciuta, gli avrebbe consegnato la prima.

Inoltre, iniziare un nuovo schizzo lo avrebbe distratto dal fiasco con VoceSinuosa e dai cento dollari che aveva scialacquato su un tappeto di finta pelle d'orso.

Si tamburellò il pennino sul mento a tempo di musica. Pazienza. Avrebbe trovato il vero amore, ne era straconvinto.

Non lo si poteva certo accusare di non vedere il bicchiere mezzo pieno.

Qualcuno bussò con ferocia alla porta e Jane, un'altra coinquilina, fece irruzione accompagnata da una folata d'aria alla marjuana. Esaminò la stanza con un cipiglio sempre più pronunciato.

Zane si sfilò gli auricolari, che gli ricaddero attorno al collo.

«Lo sai che giorno è?»

«Buffo, sei la seconda persona che me lo chiede.»

«Avresti dovuto già essere fuori di qui. Ti ho avvisato che arriva mia sorella. Mi serve la stanza.»

L'aveva nominata, in effetti, ma Zane non aveva capito che

doveva andarsene. Aveva frainteso? Non sarebbe stata una novità.

Jane gli rivolse un'occhiata esasperata. Un'occhiata che lui conosceva bene.

A essere un sognatore, si rischiava di provocare quell'espressione accigliata almeno una volta a settimana. Al giorno. Okay, ogni *paio d'ore*.

Zane riunì tavoletta grafica, cellulare e pennino. «A tua sorella serve la stanza. Già, certo. Ho chiamato un Uber. Dovrebbe arrivare da un momento all'altro.»

«Devo cambiare le lenzuola.»

Lui doveva chiamare un Uber.

«Hai dieci minuti,» gli intimò lei, e girò sui tacchi.

Zane mise via la vignetta non conclusa. Infilò felpe, jeans e calzini spaiati in uno scatolone impolverato e sistemò fumetti, dispositivi elettronici e la sua scorta segreta di noci pecan nella valigia.

Guardò l'orso con aria torva. «Mi spaventi a morte, ma non sopporto l'idea di lasciarti qui con loro.»

Pressò il tappeto in cima ai vestiti, la testa che penzolava oltre il lembo di cartone. Sollevò lo scatolone e, trascinandosi dietro la valigia, salutò in fretta e furia i suoi coinquilini e uscì nel crepuscolo.

Sotto un lampione, posò a terra i suoi averi e alzò la cerniera della felpa per proteggersi dalla brezza pungente di maggio.

L'auto, una Subaru gialla, sarebbe arrivata entro dieci minuti.

Zane si fissò le dita dei piedi che perdevano rapidamente sensibilità. Faceva un po' più freddo rispetto a due ore prima.

Frugò tra i vestiti alla ricerca delle scarpe da ginnastica. Che fortuna! Trovò subito un paio di calzini corti in lana d'Angora e li indossò sotto i sandali.

Pronto per scalare l'Himalaya, cominciò a cercare un albergo.

Ne chiamò uno che sembrava promettente e fu accolto da una mezza risata. «Lo sai che giorno è, vero?»

Era stufo di sentirselo chiedere.

Il concierge proseguì: «È il giorno prima della maratona annuale di Redwood. Questo fine settimana è tutto esaurito. Non solo nel nostro albergo, ovunque, anche negli ostelli e negli appartamenti su Airbnb. Amico, stanotte dovrai dormire sotto un ponte.»

«Di sicuro ci sarà un divano a disposizione, da qualche parte.»

L'uomo rise e riagganciò.

Meglio fare un secondo tentativo.

E un terzo.

Un quarto?

Merda. Nessuno gli offrì neppure una vasca da bagno.

Si strofinò il cellulare sulla fronte e cominciò a ridere. Com'è che si ritrovava sempre incastrato in situazioni del genere? Per la frustrazione, stava quasi per mettersi a scorrere Tinder e rimorchiare qualcuno NSA.

Gemette e chiamò suo fratello maggiore, Jacob.

Lui gli rispose: «Scusa, Zane. Ho una certa fretta. Che succede?»

Zane appoggiò il sedere sul bordo dello scatolone. «Mi serve un posto per dormire per un paio di notti. Posso venire in autobus alla tua fattoria? O magari conosci qualcuno in città che può ospitarmi?»

«Okay, mmm… è un po' difficile… mmm…»

«Stai bene?» gli chiese Zane.

«A- ha, sì, no. Cioè, Anne ha le contrazioni e io sono fuori di me e del tutto inutile.»

«Oh, oh! Le contrazioni. Quindi la bimba sta… Già, sei un

tantino impegnato, allora. Non preoccuparti per me. Mi inventerò qualcosa.»

«Ti serve un posto in cui stare, mi farò venire in mente…»

In sottofondo si udì la voce esausta di Anne. «Da mio fratello, ovviamente. No, aspetta, aveva delle perdite e sta dormendo dal suo ragazzo. Cazzo!»

«Resisti, tesoro,» la incoraggiò Jacob. «Stiamo andando all'ospedale.»

Anne rantolò qualcosa riguardo alle stelle e a un "compleanno". Jacob doveva averla presa in braccio, perché la sua voce divenne più chiara. «Becky vive vicino all'università. Manda lì Zane.»

«Prof. Fisher?» Jacob sembrava dubbioso. «Siete di nuovo in buoni rapporti?»

«È acqua passat… porca puttana.»

Suonava promettente.

Jacob gli parlò in fretta. «Ti invio il numero di Becky via messaggio. Devo portare mia moglie da un medico. La bambina non doveva arrivare prima di due settimane. Merda, sto per diventare padre.»

Zane stava per diventare zio! «Vi penserò. Chiamami non appena la piccola sarà tra le tue braccia.»

Jacob rise, imprecò e chiuse la chiamata. Zane sorrise come un ebete. Zio! E Jacob padre. Pazzesco.

Il cartone sotto il suo sedere cedette e lo spedì a gambe per aria. Il pelo di poliestere attutì la sua caduta e la testa dell'orso dondolò insieme al lembo dello scatolone come se stesse ridendo.

L'autista dell'Uber lo trovò così, affondato nella pancia della bestia.

Zane si rialzò a fatica, si presentò e caricò in fretta i bagagli sul sedile posteriore. Mentre si sistemava nel posto del passeggero, il suo telefono vibrò all'arrivo del numero di Becky.

L'autista si aggiustò il cappellino da baseball a mo' di saluto. «Non ho capito bene dove è diretto.»

Nemmeno lui. Nell'immediato, non nella vita. Nella vita, Zane era sicuro al cento percento che si sarebbe accasato e sposato. Nei fine settimana sarebbe andato a trovare Jacob e la nipotina in arrivo e sarebbe stato il miglior zio del mondo.

L'autista si schiarì la gola.

«Non ho un indirizzo preciso,» gli spiegò Zane. «Può dirigersi verso la Treble?»

L'uomo annuì. «Ha dieci minuti per scoprire il nome della via e il numero civico, altrimenti la lascerò al campus.»

Zane copiò il numero di Becky e le scrisse.

Zane: Ciao, Becky.

Gli scivolò il dito e inviò per errore il messaggio.

Becky rispose prima che avesse il tempo di spiegare.

Becky: Scusa, con chi parlo?

Zane: L'ho mandato troppo in fretta. Sono Zane. Anne mi ha dato il tuo numero. Mi dispiace disturbarti, ma mi chiedevo se ospiteresti un ragazzo sfortunato per un paio di notti. È una storia lunga. Stupida maratona. Sono alquanto disperato.

Becky: Non è mia abitudine lasciar dormire degli sconosciuti a casa mia.

Zane: Un tizio mai visto nel tuo rifugio. Lo capisco. Ma magari riesco a convincerti?

L'attesa di tre minuti lo fece sudare freddo.

Becky: Dai, allora, forzami la mano.

Zane: Vado pazzo per le storie d'amore e i fumetti e adoro mangiare i bambini e i gatti.

Becky: Che razza di mostro sei?

Gli ci volle un attimo per notare la svista.

Zane: Un mostro della puntellatura!

Becky: Punteggiatura?

Zane: Quei segnetti che si usano per le pause?

Becky: Ho appena sputacchiato il vino. Tu non mi conosci, ma non mi succede _mai_.

Zane: Stavi ridendo? È un buon segno. Allora posso stare da te? Puoi chiudermi a chiave in una stanza fino al mattino, se serve a tranquillizzarti.

Becky: Così diventerei io il mostro.

Zane: Sono un tipo a posto, giuro. Un po' sfacciato. Un gran sognatore. Un ancor più grande idiota.

Trascorse un altro paio di minuti. L'auto si stava avvicinando alla Treble.

Gli arrivò un nuovo messaggio. Non era Becky, era una donna con cui aveva chattato su LoveBugsDating.

Bella-e-Focosa: Ci siamo scritti qualche settimana fa. Ottima connessione, pessimo tempismo? Il ragazzo

che stavo frequentando si è rivelato un fallimento. Ti va di incontrarci?

Zane le rispose in fretta, suggerendole di andare a bere qualcosa la sera successiva.

L'autista si schiarì la voce. «Non ha idea di dove sta andando, vero?»

Zane tamburellò sul cellulare, pregando che arrivasse un messaggio.

Ding!

Becky: Sto dando una festicciola stasera. Perché non fai un salto e mi convinci di persona?

Zane sorrise all'autista. «Sto andando da Becky.»

Gli fornì l'indirizzo, che l'uomo inserì sul navigatore. Era a due strade di distanza. Tempo di arrivo stimato: un minuto.

Zane lo pagò e aggiunse una lauta mancia.

Zane: Arrivo tra poco, Becky.

Becky: Solo pochi, pochissimi amici intimi mi chiamano così.

Zane: Scusa, Rebecca. Quanto sono stato impertinente!

~

ALTRETTANTO IMPERTINENTE FU TRASPORTARE I SUOI AVERI verso la metà di Rebecca della villetta bifamiliare.

Zane strinse il suo scatolone, serrò la presa sul manico della valigia e percorse il vialetto in mattoni.

Nella veranda dell'altra metà della villetta, una signora

anziana era seduta su un divano a dondolo e lo osservava da sopra una bassa staccionata.

Zane tamburellò le dita sul cartone in un saluto impacciato.

«Ti stai trasferendo?» domandò lei con voce rauca, la mano che fletteva sul bastone da passeggio.

«Se riesco a convincere Becky.» Rebecca, dannazione. Meglio ricordarselo! «Sono nervoso.»

La donna assottigliò lo sguardo e puntò il bastone verso di lui con un gridolino estasiato. «Sei un bel pescetto.»

Zane si fermò. Puzzava di pesce? O intendeva dire che era un bel bocconcino... nel senso di un bel ragazzo?

Chinò il mento per odorarsi. Niente puzza, solo la nota silvestre del deodorante che aveva usato quella mattina.

«Hai un'aura aquatica,» aggiunse lei. «Sei amichevole, eh? Hai le emozioni stampate in fronte.» Lo scrutò da capo a piedi. «Fortunato chi ti prende all'amo.»

Zane mise giù le sue cose, infilò la testa dell'orso nello scatolone e le rivolse un sorriso caloroso. «Amo? Sta cercando di pescarmi?»

«Darla. Ma *tu* puoi chiamarmi tesoro.»

Zane ridacchiò e suonò il campanello metallico. «Augurami buona fortuna, tesoro.»

«Sembra che l'abbiano disattivato per la festa,» commentò lei. «Dimmi il tuo nome e sali pure.»

La porta si spalancò e tre donne ben vestite uscirono all'esterno. «Thomas Pynchon? Ho letto una delle sue opere. *L'arcobaleno della gravità* è... be', prendilo dalla mia libreria e scoprilo da sola.»

Zane si premette contro la staccionata fredda per lasciarle passare. Picchiettò i palmi sulle punte arrotondate e sorrise a Darla. «Sono Zane,» le disse sopra il chiacchierio in allontanamento. «Spero che avrai bisogno di ricordarlo.»

«Lo marchierò a fuoco nella memoria, Zane.» Darla lo

studiò quasi fosse una vignetta a tutta pagina. «Sì. Sei esattamente ciò di cui un toro spezzato ha bisogno.»

Un toro spezzato? Di che parlava quella vecchina dolce e stramba?

«Ama la letteratura,» continuò lei, tra un colpo di tosse e l'altro. «Vuoi un consiglio? Parla di libri. Parla di Dostoevskij e *Toy Story*.»

Dosto-vattelapesca o *Toy Story*. Non aveva idea che *Toy Story* fosse tratto da un libro. Fortuna che aveva visto il film. «Grazie della dritta. Terresti d'occhio le mie cose?»

«Certo,» gli assicurò lei. Zane superò la soglia e la voce della donna lo seguì all'interno. «Se qualcuno prova a rubarle, rispolvererò il Krav Maga.»

Chi mai amò se non a prima vista?
Shakespeare

Capitolo Due

Zane seguì il brusio intellettualoide della musica classica fino al salotto. La casa di Rebecca lo accolse con le sue pareti color prugna e la sua morbida moquette, i dipinti incorniciati di cavalli al galoppo e gli scaffali stracolmi di libri. Gli invitati chiacchieravano tra loro, biascicando parole che Zane non sarebbe riuscito a pronunciare nemmeno da sobrio. Rimase fermo sulla soglia, in silenzio. Ogni boccata d'aria sapeva di biblioteca. Il ghiaccio tintinnava nei bicchieri, inframezzando la discussione fervente, e lui si augurò che l'odore fruttato del vino coprisse quello del suo sudore nervoso.

Esaminò la stanza alla ricerca di una papabile Rebecca. Attorno all'isola della cucina c'erano tre elegantoni in giacca e cravatta, con in mano dei bicchierini di whisky. Due donne più giovani conversavano sedute sul davanzale di una finestra, nessuna delle due abbastanza grande da essere la professoressa.

Restava la donna di mezza età in piedi davanti al caminetto in pietra, accanto a una poltrona fin troppo imbottita. Aveva tracce di grigio tra i capelli mossi e una sciarpa di seta verde annodata al collo. Rebecca.

Parlava con un uomo dai capelli scuri spaparanzato sui

cuscini. Con una gamba che pendeva oltre il bracciolo della poltrona, osservava la luce che giocava sul suo bicchiere di vino. Mormorando qualcosa, lo sollevò in un brindisi.

Rebecca bevve un sorso dal proprio.

Zane raddrizzò le spalle e fece per dirigersi verso di loro, ma inciampò. Riacquistò l'equilibrio e incrociò lo sguardo di Rebecca. Niente a cui non si potesse rimediare con un sorriso.

Lei lo ricambiò un po' titubante e abbassò gli occhi sul suo molto più giovane... ragazzo? Amante? Musa?

Il ragazzo-amante-musa si irrigidì e spostò lo sguardo penetrante su di lui.

Zane aveva quell'effetto sulla gente. Un mix fortunato di geni gli aveva fornito un'altezza notevole e un fisico stazzato... ma lo faceva anche sembrare molto più intimidatorio di quanto fosse in realtà.

Si augurava che il suo sorriso con le fossette li avrebbe messi a loro agio.

Con più naturalezza possibile, strizzò l'occhio a Rebecca e passò subito a forzarle la mano. «Sono Zane. Allora, *Toy Story*. Roba piuttosto fantasiosa, eh?»

Lei, il bicchiere premuto contro il vestito di lana all'altezza del seno, annuì educatamente. «Ah, sì, mi è piaciuto.»

«Ho adorato l'amicizia tra Woody e Buzz. Ottima caratterizzazione dei personaggi.»

Il ragazzo-amante-musa tossì, la bocca nascosta dietro un pugno, gli occhi che brillavano. Mise giù la gamba dal bracciolo e si raddrizzò, concentrandosi su Zane, che sentì una scossa elettrica pulsargli giù lungo un fianco.

Forse il ragazzo-amante-musa aveva frainteso? Credeva che Zane stesse flirtando con Rebecca?

Fece un passo indietro e gli rivolse un sorriso disinvolto. *Tutto okay, qui. Non c'è niente di cui preoccuparsi.*

Non che avrebbe potuto mai competere con lui.

Non contro quegli zigomi alti e quello sguardo intenso.

Non contro l'aria intelligente che lo fasciava bene quanto la giacca con i bottoni di ottone.

«Bell'amicizia, sì,» replicò Rebecca, con il tono di chi voleva concludere la conversazione e riprendere a sussurrare dolci frasette colte al suo uomo.

Un'ondata di panico serrò la gola di Zane. I suoi bagagli aspettavano sul portico. Solo *una* conversazione sulla letteratura lo separava dal guadagnarsi un divano per un paio di notti. Poteva farcela.

Doveva farcela.

«Quanto effetto credi che abbia avuto *Toy Story* sulla letteratura moderna?»

L'attenzione di Rebecca tornò su di lui. «Prego?»

Zane ripeté la domanda, distratto dal ragazzo-amante-musa che si stava alzando. I loro sguardi si incrociarono, il che gli scatenò un pizzicore inquieto allo stomaco.

Il ragazzo-amante-musa si fermò, i riflessi ramati nelle ciocche scure che brillavano sotto la luce del lampadario di vetro. Molto più giovane di Rebecca, aveva quella perfezione armoniosa che Zane aveva sempre ammirato nei modelli. Sopracciglia scure incorniciavano occhi azzurro mare che parevano tremendamente tristi, a dispetto dell'aria composta dell'uomo.

Si girò, spezzando il contatto. Con passi aggraziati raggiunse la mensola del caminetto, alzò una bottiglia di vino aperta e se ne versò un bicchiere abbondante.

«Stai parlando di Tolstoj?»

Zane riportò subito lo sguardo su Rebecca. «Come, scusa?»

«Non c'è ragione di scusarsi. Anzi, se vuoi scusare me, avrei bisogno del bagno.» Lo superò con un rapido sorriso al suo ragazzo-amante-musa.

Magari la chiave per il cuore di Rebecca era convincere il suo principe?

Un momento. Aveva mica detto *Tolstoj*?

Cioè, l'autore di *Guerra e Pace*, eccetera?

Zane ricacciò un gemito e tentò disperatamente di non arrossire. Non poteva far altro che ricomporsi prima che lei tornasse. Si avvicinò al caminetto, si appoggiò allo schienale della poltrona e strofinò un palmo sulla trama fitta del tessuto. Il ragazzo-amante-musa seguì il movimento con lo sguardo. Forse Rebecca dipingeva nature morte? E lui era un modello? Sembravano i tipi adatti.

L'arte avrebbe potuto essere qualcosa che avevano in comune. Per forzarle la mano e convincerla a ospitarlo, poteva discutere dei fumettisti che avevano influenzato la cultura popolare.

Incrociò gli occhi del ragazzo-amante-musa. «Mi guardi come se stessi provando a portartela via.»

L'uomo di Rebecca dimezzò la distanza che li separava. La sua voce, lieve e carica di sfumature, gli provocò uno strano brivido. «Tu invece mi guardi come se credessi che sia in rapporti intimi con *mia madre.*»

Madre?

Raddrizzò la schiena. Quell'informazione gettava una nuova luce sull'interazione tra loro. «Rebecca ha un figlio?»

Una minuscola scintilla di divertimento brillò negli occhi azzurri. «Natalie Fisher ha un figlio.» L'uomo sollevò il bicchiere e ne fece roteare il contenuto. «Zane, giusto? Qui perché hai un disperato bisogno di me?»

«Ho bisogno...» Zane notò uno schizzo di vino rosso sul davanti della sua giacca. «*Becky?*»

«Beckett.»

«Sei un uomo.»

Le labbra si incurvarono in un sorriso. «Hai uno spirito di osservazione portentoso.»

E fortuna che doveva convincere *Prof. Fisher.* Fece una smorfia. «C'è speranza che mi versi un po' di quel vino e ripartiamo da capo?»

«Non saprei,» rispose Beckett con una traccia di umorismo nella voce. «Hai in mente di coinvolgermi in altre conversazioni su *Toy Story*?»

Afferrandosi la nuca, Zane scoppiò in una risata infantile, rude e rumorosa rispetto a quella calma e controllata di Beckett. «Ricordami di non usare mai più la letteratura per fare colpo su uno sconosciuto.»

Lui riempì un secondo bicchiere. «Come conosci Anne? Ho provato a mandarle un messaggio, ma non mi ha ancora risposto.»

Zane accettò il vino e bevve un misericordioso sorso che aveva una nota di rovere. «È un tantino impegnata stasera. È sposata con mio fratello Jacob.»

Beckett smise di far roteare il vino. «Avresti dovuto dirmelo dall'inizio.»

Zane si passò una mano tra i capelli biondo scuro. «Già.»

Lo sguardo di Beckett gli scorse lungo il corpo, soffermandosi sui calzini sotto i sandali. «Non somigli affatto a Jacob. Quale fratello sei? Il dentista?»

«Fidati, non vuoi che ti trapani i denti. O che ti trapani un bel niente, a dire il vero.»

Le labbra di Beckett si incurvarono di nuovo, poi i suoi occhi si fecero perfino più cauti. «L'astrofisico?»

Zane mandò giù il vino vellutato. «Quello che ha mollato gli studi.» Il peggiore dei suoi fratelli. Chiassoso, melodrammatico e sdegnosamente romantico.

Beckett tamburellò le dita sul bicchiere, provocando un tintinnio. «Non ricordo nulla al riguardo. Per cui rimane solo il fratello più giovane. Il preferito di Jacob.»

Il fratello più giovane. Una descrizione più gentile di *quello che ha mollato gli studi*, usata dal resto della sua famiglia. E il preferito di Jacob? Zane era al settimo cielo. Ecco perché doveva sposarsi e trapiantare lì le sue radici per sempre. Aveva bisogno di più gentilezza nella sua vita.

«Beckett!» Al richiamo improvviso, Zane si voltò di scatto. I Tre Elegantoni stavano attirando il padrone di casa in cucina. Uno di loro era imponente quanto Zane e aveva un sorriso smagliante. Il corpo sodo e muscoloso e l'aria intelligente davano l'impressione che ingurgitasse libri a colazione.

Beckett si diresse verso Libri a Colazione e inclinò il capo per invitare Zane a seguirlo. A passo letargico, si sforzò di obbedire. Si era già messo in imbarazzo a sufficienza, non ci teneva a continuare a rivelare la sua ignoranza in fatto di cose letterarie. O di cose in generale, in realtà.

«Per quanto credi che resterai, Zane?» gli chiese Beckett.

«Oh, be', spero di sposarmi e rimanere per sempre.»

Beckett rallentò di botto, poi si riprese con nonchalance. «Intendevo da me. A casa mia.»

Giusto. «Vuol dire che mi lascerai restare?»

Libri a Colazione alzò il bicchierino di whisky e fece un misterioso cenno di capo in direzione di Beckett, dopodiché mandò giù l'ultimo sorso. «Stiamo andando tutti allo Chiffon,» gli disse. «Ti unirai a noi, spero. Ti comprerò il miglior vino sul menù allo scoccare della mezzanotte.»

Beckett affondò entrambi i pollici nelle tasche dei jeans neri incredibilmente attillati. «Per quanto mi piacerebbe batterti, la sfida di sinonimi dovrà attendere.»

«Stai rimandando il divertimento?»

«Fino alla prossima settimana.»

«Perché?»

Beckett scrutò Zane di sbieco. C'era una traccia di curiosità nei suoi occhi azzurri, per il resto cauti. Tornò a guardare Libri a Colazione e indicò Zane con il capo. «Mi ha forzato la mano.»

~

«COS'È QUELLA *ROBA*?»

La madre e gli altri invitati se n'erano andati, e Beckett aveva portato Zane e i suoi averi terreni in una mansarda con le travi a vista, illuminata da una lampada con interruttore a catenella.

Zane appoggiò scatolone e valigia contro una parete inclinata. Il piccolo ambiente vuoto conteneva un lucernario, un baule e un basso futon. Il pulviscolo brillava sotto la lampadina ondeggiante.

Beckett indicò lo scatolone, un sopracciglio inarcato.

Zane distese il tappeto sul pavimento e ne lisciò le pieghe. Beckett fissò a bocca aperta l'orso, posizionato come se stesse per mordergli una caviglia.

«Mi sembrava romantico,» sospirò lui. Si accucciò sui talloni, il pelo morbido contro le ginocchia. «E ora mi tocca tenermelo.»

«Sono cose che mandano in *bestia*.»

Zane sorrise. «Dimmi un po', cos'è questa passione per le battute brillanti?»

«Battute brillanti. Bell'allitterazione. Mi piace giocare con le parole.» Beckett aggirò l'orso e indicò la mansarda. «Le assi di legno scricchiolano, per il bagno devi scendere la scala a pioli. Mia sorella tornerà dall'Europa giovedì e verrà a stare qui finché non si troverà un appartamento. Il divano è troppo piccolo per te, quindi...»

«Non ho nessun problema a dormire con a te.»

Beckett si passò una mano tra i capelli e spostò lo sguardo prima verso il letto, poi verso il lucernario. «Nessuno dormirà con nessuno.»

Messaggio ricevuto. Aveva un paio di giorni per trovarsi un'altra sistemazione... o convincerlo che dormire insieme sarebbe stato divertente.

Tirò fuori la tavoletta grafica e il pennino dalla loro custodia imbottita. «Vuoi raggiungere i tuoi amici allo Chiffon? Di qualsiasi cosa si tratti.»

«È un locale dove noi professori beviamo Pinot Noir e pontifichiamo sulle gioie dei giochi di parole.»

«Uhm...»

«È un pene party pretenzioso.»

Zane si voltò, armato dell'occorrente per concludere, o modificare, il fumetto. «Sembra proprio un... picnic?»

Gli angoli della bocca di Beckett si sollevarono. Zane mollò i dispositivi elettronici sul letto e si avvicinò al professore.

Picchiettò con un dito sulla macchia a lato del bavero del blazer. «La prova che hai sputacchiato il vino mentre ci scrivevamo? Se vuoi posso fartelo lavare a secco.»

«Non è stata colpa tua. Ci penserò io. La userò come scusa per comprarne un altro.»

Zane colse una zaffata del profumo pulito di Beckett, con una sottile nota di dopobarba. Gli occhi azzurri incrociarono i suoi, curiosi ed esitanti.

Un grosso ragno nero fece bungee-jumping dalla trave sopra di loro e penzolò davanti alla faccia di Zane, che staccò le dita che ancora indugiavano sul petto di Beckett e si spiaccicò contro il muro.

«Non mi dirai che un omone grosso e vigoroso come te ha bisogno che gli levi quel brutto mostriciattolo di torno?»

«Un grosso e vigoroso sì.»

Con qualche movimento preciso, Beckett catturò la bestia pelosa tra le *mani*. Folle ma eroico.

Il letto stridette quando ci si chinò sopra. Zane gli gattonò accanto, aprì il lucernario e indietreggiò rapidamente mentre lui liberava il ragno. «Le lenzuola sono pulite e per la colazione serviti pure.»

Lenzuola pulite e colazione? Delizioso. Zane però era preoccupato dei ragni suicidi. Studiò il soffitto e rabbrividì. «Credi che ce ne siano altri?»

La finestra si chiuse, tagliando fuori l'aria fresca. «Saresti più tranquillo a dormire con il mio gatto?»

L'attenzione di Zane si spostò sulle mani che stavano bloccando il passante. Dita lunghe, agili, sicure. «Sarei più tranquillo a dormire con te.»

Beckett emise un verso strangolato, balzò giù dal letto e sfrecciò verso la scala a pioli. «Buonanotte, Zane,» lo salutò e sparì dalla vista.

Lui gli gridò dietro: «D'accordo, prenderò il gatto.»

Ho sempre preferito essere felice che dignitosa.
Charlotte Brontë

Capitolo Tre

Ancora mezzo addormentato, Zane usò il bagno, si infilò a fatica i jeans e si avviò furtivamente in direzione dell'odore di pane tostato bruciacchiato.

Aveva trascorso metà della nottata a lavorare con tenacia per completare la vignetta di Fire Falcon, la musica che gli martellava nelle orecchie. Il suo stomaco gorgogliava dal bisogno di caffeina.

Fasci di luce mattutina penetravano dalle finestre del salotto, i bordi che giocavano sul tavolo e sul padrone di casa. Vestito di tutto punto, Beckett era seduto lì, chino su un diario, con una fetta di pane tostato tra le labbra e una mano armata di penna che sfrecciava lungo la pagina. La luce tenue enfatizzava la pelle liscia della sua mascella, la linea slanciata del collo.

Fermo sulla soglia, Zane sentì lo stomaco che continuava a elemosinare caffè, sovrastato però dal bisogno del suo cuore di disegnare la scena.

Esaminò la stanza alla ricerca di una tela di fortuna. «Resta fermo lì.» Si schiarì la voce roca. «Per favore.»

Beckett sollevò lo sguardo. Il pane gli ondeggiò in bocca. «Che fai?»

Bingo! C'era un portapenne sopra un blocco di Post-it, posato su un enorme dizionario dei sinonimi.

«Continua a fare quello che stavi facendo.» Penna in mano, Zane si sedette a cavalcioni di una sedia imbottita, attaccò il foglietto al tavolo di legno e si mise a disegnare. A ogni tratto schizzato, il braccio si spostava sulla superficie lucida e fresca finché il legno al di sotto non si scaldò.

L'arte del fumetto non era che una serie d'istantanee di emozioni, e quella vignetta gli fece immaginare un soldato ferito che riversava nell'inchiostro il proprio cuore sanguinante.

Un nodo di commozione gli serrò la gola. Cosa stava scrivendo Beckett?

Il professore richiuse il diario e spostò lo sguardo sul Post-it.

A Zane uscì di bocca: «Ti mostro il mio se mi mostri il tuo.»

Come se stesse considerando la proposta, Beckett finì di masticare e inghiottì. «Ci conosciamo appena. Teniamo per noi i nostri segreti. Pane tostato?»

Zane ne rubò due fette. «Sei divertente, Becky.»

«Beckett.»

Gli suonava familiare. Tipo una marca che avrebbe dovuto ricordare. «Dov'è che ho già sentito il tuo nome?»

Lui gli offrì il burro. «Samuel.»

«Sono Zane.» Lo accettò con un sorriso. «Samuel è mio fratello. Quello da cui vuoi farti trapanare.» Quando Beckett sbatté le palpebre senza capire, chiarì: «Il dentista.»

«Per tua fortuna sei un così bel vedere.»

«Sì, immagino di essere fortunato.» Studiò Beckett. Boccoli corti, ancora umidi dopo una doccia, si fermavano a una distanza consona dal colletto della giacca. La postura regale gli faceva venire voglia di raddrizzare la schiena e prestare attenzione come non gli era mai successo a scuola. «Ma non fortunato quanto te.»

Beckett si portò alla bocca l'ultimo morso di pane, senza però riuscire a nascondere l'incurvarsi delicato delle labbra. «Samuel Beckett era uno scrittore irlandese, famoso per l'opera teatrale *Aspettando Godot*.»

Zane dondolò all'indietro sulla sedia. «Suona familiare. Quindi ti hanno chiamato come questo Samuel Beckett?»

«Mia madre è una gran sentimentalona.»

«Mi sta simpatica. Soprattutto adesso che so che non se la fa con i ragazzini.»

«Santo cielo.» Beckett fece una pausa e aggiunse: «Non sono così giovane.»

«Be', lo sei per essere un professore, giusto?»

Lui sorrise e Zane percepì che, sotto sotto, ne andava fiero. «Non ho una gran vita sociale,» replicò. «Sono appena passato di ruolo e sono un professore associato.»

L'uomo lo intrigava. «Dimmi, il professore ha programmi per oggi?»

«Due carichi di bucato da piegare e dei saldi al centro commerciale da tenere d'occhio.»

«Sei proprio un animale da party.» Al brontolio del suo stomaco, Zane esaminò la tavola. Era sospettosamente priva di caffè.

Prima che potesse commentare, il cellulare gli vibrò in tasca. Le due gambe anteriori della sedia sbatterono sul pavimento mentre si affrettava a rispondere alla chiamata di Jacob. «Sei diventato papà?»

«Sono diventato papà!»

«Porca puttana!»

L'orgoglio nella voce di suo fratello gli penetrò fin dentro le ossa. «Sei lo zio della bellissima Cassie Greenwood-Penn. Nata stanotte poco dopo l'una.»

«Quando potrò vedere la nostra Cassie?»

La risata di Anne risuonò dall'altro capo della linea. «Vieni il prossimo fine settimana. Porta anche Becky. Non posso fare a meno di pensare che *significhi* qualcosa.»

Zane aggrottò la fronte. «Di che parli?»

«Becky e Cassie. Compiono gli anni lo stesso giorno!»

Gli occhi di Zane si fiondarono su Beckett, che giocherellava con un dito tra le briciole nel piatto. «Interessante,» mormorò.

Gettava una nuova luce sulla festicciola della serata precedente, ma non spiegava perché nessuno degli invitati l'avesse ricoperto di attenzioni. Non c'era in giro carta da regalo strappata né una torta mezza divorata... in compenso spiegava il vino che Libri a Colazione aveva proposto di comprargli a mezzanotte.

«Mi dispiace se ieri sera non ti ho raccontato di più,» riprese Anne.

Jacob tuonò in sottofondo: «Stavi solo dando alla luce la nostra primogenita.»

«Spero che voi due andiate d'accordo e, oh, auguragli buon compleanno. Se te lo permette... non ha risposto quando l'ho chiamato. Giuro su Dio che evita questo giorno come la peste.»

«Mi impegnerò per fargli cambiare idea, oggi. Cosa posso prendere a Cassie e ai suoi genitori?»

Jacob rise. Si era riappropriato del telefono. «Io e Anne ne abbiamo parlato.»

«Cosa vi piacerebbe? Qualsiasi cosa.»

«È da un po' che ho un desiderio e, se non posso chiedere per me stesso, spero che tu mi conceda di farlo a nome della tua dolce nipotina.»

Il sorriso di Zane si affievolì e un nodo di nervosismo gli chiuse lo stomaco. Intuiva ciò che stava per chiedergli suo fratello e non poteva accontentarlo.

Non che non *volesse*.

Non poteva.

Si alzò di scatto e si spostò in cucina. Il caffè non era mai stato tanto necessario.

«Sei un artista incredibilmente talentuoso,» esordì Jacob.

Zane spalancò la credenza. Pentole e padelle. Cibo in scatola e crocchette per il gatto. Tazze con immagini di cavalli, un delicato servizio da tè e una spatola infilata sotto una teiera.

«Adoriamo i romanzi a fumetti a cui collabori.»

«Ma...» Zane serrò le dita sul cellulare.

«Devi lavorare a un progetto che ti appassioni. Per cui ti sia consentito avere una tua visione artistica.»

Spalancò l'antina di un altro mobile e ci sbatté sopra la testa. Dal tavolo, Beckett inarcò le sopracciglia.

«Hai ancora un mese prima di dover tornare a casa,» continuò Jacob. A Zane si aggrovigliò lo stomaco al solo pensiero. Gli restavano quattro settimane per rendere gli Stati Uniti la sua residenza permanente. «Nel frattempo potresti fare progressi enormi su un fumetto tutto tuo, giusto? Sei sempre stato così pieno d'immaginazione. Sarebbe grandioso.»

Aveva la stessa probabilità di scrivere una bella storia che di trovare del caffè nella cucina di Beckett.

«Io disegno, non scrivo.»

«Hai cominciato a disegnare perché non riuscivi a trovare le parole. Disegnavi le tue storie. Ora disegni quelle altrui.»

Uno strillo acuto lo salvò dal rispondere. Suo fratello lanciò un gridolino, in preda al panico, e chiuse la chiamata.

Zane si infilò il telefono in tasca e lo spinse giù in fondo, insieme al desiderio di Jacob. Più avanti avrebbe trovato la maniera di cavarsi dall'impiccio e di regalare a Cassie qualcos'altro.

«Dov'è il caffè?» Si concentrò su Beckett. Il festeggiato. Vestito elegante, ma senza alcun posto in cui andare.

«Non ne tengo a casa.»

Era inaccettabile. «Non bevi caffè?»

Beckett si tamburellò sulle labbra l'ultimo pezzetto di pane tostato. «Lo adoro. È che preferisco prenderlo alla caffetteria del quartiere.»

«È un'altra mania pretenziosa?»

«Probabile.»

Zane puntò un pollice verso la strada. «Bene, allora. Andiamo alla nostra versione del pene party.»

≈

Il King's Coffee era a forma di ferro di cavallo. Una luce calda e accogliente spioveva sulle poltroncine imbottite, sui massicci tavolini in legno e sui poster di Elvis amorevolmente incorniciati. Il locale invitava a mettersi comodi, dimenticare di dover creare delle storie e naufragare in due o tre sogni a occhi aperti.

«...Zane?»

Beckett appoggiò un fianco al bancone e gli indicò il menù.

Zane studiò la lavagnetta. «Qui servono il miglior Capricornetto del mondo? La prossima volta lo provo volentieri, ora ho solo bisogno di caffeina.»

Il barista, che sembrava una star del cinema giapponese, rivolse loro un sorriso a trentadue denti. «Due cappuccini grandi in arrivo.»

Zane si fece avanti e pagò per entrambi prima che Beckett avesse la possibilità di protestare. Era il minimo che potesse fare per lui. Sia perché lo stava sopportando, sia perché era il suo compleanno.

Un'informazione che, in un modo o nell'altro, doveva riuscire a cavargli di bocca.

Beckett si diresse verso il lato sinistro della caffetteria e Zane lo seguì, respirando l'aroma alle noci del caffè tostato. Una donna dai capelli rossi e dall'aria piuttosto agitata lo superò e si gettò su una poltroncina, levandosi sciarpa e cappello.

Zane appese la giacca alla spalliera di un divanetto a L, su cui Beckett stava facendo altrettanto.

All'improvviso, un guanto gli atterrò su un piede.

Zane lo raccolse e osservò la donna distratta. Era un segno? L'universo stava forse cercando di dirgli che l'amore lo aspettava proprio sotto il suo naso?

Uno stivale lucidato urtò la sua scarpa da ginnastica quando Beckett si sedette sul lato corto del divanetto.

Zane tirò i cordini della sua felpa rossa finché non furono pari. «Sto bene?»

Le dita di Beckett si allargarono sul bracciolo. I cuscini imbottiti blu facevano apparire i suoi occhi curiosamente luminosi. Gli scorsero addosso, valutandolo, si soffermarono sul guanto che aveva in mano, dopodiché si spostarono sulla donna alle sue spalle. Beckett sospirò. «Ma certo.»

Il sospiro non suonava convincente. Zane si sarebbe accontentato.

Indietreggiò di qualche metro fino a trovarsi davanti alla donna. «Scusa, ti è caduto questo.»

Lei alzò lo sguardo, colta di sorpresa, poi riconobbe il guanto. «Oh.»

Ora probabilmente dovresti restituirglielo.

Zane continuò a giocherellare con la stoffa elasticizzata e le rivolse il suo miglior sorriso. Sarebbe stato esagerato infilarglielo e baciarle le dita? Un po' difficile riuscirci senza intoppi, però.

Cavolo. Le stava ancora sorridendo. E teneva in ostaggio il suo guanto.

Lei gli fece cenno di restituirglielo.

Aveva una sola occasione di fare colpo su di lei.

Le fece dondolare il guanto davanti alla faccia. «Il rosso ruggine è un colore grandioso. Quasi lo stesso dei tuoi occhi…»

Il tessuto gli scivolò di mano e le colpì una guancia.

Lei fece una smorfia di dolore e se la massaggiò.

Zane sentì un'ondata di calore risalirgli il collo e mollò subito il guanto. «Mi dispiace da morire. Ehm, magari posso offrirti un caffè per farmi perdonare?»

Lei gli scoccò un'occhiataccia.

Magari no.

Zane si fece piccolo, piccolo e indietreggiò. «Scusa. Ciao.»

Girò sui tacchi e tornò al suo posto, con il desiderio ardente di sprofondare sottoterra. Non accadde, nonostante i cuscini dessero del loro meglio per attirarlo nei loro abissi.

«È andata bene,» commentò Beckett.

«Sono pronto a scrivere le promesse nuziali.»

«Non il più raffinato degli approcci, ma stavi benissimo mentre ci provavi.»

I loro cappuccini arrivarono e Zane ne bevve immediatamente un sorso. «È questo il mio problema. Per quanto continui a mettermi in gioco, non faccio mai progressi e ormai mi restano solo quattro settimane.»

«Quattro settimane?» Beckett tuffò il cucchiaino nel cuore di schiuma del suo cappuccino.

«Per trovare la donna che voglio sposare.»

Lui si fermò con il cucchiaino a mezz'aria. «Sei alla ricerca di un MDI?»

Zane scosse il capo. «Cos'è, tipo sadomaso? No, il sesso non c'entra proprio niente con…»

Il liquido fuoriuscì dai bordi della tazza di Beckett, che la poggiò sul piattino prima che gocciolasse sul tavolo. Fulminò Zane con lo sguardo. «M.D.I.» Lo sillabò piano. «Matrimonio d'interesse. Qualcuno che ti sposi per il permesso di soggiorno.»

Zane scoppiò in una risata frustrata. «E basta con queste cavolo di lettere!»

«Acronimi.»

«Vorrei tanto che ci fosse una maniera di conquistare qualcuno senza dover aprire bocca.»

«E privare una bella ragazza della tua voce profonda e carica di senso dell'umorismo?»

Profonda e carica di senso dell'umorismo? Un sorriso pigro gli incurvò le labbra. «Becky? Credo che questo sia l'inizio di una bella amicizia.»

La punta del cucchiaino di Beckett mescolò la schiuma del cappuccino. «*Casablanca*. Una storia d'amore che riesco a sopportare.»

«*Casache?*» Alla sua espressione inorridita, Zane scoppiò a ridere. «Scherzavo. Certo che conosco *Casablanca*. Sarò anche ignorante in letteratura, ma nominami qualsiasi film d'animazione, commedia romantica o classico d'amore, e stai sicuro che l'ho visto.»

«Eppure non hai ancora perfezionato la tecnica d'approccio.»

Che sfacciato! E Zane adorava quel lato del suo carattere. «Un giorno o l'altro, ci riuscirò. Mi innamorerò… e resterò innamorato per il resto della vita.»

Beckett mugugnò in risposta.

«Non mi credi?»

«Sei giovane.»

«Ho ventitré anni.»

«Molto giovane.»

«Percepisco una certa amarezza.»

«Nessuno si innamora in quel modo. Mi dispiace dovertelo dire, ma "vissero felici e contenti" è una grossa, splendida bugia.»

«Oh, Becky.»

«Beckett.»

«Becky…»

Lui si picchiettò le labbra con il cucchiaino. «Perché ci tieni tanto ad avere una green card?»

«Non ci tengo.»

«Mi correggo: perché devi sposarti entro una certa scadenza?»

«Devo innamorarmi e sposarmi. Se non avrò perso la testa al cento percento, me ne tornerò in Nuova Zelanda e ci resterò. È che sono... determinato a perdere la testa.»

«Okay.»

«Dico sul serio. Nessun matrimonio può sopravvivere senza amore, e io intendo sposarmi solo una volta.»

Un lampo di dolore attraversò il viso di Beckett, che voltò il capo verso un Elvis incorniciato e ammiccante.

D'istinto, Zane scivolò verso l'angolo del divanetto finché le loro ginocchia non si scontrarono. «Becky?»

Una risata di petto. «Sei incredibile.»

«Mi dispiace se ho risvegliato brutti ricordi di qualche sciocca che ha giocato con il tuo cuore e te l'ha spezzato.»

Le labbra di Beckett si incurvarono. «Sembri molto dispiaciuto.»

Zane prese un tovagliolino e lo usò per assorbire il cappuccino che Beckett aveva rovesciato sul piattino. «Ho tre fratelli e due genitori in forma, ma è Jacob che significa tutto per me. Voglio esserci per i suoi figli come lui...» Ricacciò indietro il nodo alla gola. «Come lui c'è stato per me. È per questo che voglio restare.»

Sapeva che non bastava innamorarsi e sposarsi e, voilà, sarebbe potuto rimanere. Sapeva che avrebbe dovuto affrontare un iter complesso per richiedere un permesso di soggiorno permanente, nonché dimostrare che il matrimonio era reale. Sapeva che, probabilmente, per un certo periodo avrebbe dovuto fare avanti e indietro da lì alla Nuova Zelanda.

Se solo fosse riuscito a innamorarsi prima della fine del mese e avviare la procedura...

Doveva essere per amore, però.

Si schiarì la gola. «Allora, questa ragazza che ti ha spezzato il cuore...»

Beckett sollevò la tazza e fissò il tovagliolino inzuppato sopra il piattino. «Sono divorziato. Luke mi ha lasciato due mesi dopo le nozze.»

Be', quel Luke era un idiota. «Aspetta. Luke?»

L'espressione di Beckett era ancora calma e paziente, ma le sue mani si contrassero. «Sì, sono gay. Luke è un uomo. È un problema per te?»

«Niente affatto.» Un sorriso malizioso illuminò il viso di Zane, che riuscì a stento a mantenere una voce ferma. «Voglio dire, sei nato gay. Sei gay dal giorno in cui sei nato. Sei gay dal giorno della tua nascita, che è anche il giorno del tuo compleanno...»

Lo sguardo esitante di Beckett balzò su di lui. «È... vero.»

Non era un'ammissione sufficiente. Zane però l'avrebbe guidato a destinazione. «Volevi fare shopping. Parrebbe l'occasione perfetta per comprare dei regali.»

«Regali?» Beckett a quel punto suonava alquanto insospettito.

«Sai, per Cassie. E mi servirebbe un nuovo paio di scarpe. Qualcosa da indossare più tardi per il mio appuntamento. A proposito, dove porteresti qualcuno, nei dintorni?» Zane gli strizzò l'occhio. «Fammi indovinare. Lo porteresti allo Chiffon per una sfida di sinonimi.»

«Lo porterei a cena e, se la serata procede bene, a fare una passeggiata romantica.» Beckett lo guardò da sopra la tazza e ricambiò l'occhiolino. «Non è di classe sfoderare i sinonimi fino al secondo appuntamento.»

Non c'è fascino maggiore della dolcezza del cuore.
Jane Austen

Capitolo Quattro

«A caccia di blazer. Spassoso.»
      Zane e Beckett erano in un raffinato negozio d'abbigliamento e studiavano una serie di giacche eleganti esposte sulla parete.

«Ho una cena accademica allo Chiffon tra due settimane,» spiegò Beckett distrattamente, lanciando un'occhiata all'uscita per la quarta volta, «e sono alla ricerca di qualcosa di speciale.»

Zane tastò il polsino di una giacca di tweed. «Un blazer è la scelta perfetta.»

«Perché non ti concentri sulla tua missione di apparire irresistibile al tuo appuntamento? Ci troviamo qui tra un'ora.»

«E perdermi il divertimento di fare shopping con un gay? Sono qui a sperare che tu ti dia alle spese folli.»

Beckett scosse il capo e ispezionò una giacca grigia a doppio petto.

Zane strinse tra le dita il tessuto ruvido, esaminò i baveri esagerati e la rimise sull'appendiabiti. «Sbagliatissima. Non ha le toppe sui gomiti.»

«Toppe sui gomiti?» Beckett lo osservò con aria perplessa e

provò un blazer blu marino che gli calzava come se i folletti l'avessero cucito appositamente per lui. «Che ne dici di questo?»

Perfetto. «Non saprei. Non ti farebbe male sembrare un po' meno *Vogue* e un po' più professore.»

«E la chiave sono le toppe sui gomiti?»

«Vanno con tutto.»

Beckett riappese il blazer. «Che ne dici se mi comporto un po' più da professore e mi lancio in una filippica su Tolstoj?»

«Il look *Vogue* va benissimo. È sexy.» Zane indicò l'altro lato del negozio affollato. «Vado al reparto scarpe laggiù nell'angolo più lontano, dove non riuscirò a sentire nessuna lezioncina.»

Beckett gli dedicò un'alzata di sopracciglia irriverente. «E perderti tutto il divertimento?»

Con un sorriso, Zane si allontanò. Appena messo piede nel reparto scarpe, gravitò verso un paio di stivali perfetti indossati da un manichino. Era possibile che un modello di plastica sembrasse così attraente? Perché quello ci riusciva. Pantaloni neri aderenti e camicia bianca inamidata. E gli *stivali*.

Un centimetro di tacco e pelle turchese che fasciava i polpacci e risaliva fin sotto al ginocchio.

Zane non era mai rimasto tanto incantato davanti a un paio di scarpe. Ma erano… principesche.

Voleva *essere* quel manichino.

Si chinò ad accarezzare il cuoio. Doveva averle.

Attirò l'attenzione di un commesso. Gli stivali diventarono ancora più appetibili. Avevano la suola impermeabile e una banda elastica sul davanti della caviglia. Facili da indossare. Si spostò di fronte agli specchi bassi. Eleganti, eppure moderni.

A metà prezzo con i saldi, solo per un giorno.

Dieci minuti più tardi pagò l'acquisto, infilò le scarpe da ginnastica nel sacchetto e calzò la pelle turchese attillata. A ogni passo i suoi tacchi nuovi di zecca battevano sul pavimento, sicuri e decisi. I jeans non erano abbastanza stretti per essere un abbinamento perfetto e gli serviva una camicia nuova, ma cavoli, guardatelo. Aveva letteralmente comprato un passo avanti nel conquistare il vero amore.

Sull'onda dell'entusiasmo, scelse due blazer di lana che sarebbero potuti piacere a Beckett. «Che ne dici di questi?» propose, tenendo sollevate le due opzioni. «Ti si addicono molto.»

Beckett li osservò da sopra uno stand di cappotti. «Beige stereotipato o marrone psicopatico. Vedo che ti ho colpito molto.»

«Pensavo più beige "studioso" e marrone "qualità-nascoste". Sei un *mistero*, Becky.»

«Beckett...» Alzò lo sguardo oltre la spalla di Zane. Impallidì e si lasciò sfuggire un «Oddio» basso e frustrato prima di sparire dalla vista.

Beckett, l'uomo serio e compassato, non avrebbe mai fatto qualcosa di volgare come *nascondersi*.

Zane incurvò le labbra divertito. «Un *vero* mistero.»

Si girò, stupito di riconoscere il tizio che si aggirava attorno a un tavolo di gilè in cashmere. Capelli corti castani. Cardigan a maglia giallo da fighetto. Occhiali di cui non aveva bisogno. E un fidanzato appiccicato addosso.

Il fratello di Anne.

Si erano incontrati due volte, una alla fattoria e l'altra al matrimonio. Zane non era il suo più grande fan. Non dopo che lui gli aveva riso dietro mentre, giocando ad associazione di parole, Zane aveva dovuto sillabare "cinefilo". Continuava a pensare che "cinofilo" avesse senso.

D'istinto, lo chiamò. «Luke!»

Lo stand alle sue spalle si mosse, accompagnato da un gemito provato.

Zane capì nel momento in cui Luke lasciò indietro il suo ragazzo muscoloso e si diresse verso di lui.

Luke.

D'improvviso divenne chiaro perché Beckett e Anne non erano stati "in buoni rapporti" per un po' di tempo. Fratello e migliore amico. Ex. Divorziati.

Fece una smorfia. Povero Beckett, dover vedere il suo ex marito tra le braccia di un uomo più giovane.

Chiamarlo era stata una delle sue mosse più idiote.

«Zane?» esclamò Luke. «Quant'è piccolo il mondo.»

Lui si spostò per nascondere il più possibile Beckett e gli strinse la mano con riluttanza. «E la città è ancora più piccola.»

«Siamo diventati zii. Jacob e Anne sono genitori. Riesci a crederci?»

«Ci sono un sacco di cose che fatico a credere.» Tipo l'idea di Beckett insieme a un simile buffone presuntuoso. «Ma non che Jacob sia padre. Sarà il miglior papà del mondo.»

Come poteva far sgattaiolare fuori Beckett senza che nessuno lo notasse?

«Cosa ci fai qui?» gli domandò Luke.

Gli stivali di Zane schioccarono mentre si girava, costringendo Luke a fare altrettanto. «Faccio compere perché ho un appuntamento galante.»

«Sempre a caccia di mogli, eh?»

Zane si pentiva amaramente di aver spifferato la sua missione. Si erano incontrati nel fine settimana in cui Jacob e Anne avevano annunciato la gravidanza ed era stato talmente entusiasta che gli era scappato di bocca. Aveva avuto la netta impressione che Luke lo ritenesse troppo privo di cervello per accalappiare qualcuno di classe e stringere un legame duraturo.

«A caccia d'*amore*.»

Il sorriso di Luke aveva un che di derisorio. «Buona fortuna.»

Zane si scrollò di dosso il risentimento. «Non possiamo avere tutti un dottorato come te.»

«No, ma potresti comprarti un dizionario. Leggere qualche libro.»

Cavolo. Doveva proprio mettere in discussione i gusti di Beckett in fatto di uomini.

Luke abbassò lo sguardo sui suoi stivali. «Bel colore.»

Zane gli diede una pacca sulla spalla, un po' più forte del necessario, per attirare i suoi occhi verso l'alto e impedirgli di scorgere un Beckett accucciato. «Bello, sì. Eleganti e moderni, con la banda elastica.» Fece voltare Luke e alzò la voce in modo che Beckett potesse sentirlo. «Lascia che te li mostri. Sono laggiù nell'angolo più lontano...»

DOPO AVER DISTRATTO LUKE, ZANE FECE UN ALTRO RAPIDO acquisto e si affrettò a uscire dal negozio. Nel punto più distante del centro commerciale affollato, notò un Beckett in brusca ritirata.

Si fece largo tra la folla, gli stivali che battevano ritmicamente sui pavimenti lucidi. Molte teste si voltarono ad ammirarli. I tacchi impattarono sulle scale che conducevano al parcheggio, il suono che echeggiava nell'ampio spazio interrato. La luce affilata acuì la brillantezza del cuoio.

Un gruppetto di ragazzini sghignazzò nel passargli accanto.

Forse gli stivali erano esagerati?

No, no. Gli stavano bene. Ci si *sentiva* bene.

Toccavano un po' sul tallone, ma li avrebbe ammorbiditi con l'uso.

Un clacson strombazzò e Zane fece marcia indietro.

L'auto di Beckett, severa e meticolosa, rifletteva l'atteggiamento del proprietario. Il profumo di pulito dei rivestimenti in pelle colpì le narici di Zane, che si infilò con i suoi sacchetti sul sedile del passeggero. Ci stava un po' stretto, però il materiale cedeva abbastanza da cingerlo in un piacevole abbraccio. In pochi minuti si sarebbe scaldato, mentre i suoi acquisti avrebbero fatto da poggiapiedi ai suoi ridicoli stivali.

Che diavolo gli era passato per la testa?

Beckett chinò il capo. Senza dubbio nella sua mente covava un pensiero simile.

Be', potevano condividere la medesima perplessità. «E così il fratello di Anne ti ha spezzato il cuore.»

«Non ho il cuore spezzato.»

«Lo stand appendiabiti che ho visto dirigersi misteriosamente verso l'uscita dava un'impressione diversa.» Un'immagine che sarebbe stata grandiosa su una vignetta... ma una vignetta sola non costituiva una storia.

Represse la voce supplicante di Jacob che gli rimbombava nella testa. Aveva cose più urgenti da fare che scrivere un fumetto tutto suo su un qualche supereroe. Ad esempio innamorarsi alla follia.

O far ammettere a Beckett che era il suo cavolo di compleanno.

L'uomo appoggiò un braccio allo schienale e guardò oltre la spalla mentre usciva in retromarcia dal parcheggio. Il sarcasmo gli aleggiava sulla lingua. «Mi è piaciuto moltissimo vederti chiamare Luke per scambiarci due chiacchiere.»

«Come facevo a sapere che Luke, il fratello di Anne, era Luke, il tuo ex marito? È un nome comune.»

Beckett inserì la prima e gli lanciò un'occhiataccia. «Pensavi che mi fossi buttato in ginocchio per qualche altro motivo?»

Quelle parole, pronunciate in tono morbido, gli provocarono un fremito allo stomaco. Una risata nervosa e stupita gli solleticò il petto e Zane sistemò meglio i sacchetti che aveva in grembo. «Come conosci Anne?»

«Le nostre famiglie abitano vicine. Abbiamo iniziato a

conoscerci davvero ai tempi dell'università, però... Anne veniva qui con l'autobus, io invece andavo a Greenville. Ci accompagnavamo a turno a casa per risparmiare benzina. A un certo punto, chilometro dopo chilometro, siamo diventati amici. Poi migliori amici.»

«E poi hai conosciuto suo fratello e vi siete innamorati?»

«Non subito, ma sì.» C'era una certa rigidità nella voce di Beckett che lo pregava di lasciar perdere.

D'accordo. Comunque fosse, non gli importava molto di Luke.

Men che meno dopo quel pomeriggio.

Durante il tragitto di rientro incorsero negli stessi blocchi del traffico dell'andata, grazie alla Maratona di Redwood. Per Zane non era un problema. Gli dava modo di estorcere una confessione riguardo al compleanno.

«Entriamo in quel negozio.» Lo indicò. «In giornate simili, adoro preparare torte.» E doveva comprare del caffè.

Beckett gli rivolse un'occhiata cauta e parcheggiò davanti al supermercato.

Quando ebbero caricato il cibo in auto e Beckett fu di nuovo al posto di guida, Zane represse un sorriso compiaciuto e mantenne lo sguardo sul professore.

Fece un cenno verso le grosse nuvole che giocavano a nascondino con il sole. «Bella giornata oggi, vero?»

«D'accordo, d'accordo. Cosa vuoi?»

Zane recuperò il sacchetto con il regalo che aveva comprato e glielo porse. «Lo sai cosa voglio.»

Con la fronte appena aggrottata, Beckett giocherellò con la plastica che aveva in grembo.

«Ad alcuni piace pontificare con i giochi di parole.» Zane si sporse con fare cospiratorio oltre il portaoggetti e abbassò la voce. «Ad altri piacciono i bei regali, Becky.»

Lui sbirciò nel sacchetto e ne estrasse il blazer blu marino che gli era calzato a pennello nel negozio. Scosse il capo e sorrise. «Anne doveva proprio dirti che è il mio compleanno, eh?»

«Era ora. Alleluia. L'hai ammesso.» Zane gli diede un colpetto scherzoso sul braccio. «Condividi la data di nascita con la sua primogenita. Per forza me l'ha accennato.»

Beckett accarezzò la stoffa morbida. «Probabilmente hai ragione.»

Zane si girò sul sedile, rivolto verso di lui. «Questa giornata. Cassie. Il tuo compleanno. Imbattersi in Luke. L'universo ci sta dicendo che le nostre strade erano destinate a convergere.»

Gli occhi di Beckett scattarono a cercare i suoi. «Convergere?»

«Era destino, Becky.»

«Non credo nel destino. Non è nemmeno una coincidenza.»

«Cosa?»

Lui emise una risata triste. «Incontrare Luke durante il giorno di saldi da Equestrian Mode? Il suo outlet preferito? Sapevo che ci sarebbe andato.»

«Quindi... hai istinti masochisti?»

Beckett rimise il blazer nel sacchetto. «Gli esseri umani sono complicati, Zane. Sì, volevo incontrarlo oggi. Eppure, quando è comparso, non volevo più vederlo.» Lo guardò. «Il destino non c'entra nulla.»

Forse non c'entrava nulla con l'imbattersi in Luke. Ma non significava che...

«Aspetta un attimo... Equestrian Mode? Cioè cavalli e roba simile?» Osservò accigliato i suoi stivali. Anche Beckett adocchiò le due aderenti bestie turchesi. Zane scoppiò a ridere. Stivali da cavallerizzo. Aveva comprato degli stivali di lusso da cavallerizzo. «Hai ragione, Becky. Gli esseri umani sanno essere complicati. Però sanno anche essere dei gran sempliciotti.»

Beckett lo studiò, poi allungò una mano con titubanza e gli

strinse una spalla. Una stretta breve ma calorosa. «Non sei un sempliciotto, Zane. Sei affascinante.»

«Sul serio?»

Una risatina. «Affascinante e romantico al limite del ridicolo.»

«Abbiamo tutti bisogno di romanticismo nelle nostre vite... sai che ti dico? Io e te? Saremo due amici con un rapporto super romantico.»

«Una *bromance*?»

Zane schioccò le dita. «Esatto.»

Due occhi azzurri e intelligenti incrociarono i suoi, le rughe agli angoli che tradivano curiosità, ilarità e una visibile cautela.

«Devo ricordarti che ci siamo appena conosciuti?»

«Bisogna prenderli all'amo fin da subito, giusto?»

SULLA VIA DEL RIENTRO, IL BAGLIORE DI UN NEON CATTURÒ l'attenzione di Zane. Una fila di ristoranti scintillava dal lato immerso nel verde del campus della Treble. Splendido. Ristoranti raggiungibili a piedi da casa.

Scrisse un messaggio a Bella-e-Focosa per dirle dove si sarebbero incontrati.

Le sue dita si immobilizzarono prima di inviarlo. «Becky, che programmi hai per stasera?»

«Fare il bucato. E in più ho del materiale da scartabellare per le mie lezioni e una bottiglia di Pinotage che mi darà una mano.»

Inaccettabile.

Cancellò il messaggio e ne scrisse uno nuovo.

ENTRATO NELLA VILLETTA BIFAMILIARE CON CINQUE SACCHETTI che gli segavano i palmi, Zane si fermò nel corridoio davanti allo specchio a figura intera. «Sai che ti dico?» Fece una smorfia alla vista dell'aderente pelle turchese che gli arrivava al ginocchio e gli snelliva i polpacci. «Questi stivali sono troppo grandiosi per essere indossati all'esterno. Saranno le mie scarpe da casa.»

«Non li metterai per l'appuntamento?» Con grazia disinvolta, Beckett portò i suoi sacchetti in salotto.

Zane lo seguì e mollò la spesa sul piano da cucina. «Niente appuntamento. L'ho cancellato.»

«L'hai cancellato?»

«L'ho rinviato a domani.» Il cellulare gli suonò contro una coscia e lui lesse il messaggio con un sospiro. «Ritiro tutto. Ha detto di lasciar perdere.»

Beckett smise di frugare tra i loro acquisti. «Se è solo un tentativo di essere carino...»

«Carino? Prova con romantico, Becky. Questa cena è in onore del tuo compleanno e della nostra *bromance* appena sbocciata.»

Un sorriso esitante incurvò le labbra di Beckett e i suoi occhi azzurri perforarono quelli di Zane, come alla ricerca di una risposta.

«Che c'è?» chiese lui.

«Farebbe differenza se ti dicessi che una *bromance* è una pessima idea?»

«Una *bromance* non lo è mai.»

Eppure era una domanda lecita. Gli sarebbe importato se non l'avessero avuta? La risposta era sì, senza dubbio, ma perché?

Le farfalle si agitarono nel suo stomaco, ognuna che svolazzava al ritmo di un diverso sentimento. Filtrarli sarebbe stato difficile. Cucinare l'avrebbe aiutato. Mise una mano in un sacchetto, ne estrasse la confezione di noci che aveva già aperto mentre rientravano e se ne infilò un'altra in bocca. «Prepariamo la cena e impastiamo dei muffin pecan.»

Beckett si appoggiò al lato opposto del bancone. «Muffin pecan?»

«Per Darla.»

Lo stupore brillò negli occhi di Beckett. «L'hai conosciuta?»

«Mi ha dato del pescetto. Il nostro rapporto non può che migliorare.»

«Hai sentito la parte su mia sorella che arriva giovedì, vero?»

Zane gli rivolse un sorrisetto e smistò la spesa. «I muffin sono per ringraziarla di aver sorvegliato le mie cose ieri sera.» Gli piazzò davanti due limoni, uno spremiagrumi manuale in plastica e una tazza ricoperta di cuori multicolore. «Grattugia la scorza, spremili e versa il succo qui dentro.»

Erano stati gli occhi tristi di Beckett a dar vita al suo bisogno di *bromance*? Era ferito e Zane voleva far sparire il suo dolore. Era sempre stato nella sua indole. Come tre anni prima, quando Jacob era stato scaricato dalla sua ragazza. Aveva passato una settimana a letto affogato nella musica rock e Zane gli si era buttato accanto per tenergli compagnia nella sua desolazione.

Con la fronte aggrottata, recuperò un recipiente, un tagliere e una serie di utensili.

Beckett fissò il colino che gli aveva procurato e lo osservò mettere a cuocere i maccheroni. «Certo che sai dove trovare le cose nella mia cucina.»

«Ringrazia le tue manie pretenziose in fatto di caffè.»

«Domattina assaggerai quello che ti preparerai da solo e tornerai dritto al King's.»

«Lo vedremo.» Zane versò uno strato di panna in una pirofila di vetro e affettò una cipolla.

«A cosa serve il limone?» domandò Beckett. «Per i muffin o per la cena?»

«Per la cena.» Zane prese una zucchina lunga. «Mangeremo uno sformato di maccheroni alle zucchine e limone.» Sotto l'acqua corrente, fece scorrere la mano su e giù lungo l'ortaggio.

Beckett rischiò di perdere la presa sull'agrume che stava spremendo. Si schiarì la gola e aggiunse: «Sei molto meticoloso.»

«Non voglio ammaccare la pelle.» Zane puntò la zucchina verso lui e il suo limone. «Spremilo fino all'ultima goccia.»

Beckett alzò lo sguardo. «Lo faccio sempre.»

Lui rise così forte che un paio di farfalle migrarono verso l'inguine.

«Ti dispiacerebbe puntare altrove quell'affare?» gli chiese Beckett, la voce stridula.

Zane si accostò e gli punzecchiò una guancia, facendogli cadere il limone. «Intelligente e sfacciato. Ti *bromo* già.»

«*Bromo?*»

«Bro sta per amico. Bro più romance: *bromance*. Bro più amore: *bromore*, giusto?»

L'espressione giocosa di Beckett lasciò spazio all'incertezza. «Hai fatto terribilmente in fretta a sparare la parola *bromore*.»

«Credo nell'amore a prima vista, quindi perché non nel *bromore* a prima vista?»

«Perché non esiste e, per piacere, possiamo continuare la conversazione senza una grossa zucchina che mi scava la guancia?»

Zane la mise giù con un gran sorriso. «L'amore a prima vista *è* reale. È il Sacro Graal del romanticismo. Un incrocio di sguardi e ogni segreto e vulnerabilità, ogni speranza e paura vengono condivisi senza parole in quei pochi secondi disperatamente magici.»

Beckett si concentrò sul versare il succo di limone nella tazza. «No, l'amore è intimo. Ha bisogno di tempo ed esperienza per maturare. L'attrazione fisica non è sufficiente; si tratta di coltivare i sentimenti. La fiducia. Ci vogliono tempo e impegno per nutrirli. Non è qualcosa che ci spetta di diritto.»

Beckett fece scivolare tagliere e zucchina dal proprio lato del ripiano e cominciò ad affettare da vero professionista. Zane non si scompose e si dedicò a preparare i muffin. Burro, zucchero, uova, farina, lievito.

Tra un ingrediente e l'altro, si fermava a mangiare un paio di noci tostate, dolci e cremose sotto un sottile strato di sale.

«Forse "a prima vista" non è proprio corretto,» spiegò. «Sarebbe meglio dire "a primo contatto". È la sensazione che hai quando conosci qualcuno con cui ti trovi subito a tuo agio. Ti rendi conto che non è una persona perfetta, ma non t'importa. Vuoi saperne di più. Devi saperne di più.»

Beckett fece il giro della cucina, tirò fuori una padella e la mise sul fornello. Erano l'uno accanto all'altro, le braccia così vicine che Zane lo sentiva vibrare di energia. Aveva le spalle curve e fissava la padella che si stava scaldando. «Primo contatto? La gente può fingere di avere una personalità diversa e occorre del tempo per rendersi conto di quanto sia stronza.»

Zane si girò e si appoggiò al mobile per osservare il profilo di Beckett. «Luke era uno stronzo?»

«No. Era giovane.»

«Quanti anni aveva quando vi siete sposati?»

Beckett buttò le fette di cipolla nella padella e le fece sfrigolare. «La tua età.»

«È per questo che credi che non dovrei sposarmi?»

Lui finalmente lo guardò. «Capisco perché vuoi farlo. Solo non illuderti che sarà per forza per amore.»

Zane si staccò dal mobile, avvicinandosi così tanto da sentire il suo respiro irregolare contro la mascella. «Ribollo dalla voglia di dimostrarti che ti sbagli, Becky.»

Lui aggiunse le zucchine alla cipolla, coprì la padella e sospirò. «Spero che ci riuscirai.»

Far sparire il suo dolore, sì, ecco perché aveva bisogno di quella *bromance*.

Le farfalle nello stomaco continuavano a tormentarlo e, un po' accigliato, Zane mangiò un'altra manciata di noci e controllò sul telefono il passo successivo della ricetta.

Per quanto credesse nell'amore a prima vista, non era così stupido da forzarlo a ricambiare il suo *bromore*. Inoltre, gli piaceva l'idea di coltivare i sentimenti. Aprì una nuova scheda sul browser e fece una rapida ricerca.

«La zucchina è cotta,» lo informò Beckett. «La aggiungo al resto e metto la pirofila in forno?»

«Con sopra tante belle fette di formaggio dolce.» Zane gli sorrise da sopra il cellulare. «Perché, come sai, sono terribilmente sdolcinato.»

Beckett tentò di non sorridere, ma lui notò che gli tremava una guancia. Quando la cena fu infornata, tornò al bancone. «Ora che serve?»

Zane posò il telefono. «Cannella.»

Recuperò il barattolino dalla busta della spesa, scartò la plastica, si girò e vide Beckett che ne stava prendendo un altro dal ripiano delle spezie.

Osservarono i due barattolini e l'impasto per i muffin sul ripiano.

Con l'unghia del pollice, Zane stappò il suo. «Sfida con la cannella?»

Beckett si accostò a lui e al recipiente, senza distogliere lo sguardo. L'aria tra loro era elettrica. «Ti ho detto che non è di classe sfoderare la cannella fino al secondo appuntamento.»

Zane si avvicinò a sua volta. «Perché non ritocchiamo le regole? Secondi appuntamenti *e* compleanni.»

Le loro mani scattarono e una nuvola di spezia si espanse nell'aria sopra il recipiente e tra i loro sorrisi gemelli. Un sottile strato andò a posarsi sugli stivali di Zane. Fantastico, così avevano anche un buon profumo. Probabilmente perfino un buon sapore. Tutto, eccetto che un bell'aspetto.

Afferrò un tovagliolino e li ripulì. «Ti starebbero bene. Questi stivali, intendo.»

«Magari aiuterebbe avere un'intera mise abbinata.»

«Volevo somigliarti. Mi piace il tuo look.»

Beckett si appoggiò contro il bancone con pigra eleganza. «Il mio look?»

«Sì, studioso e intelligente.» Zane inclinò il capo e mormorò: «Credo di aver capito perché la nostra *bromance* è importante.»

Beckett inarcò un sopracciglio.

«Se riesco a far ridere un uomo del tuo calibro con me, invece che *di* me, avrò più chance di prendere all'amo il vero amore.» Gettò nella spazzatura il tovagliolino usato e tornò al bancone con un sorriso soddisfatto. «E ora passami le noci.»

Beckett lo fissava con la fronte aggrottata.

«Va tutto bene, Becky?» gli domandò Zane.

Lui riportò subito lo sguardo sul ripiano. Prese il sacchetto di pecan e lo capovolse sopra il recipiente. Una sola noce cadde nell'impasto.

Zane si afferrò la nuca con una risata imbarazzata. «Non è la prima volta che mi capita. Ne ho una scorta segreta nascosta in valigia...»

«Sai che ti dico?» lo interruppe Beckett, raccogliendo la noce e ficcandosela in bocca. «I muffin alla cannella sono altrettanto buoni.»

Mescolato l'impasto, riorganizzarono il forno per far spazio al vassoio di muffin. Zane si chinò a sbirciare attraverso il vetro mentre Beckett si sfilava i guanti da forno dalle mani, si raddrizzava e li riappendeva all'apposito gancio sotto l'etichetta *presine*.

Zane alzò lo sguardo nell'esatto momento in cui lui lo abbassava e Beckett si immobilizzò. Le sue cosce erano impolverate di spezia e, vicino com'era, a Zane sarebbe bastato tirar fuori la lingua per dare inizio a un festino alla cannella.

Beckett si girò e fece un passo indietro. «Il bucato…»

Zane gli allacciò le braccia attorno alle gambe, il viso spiaccicato sul lato esterno di una coscia. Il tessuto dei jeans era sottile e il tepore della gamba di Beckett gli scaldava la guancia. Guardò in su verso il suo volto stupefatto. «Non abbiamo ancora finito.»

«Cos'altro, di preciso, avresti programmato?»

«Oh, non saprei, giusto il fiorire della nostra *bromance*.» Lo lasciò andare, si rimise in piedi e prese il cellulare da sopra il ripiano. «Domanda numero uno: qual è il miglior messaggio, il più divertente, che tu abbia mai ricevuto?»

Gli occhi di Beckett scattarono dal telefono al suo viso, per poi tornare al telefono. «Che stai facendo?»

Zane scrollò la pagina. «Ti pongo delle domande. Numero due: per quale star cinematografica hai una cotta?»

«Perché le stai leggendo *dal cellulare*?»

Zane osservò la sua espressione sbalordita e gli sventolò il display davanti alla faccia. «Ho trovato "Come Iniziare una *Bromance* in 13 Passi" su wikiHow, più un altro blog fantastico pieno di domande per approfondire la conoscenza reciproca.»

Beckett afferrò una bottiglia di vino a metà e uscì dalla cucina per raggiungere il tavolo da pranzo. Tirò indietro una sedia, si sedette sul bordo e si piazzò il vino di fronte.

«Ti serve un bicchiere, Becky?»

Lui fissò la bottiglia. «Sì.»

Zane gli portò un largo calice di cristallo preso dalla credenza del salotto. Beckett tolse il tappo e cominciò a versare il vino.

Zane si mise a cavalcioni della sedia opposta, i gomiti che premevano sullo schienale di legno mentre scorreva di nuovo la pagina di wikiHow. *Trascorrete un sacco di tempo insieme. Iniziate da una frequentazione occasionale.*

Beckett finì di versare.

«È una dose piuttosto generosa,» commentò Zane.

Beckett spinse il calice verso di lui e si mise a bere dalla bottiglia. «Non ne ho mai avuto tanto bisogno.»

«Sei troppo timido per rispondere alle mie domande, Becky?»

«No, no. Solo troppo sobrio. Passami quel telefono.»

Zane obbedì e lo guardò leggere la lunga lista di domande. Il suo pollice si immobilizzò sul display. «Perché "Cosa fai per vivere?" è la numero cinquantadue?»

Lui scrollò le spalle. «Non saprei. Se vuoi una risposta, disegno fumetti. Principalmente per *Scarlet Sentinel contro Fire Falcon.*»

«Ti piace il tuo lavoro?»

«Lo amo.»

«Ami un sacco di cose, eh?»

«Solo le migliori. Disegnare, ad esempio.»

«Si guadagna bene?»

Zane rise. «Per niente.»

«Come ti mantieni in giro per gli Stati Uniti?»

«Quando mia nonna è morta, ha lasciato a me e ai miei fratelli un'eredità. Ho abbastanza fondi da andare avanti per un bel po'.» Zane allungò il bicchiere verso Beckett, che sollevò la bottiglia e brindò alla loro *bromance.* Dopo che ebbero bevuto un altro sorso, il sorriso di Zane si allargò. «Allora… il miglior messaggio? La star del cinema per cui hai una cotta?»

«Sei perseverante, te lo concedo.»

Zane non era sicuro di sapere cosa significasse *perseverante.* «È una cosa buona?»

Un sorriso aleggiò sulle labbra di Beckett. «Non lo so ancora.» Tirò fuori il suo cellulare, ci trafficò per un attimo, poi lesse ad alta voce: «"Scusa, Rebecca. Quanto sono stato impertinente!" Di sicuro uno dei due messaggi migliori.»

Zane chinò il capo e si rifugiò in un altro sorso di vino. «Me lo rinfaccerai per sempre, eh?»

«Anche se: "Vado pazzo per storie d'amore e fumetti e adoro mangiare i bambini e i gatti" vince a mani basse.»

«Mi stai incoraggiando a fare amicizia con le virgole?»

Beckett inclinò la testa. «Sì, ma non preoccuparti, a quanto pare sarò la tua virgola ambulante.»

Il sorriso di Zane era troppo grande per la sua faccia. «Qual è la star del cinema che ti scombussola tutto?»

«Era il timer del forno che ha appena suonato?» Beckett si alzò di scatto e se la svignò in cucina.

Zane lo seguì a braccia conserte. «Non ha suonato. Dimmelo.»

«Forse è rotto. I muffin sembrano molto...»

«*Crudi* è la parola che stai cercando, professore.»

Beckett si allontanò dal forno e si voltò con un sospiro, scuotendo la testa. «Chris Hemsworth.»

«L'australiano?»

«Quel corpo, quell'accento...» Beckett si mordicchiò il labbro inferiore.

Era inaccettabile. «Gli australiani saranno pure fighi quanto noi *Kiwi* e avranno pure spiagge in cui si riesce davvero a sedersi, ma il loro accento...» Fece una smorfia esagerata. «Suona piuttosto strano.»

Il viso di Beckett era privo di espressione. «Suona esattamente uguale al tuo.»

Zane lo fulminò con lo sguardo. «Ritira ciò che hai detto! I nostri accenti sono diversissimi. Come banane e arance.»

Beckett emise una risatina. «A me sembrano entrambi frutti.»

Zane scosse il capo. «Ora basta. Sarai sul mio libro nero finché non vedrai la portata dei tuoi errori.»

«Finché non sentirò la portata dei miei errori, più che altro.»

Zane afferrò lo strofinaccio e glielo tirò sulla faccia fin troppo divertita. «Prendilo e va' a fare il bucato.»

Suonavano uguali? Scandaloso!

Era evidente che Zane dovesse educarlo sulle cose importanti della vita.

L'amicizia è l'inesprimibile conforto di sentirsi al sicuro con una persona, senza bisogno di pesare i pensieri né misurare le parole.
George Eliot

Capitolo Cinque

B eckett sparì a fare il bucato e Zane inciampò su un gatto fulvo piuttosto furtivo. Si salutarono con una serie di versi, poi un artiglio agganciò la fascia elastica del suo stivale. Non amore a prima vista, ma Zane sapeva dove trovare i croccantini.

Quando i muffin si furono raffreddati, ne mise una decina su un piatto e andò a trovare Darla.

Si accomodarono su due traballanti sedie di legno con le imbottiture in velluto, attorno a un tavolino quadrato.

La stanza era una copia speculare di quella di Beckett, con cucina, zona pranzo e soggiorno in un unico ambiente. Dove Beckett aveva appeso quadri di cavalli, lei aveva incorniciato foto di famiglia.

Zane inspirò l'incenso e sorrise a Darla, che lo osservava con una scintilla premurosa nello sguardo.

«I tuoi parenti?» le chiese, indicando le immagini.

«Quella ragazza adorabile è mia figlia, Crystal. La maggior parte le sono state scattate quando aveva meno di vent'anni. Vive in Minnesota e ha una famiglia tutta sua.»

Con il bastone da passeggio, picchiettò su una grossa fotografia di due bimbi con i denti mancanti. «Questi sono i miei amati nipoti, Theo e Leona. Ormai sono cresciuti, ovvio. Theo vive qui vicino con suo marito, Jamie. Nei fine settimana sono impegnati a far visita alla madre surrogato dei loro gemelli, ma vengono a trovarmi regolarmente.»

Darla tagliò a metà un muffin e ci spalmò sopra del burro. «Il bell'uomo più maturo era il mio Timothy. Riposi in pace.»

Zane balzò in piedi e andò a studiare le foto. Che ricordi affettuosi.

Sua madre e suo padre avevano una parete simile a casa. Lui, il quarto figlio, era arrivato a sorpresa quando erano già passati dal rodeo delle foto. Tutte le prime volte erano già state prese.

Avevano una bella foto di lui a cavalluccio sulla schiena di Jacob. E poi ce n'era una che faceva sempre sghignazzare i suoi fratelli. Ne rideva anche lui, nonostante gli provocasse un vuoto allo stomaco. Era sul palco a quindici anni durante una rappresentazione teatrale scolastica. Allampanato e a bocca spalancata.

Si riscosse dal tenero ricordo. Era andato da Darla per due ragioni, e l'aveva già ringraziata di aver tenuto d'occhio le sue cose.

«Darla?»

«Sì?»

«Ieri sera, sulla veranda, hai accennato a un toro spezzato. Parlavi di Beckett, vero?»

Lei gli rivolse un sorriso triste.

Zane si accostò. «Puoi spiegarmi?»

Darla parlò piano. «Beckett è affidabile, onesto, compassionevole e testardo. È forte. Capace di resistere a tutto. Era un ragazzino gay dichiarato in un liceo di una zona rurale dove gli atti di bullismo erano all'ordine del giorno. Il suo cavallo l'ha disarcionato e lui è caduto, rompendosi una clavicola e un braccio. Ha imparato a scrivere con la mano sinistra per superare a pieni voti gli esami in arrivo. Il padre ha lasciato la madre quando lui era ancora piccolo e non si è mai preoccupato di mantenere i contatti. Beckett si è rialzato ogni volta. È un vero toro d'acciaio. Ma tutti abbiamo delle debolezze, e la sua è il cuore.»

Zane si appollaiò sul bracciolo di un divano di pelle scamosciata e ingoiò il nodo alla gola. «Come sai tutte queste cose?»

«Da sette anni, ceniamo insieme tre volte a settimana. Mi fa la spesa. Prima che Theo si ritrasferisse in zona, veniva qui ogni quindici giorni a falciarmi il prato e passarmi l'aspirapolvere. Mi ha dato una chiara visione del suo carattere. In più è sempre stato aperto riguardo al suo passato, non è tipo da avere segreti.» Si alzò pian piano e lo superò con una zaffata di profumo. Gli indicò una foto in fondo alla parete. «Beckett quando è venuto a vivere qui. Un gran bel giovane.»

Zane la seguì e studiò l'immagine dell'uomo sorridente. Appariva regale nel suo blazer, gli occhi che brillavano quasi avesse l'intero universo a portata di mano.

«Ci vuole tempo per guadagnarsi la fiducia e la lealtà di uno del Toro,» continuò Darla, «ma se ci riesci, sarai suo amico intimo per sempre. Almeno, è così che dovrebbe andare. Luke è entrato nella sua vita, gli ha promesso un mondo di amore e devozione, si è conquistato quella fiducia e poi l'ha fatta a pezzi davanti ai suoi occhi.»

Il suo sospiro appannò il vetro della foto, e Zane le avvolse un braccio attorno al collo e le strinse una spalla attraverso il cardigan che indossava sopra il vestito a fiori.

«Continuo a ripetergli che il mare è pieno di pesci. Pesci migliori.» Lo guardò. «Ce n'è uno perfetto che aspetta solo di essere pescato da lui.»

«Ma non ti crede?»

«Non ancora.»

Un gatto fulvo saltò sul divano lì accanto e Zane sobbalzò

per la sorpresa. Darla rise e gli accarezzò la testolina. «Ecco il mio leoncino.»

Zane aggrottò la fronte. Stava impazzendo o… «Non l'ho appena visto da Becky?»

Darla grattò il gatto sotto il mento. «Sono troppo vecchia per badare a un gatto. Però mi piace avere un po' di compagnia. Beckett ha pensato che condividerne uno fosse una buona idea. Leo viene a farsi coccolare da me e lui si occupa di dargli da mangiare e di portarlo dal veterinario.»

Che brava persona. Per forza Zane aveva subito sentito un legame.

Rivolse a Darla un sorriso a trentadue denti.

Lei ridacchiò. «Sei proprio dei Pesci. Gran cuore, anima ancora più grande.» Tornò verso il tavolino e il muffin avanzato con un'espressione meditabonda. «Hai in mente qualcosa. Di che si tratta?»

Zane smise di tastare la tovaglia in pizzo e si sporse in avanti. Conosceva a malapena Beckett, ma di una cosa era certo.

«Voglio rimettere insieme i pezzi del suo cuore.»

Dopo una cena sdolcinata con Beckett a base di pasticcio di maccheroni, Zane tornò in cucina, piatti sporchi in mano.

Alla fine si era tolto gli stivali, eppure la vescica sul suo tallone gli faceva sempre più male a ogni passo. Probabilmente avrebbe dovuto levarseli prima, ma si era voluto convincere di aver preso la decisione giusta ad acquistarli.

Tirò fuori i due muffin messi da parte, rovistò nel mobile in cui aveva riposto il pacco di candeline che aveva comprato, ne prese una e diede fuoco allo stoppino con l'accendigas.

Cantando *Tanti auguri a te*, portò il muffin a Beckett. «Esprimi un desiderio.»

Lui fissò il dolcetto, la fiamma solitaria che si rispecchiava nei suoi occhi.

«Devi aver immaginato che uno fosse per te,» commentò Zane, afferrando il suo piatto e riunendosi a lui a tavola.

Beckett girò il proprio. «Me lo aspettavo, *all'inizio*, ma non dopo l'uscita infelice su Hemsworth.»

Zane gli scoccò un'occhiataccia, che però gli fu impossibile mantenere a lungo perché le labbra di Beckett si sollevarono agli angoli. A un toro spezzato poteva lasciarla passare. Almeno per il momento. «Considerati fortunato che è il tuo compleanno.»

«Dove hai comprato la candelina?»

«Al supermercato mentre tu studiavi a memoria l'etichetta di una bottiglia di vino.»

«Mi piace che abbia un sentore di noce.»

«Vedi, siamo sulla stessa altezza d'onda.»

Le labbra di Beckett tremolarono. «Lunghezza.»

«Perché mai lunghezza? Se devi starci sopra importa quanto è alta.» Zane addentò il suo muffin, spinse il boccone al lato della guancia e indicò la cera che gocciolava lungo la candelina di Beckett. «Esprimi un desiderio e mangia.» Inghiottì. «Devo cercare il posto perfetto per baciare qualcuno dopo una serata insieme, quindi andiamo a fare una passeggiata.»

Beckett soffiò la candelina con uno sbuffo esasperato. «Solo se ti metti le scarpe da ginnastica.»

Zane emise una risata stanca. «Ti imbarazza troppo farti vedere con me quando indosso i miei fantastici, splendidi, fighissimi stivali turchesi?»

«No.»

«Perché le scarpe da ginnastica, allora?»

«O calzini e sandali, se preferisci.» Beckett ripulì l'ultima forchettata di muffin e rimise giù la posata. «Qualsiasi cosa ti eviti ulteriori vesciche.»

~

ZANE SI MISE I SANDALI. A ogni passo nell'aria fresca si sentiva più leggero. Certo, la vescica lo disturbava un po', ma le scarpe aperte aiutavano e il fastidio lo teneva concentrato. Il cielo era trapunto di stelle e Zane adorava come la condensa dei loro respiri si spandeva verso l'alto quasi volesse raggiungerle.

«Se attraversiamo la strada e tagliamo da quel parco... che stai facendo?» chiese.

Beckett si era fermato e aveva tirato fuori il cellulare, e tamburellava con un mocassino sul bordo di una buca stradale. Indossava il blazer blu marino che gli aveva regalato lui e aveva una sciarpa celeste avvolta attorno al collo. Forse non tanto perché era la sua normale mise per fare due passi, ma per mostrare apprezzamento per il suo dono. Zane aveva trascorso una notevole parte della passeggiata ad ammirare il modo in cui gli aderiva alle spalle e al torso affusolato.

«Quello che avrei dovuto fare quand'è iniziato il *salto del fosso*. Consulto Google Maps.»

Aveva usato il suo tono da professore, ogni parola enunciata con cura.

Zane tentò di rubargli il telefono, ma era rapido con le mani tanto quanto lo era con la lingua. «Torneremo a casa, Becky.»

«Divertente.»

«Cosa?»

«Credi che stia cercando indicazioni su come rientrare a casa. Sto cercando come evitare di ammazzarci.»

Zane staccò gli occhi dalla luna crescente e si guardò attorno. L'edera incolta oscurava il vicolo cieco e le ombre nel parcheggio dall'altro lato della strada si estendevano con aria sinistra. La puzza asfissiante di graffiti appena realizzati gli colpì le narici. «In effetti questo parco è un po' inquietante.» «Perché è un cimitero.» Becky agitò il cellulare. Un rametto d'edera spezzato si staccò dalla rete metallica alta due metri, gli cadde sulla testa e la punta aguzza di una foglia gli stuzzicò una ciocca di capelli. «Maledizione. Non c'è campo. Come siamo arrivati qui?»

Zane scrollò le spalle. «*Io* cercavo posticini romantici in cui portare una ragazza mentre *tu* mi spiegavi perché è lunghezza e non altezza d'onda e mi facevi una lezioncina finemente dettagliata su cosa rende Tolstoj tanto "affascinante".»

«Stai scherzando.» Gli occhi di Beckett apparivano profondi e appassionati nell'oscurità, ma il suo tono non combaciava.

«Speravo che lo stessi facendo tu. *Guerra e Pace* sembra una noia mortale e *Anna Karenina*… fiducia, questa sconosciuta.»

«Posticini romantici per portare una ragazza? Il cimitero mi pare perfetto.» La risposta sarcastica suonava tremante.

Zane notò due persone che sbucavano dall'angolo cieco di Mordor. «Oh, guarda. Chiediamo informazioni a quell'altra coppia.»

«Quell'*altra* coppia, Zane?» Beckett si diresse verso di loro, fermandosi quando i due cominciarono a urlarsi in faccia.

«Wow,» esclamò Zane, con un'intensa sensazione di disgusto allo stomaco.

«Mi stai scaricando?» strillò il tizio, scuotendo troppo forte la sua povera ragazza… che era carinissima, per altro.

Era il momento di lanciarsi al salvataggio.

«Stanne fuori,» gli raccomandò Beckett, borbottando subito dopo un «Per l'amor del cielo» mentre gli correva dietro sbattendo i mocassini sull'asfalto pieno di crepe.

Zane gridò e i due si separarono di scatto. Il ragazzo gli rivolse un'occhiata e si impettì.

«Vuoi fare a botte, coglione?» lo sfidò, dandosi un pugno sul petto.

Zane corse più veloce verso di loro.

Il tizio sbarrò gli occhi e la sua spavalderia cominciò a vacillare. Si agitò a disagio, mise la coda tra le gambe e se la svignò. La ragazza singhiozzò e scappò dall'altro lato della strada.

Grazie a Dio.

Per quanto sembrasse uno che avrebbe potuto picchiare tre uomini con una mano legata dietro la schiena, la verità era che sarebbe bastato fargli il solletico a un fianco per ridurlo al tappeto a supplicare perdono.

Arrivato nel punto in cui si era trovata la coppia, si girò. Un paio di metri più indietro, Beckett saltellava su un piede, l'altro scalzo, lanciando occhiatacce verso i cespugli. Gli si era sfilata una scarpa mentre lo inseguiva? Si erano allentati i lacci a forza di saltare fossi?

Zane tornò indietro e tentò di individuare tracce del mocassino perduto. Beckett esibiva un fantastico controllo del proprio corpo e avanzava con eleganza su un piede solo, mani sui fianchi, alla ricerca della scarpa.

La luce di un lampione baluginò sul marciapiede, giocando sopra la punta del mocassino che faceva capolino tra le foglie piatte. Con un sorriso divertito, Zane lo liberò.

Un viso incredulo e un po' colpito si voltò verso di lui.

«Quello,» dichiarò Beckett indicando la coppia che si era dileguata, «non è il modo in cui affrontiamo le cose da queste parti.»

Zane allargò i lacci della scarpa. «E come le affrontate?»

«Raccogliamo tutta la nostra forza virile e ce la diamo a gambe.»

In linea di massima, non era contrario all'idea. «Potrei aver avuto un secondo fine.»

«Sconvolgimi.»

Il cemento, duro e freddo, gli si conficcò nel ginocchio quando si chinò a sollevare il piede di Beckett, che si lasciò sfuggire un verso di stupore e si sorresse a un lampione.

Zane si appoggiò il piede, sorprendentemente caldo sotto il calzino, sul ginocchio opposto e tirò indietro la linguetta del mocassino. «Diciamo che speravo che, essendo accorso a salvarla...»

Beckett aggrottò la fronte. «Si sarebbe innamorata di te?»

«Il Principe Azzurro alla riscossa.» Zane tese i lacci, li legò e infilò un dito sotto la linguetta per accertarsi di non averli stretti troppo.

Beckett si schiarì la gola e piazzò entrambi i piedi per terra. «Torniamo a casa.»

Zane si rialzò. «Seguimi.»

«Scordatelo.» Una presa calda gli avvolse le dita e Beckett lo tirò nella direzione opposta, scuotendo la testa incredulo. «Hai paura di un ragno, ma ti butti nel bel mezzo di un litigio con un bastardo infuriato.»

«È piuttosto semplice, Becky. Il bastardo infuriato... non aveva otto zampe.»

Lui lo guardò di sbieco, strappandogli un grosso sorriso.

«Dove eravamo arrivati?» riprese. «Ah, giusto, Natasha e Pierre...»

«Basta parlare di Tolstoj. Ti prego.» Zane agitò giocosamente le dita nella presa decisa di Beckett, che lo lasciò andare di colpo.

«Che ne dici della genialità di James Joyce?»

Zane si riappropriò della sua mano. Dita fredde e agili scivolarono attorno alle sue, più grandi e goffe. Un'energia allarmante gli fece fremere la mano.

«Zane?» La voce di Beckett suonava pacata, incerta.

«*Bromance*, Becky.»

«Somiglia in maniera spaventosa a una normale relazione romantica.»

«Sono due cose simili.»

Beckett perse il passo. «Qual è la differenza, di preciso?»

«Io e te abbiamo un rapporto platonico.»

Lui fissò le loro mani allacciate e Zane strinse la presa. «Platonico.»

«Significa che non facciamo sesso,» precisò Zane.

La sua spiegazione fu accolta da un'occhiata inespressiva. «Hai letto anche questo su wikiHow?» Beckett scosse il capo. Riprese a camminare con una tiratina alla mano di Zane. «Giusto perché tu lo sappia, forse non è una grande idea tenersi per mano in questo modo.»

«Eppure non ti stai ritraendo.»

«Fa freddo e la tua mano è calda che è un piacere.»

Zane gli fece l'occhiolino. «Oh, ma grazie.»

Lui inarcò un sopracciglio. «Allora, James Joyce?»

«Che mi dici di Beckett?» Zane gli strinse la mano. «Voglio saperne di più su di lui.»

Le labbra del professore si incurvarono appena.

«Samuel Beckett. Autore irlandese, nato a...»

Zane gemette.

Eravamo insieme. Tutto il resto l'ho scordato.
Walt Whitman

Capitolo Sei

Sbattendo le palpebre assonnato, Zane fissò il soffitto mansardato e decise che gli piaceva. Non l'inclinazione del tetto, né la stanza stretta o il letto, con la rete che cigolava e protestava al minimo movimento del suo corpo e il materasso che affondava nel mezzo, ma il sapore di casa nell'aria. La zaffata di pane troppo tostato che proveniva da una stanza lontana. Il pulviscolo illuminato dal sole che entrava dalla finestra e gli scaldava il viso.

Sapeva di casa. Sapeva di moltissimi bei ricordi creati lì dentro. Di altrettanti a venire.

Era qualcosa che lo attirava. Una sensazione che non sperimentava da quando aveva quindici anni e Jacob viveva ancora in famiglia. Si ricordava di quando era comparso con una pistola ad acqua gigantesca, in cerca di collaborazione per architettare un piano per infastidire i loro fratelli.

Zane doveva studiarne uno per convincere Becky a lasciarlo restare.

Udì l'avviso di un messaggio in arrivo e si alzò subito a sedere per afferrare il cellulare.

Non era un'e-mail di Rocco riguardo alle sue illustrazioni.

Si passò una mano tra i capelli ingarbugliati. Aveva immaginato che non gli avrebbe scritto durante il fine settimana, ma sperava che gli desse notizie in giornata.

Il messaggio era un promemoria automatico della scadenza del suo visto, da lì a ventinove giorni. *Che il conto alla rovescia abbia inizio.*

Scostò le coperte e sbatté l'alluce su una delle fauci del suo tappeto di finta pelle d'orso. Saltellò su un piede con una risata sofferente.

Un piano. La sua missione per l'indomani sarebbe stata convincere Beckett a lasciarlo restare. Quella attuale era trovare una potenziale anima gemella o, come minimo, organizzare un primo Magico Incontro.

Ma, perché potesse avere qualche speranza di successo…

Gli serviva del caffè.

Dopo essersi dato una lavata, si infilò una felpa e si diresse in cucina. Era vuota, a esclusione del gatto fulvo che si avventò sul suo tallone artigliando i suoi jeans migliori, nonché la sua graziosa vescica. «Lo sai che non sono un vero pesce, sì?»

Diede da mangiare a Leo e si preparò un caffè.

Cinque minuti più tardi, mise la tazza nel lavandino e si avviò di soppiatto verso la stanza di Beckett. Mentre nel resto della casa regnava una precisa organizzazione, la camera da letto ricordò a Zane che nessuno era perfetto.

Creme e boccette di dopobarba invadevano il comò. Un blazer era buttato alla bell'e meglio su una sedia e le lenzuola si spandevano lascivamente su un ampio letto.

Beckett era seduto sulla sponda, giacca sbottonata su una camicia bianca inamidata, ad allacciarsi le scarpe di cuoio lucido marrone. Una borsa di pelle giaceva aperta sul materasso accanto a lui, grossi plichi di fogli ne rigonfiavano l'interno. Lavori degli studenti?

Zane si appoggiò allo stipite della porta e incrociò le caviglie. «O hai ragione, o la tua pretenziosità è contagiosa.»

Beckett balzò in piedi e ruotò su se stesso, colto di sorpresa, ma pur sempre con eleganza. «Come, scusa?»

«Il caffè,» spiegò lui entrando nella stanza. Si caricò in spalla la pesante borsa di pelle. «Ne ho bevuto un sorso e...»

Gli occhi di Beckett brillarono compiaciuti. «Avevo ragione.»

«Torniamo al King's.»

IL PROFUMO APPENA TOSTATO DEL CAFFÈ GLI FECE VENIRE l'acquolina in bocca.

Lo stesso barista del giorno precedente poggiò due tazze sul bancone di legno lucido. Zane si aggiustò la borsa a tracolla e tirò fuori il portafogli.

Beckett fece altrettanto.

Zane lo scacciò via con un sorriso. «Offro io.»

Lui lo osservò come se fosse pazzo. «Hai offerto l'ultima volta.»

«Sì, ma tu mi stai ospitando.»

«Ieri hai pagato la spesa. Credo di potermi occupare io del caffè.»

«Ma...» Beckett assottigliò lo sguardo, interrompendo la sua protesta. Gli occhi divertiti del barista danzavano dall'uno all'altro. Zane si accostò e, con la lieve nota muschiata del suo dopobarba nelle narici, sussurrò a Beckett: «Quant'è cocciuto un Toro?»

Lui fremette, si scostò di qualche centimetro e si massaggiò l'orecchio. Gli lanciò un'occhiata fugace. «Ti piace freddo il caffè?»

Zane si rimise in tasca il portafogli e rispose con vivacità: «Perché non hai ancora pagato?»

Il barista scoppiò a ridere. «Signori, signori,» disse con un sorriso che occupava mezza faccia. «Oggi offre la casa.»

Lo ringraziarono e li presero a portar via.

Beckett si fermò all'angolo della strada e Zane gli finì addosso. Il liquido schizzò fuori, ma per fortuna finì sulla tazza e non sulla manica del professore. «Scusa. Ero letteralmente su un altro pianeta.»

«Letteralmente, eh?»

«Già. La fregatura di essere un sognatore.»

Beckett sorrise e indicò la propria borsa. «Vado nella direzione opposta.»

Zane tenne stretta la cinghia. «Oltre la fila di ristoranti che ho visto ieri?»

«Sì.»

«È un pezzo di strada carino, per arrivare al lavoro?»

«Incantevole. Ora, se mi restituisci…»

«C'è qualche bel posticino in cui baciare qualcuno, se sarò abbastanza fortunato da procurarmi un appuntamento per stasera?»

Beckett sospirò. «Tieni la borsa e seguimi.»

Camminarono fianco a fianco, felpa larga e blazer stretto. Beckett lo condusse su un ponte storico acciottolato, oltre un antico palchetto da orchestra nel parco e sotto una cortina di salici piangenti.

«Di certo ti impegni per dare una buona impressione,» commentò Becky dopo un sorso di caffè.

Zane inspirò l'aria pulita primaverile. La camminata mattutina aveva risvegliato in lui una serie di brividi elettrici che si andavano accumulando. «La passeggiata per fare due chiacchiere a fine cena è alla base del romanticismo. Dev'essere perfetta. Memorabile.»

Beckett inciampò su una radice e Zane lo afferrò per un braccio, aiutandolo a raddrizzarsi. Lui si ripulì la manica, nonostante non gli avesse versato addosso del caffè. «Memorabile. Immagino che questo percorso…»

«… sia meglio del cimitero?»

Gli si erano sporcati i pantaloni sulle cosce? Stava accartocciando la tazza e continuava a spazzolarsi i vestiti. «D'altro canto… se la persona in questione è in grado di tollerare una passeggiata al cimitero, è probabile che ti starà attorno per sempre.»

«Hai ragione. Da morire.»

Beckett lasciò perdere lo sporco immaginario. Le sue labbra si incurvarono al ritmo dei passi di Zane, che prese le tazze vuote di entrambi e le buttò nel bidone dell'immondizia che segnava l'inizio del campus.

«Il lunedì lavoro fino alle otto,» gli spiegò rapidamente Beckett. «Non ho dubbi che troverai una ragazza con cui uscire. Divertiti e ci vediamo domani.»

«Domani? È bello che tu creda che avrò successo, ma sappi che non sono abbastanza Casanova da fare sesso al primo appuntamento. O al terzo.» Preferiva conoscere una persona. Riderci almeno un po' insieme, prima di finire a letto. «Preparati a trovarmi accoccolato sulla grossa poltrona che hai in salotto.»

Al suono di una campanella in lontananza, Beckett si affrettò a raggiungere un auditorium vittoriano e Zane tenne il passo.

Infilò le mani nel tascone della felpa e rimase in adorazione dei pilastri sfarzosi e delle decorazioni di ottone sui mattoni. Il posto odorava di legno antico, di libri e di un insaziabile bisogno di imparare.

Tutto molto Beckett.

«Quindi è qui che pontifichi.» Sarebbe potuta diventare una delle sue parole preferite. Suonava fantasticamente scortese.

«Ti va di venire e guardare?»

Zane rischiò di strozzarsi. Immagini di un Beckett nudo, stravaccato su una poltroncina con l'erezione in mano gli provocarono un'insolita scossa nelle viscere.

«Zane?»

Archiviò quello scenario. «Altre lezioni su Tolstoj? Per quanto sia un'offerta eccitante...»

«È un corso di *scrittura* creativa.»

Creativa? Tipo imparare a scrivere le proprie storie? Dondolò sui talloni.

Alle spalle di Beckett, un mucchio di studenti si riversarono nell'auditorium. Pieni di vigore giovanile. Cervelli che esplodevano di citazioni letterarie. Dita che fremevano dal desiderio di scrivere il prossimo grande romanzo americano.

«Io *disegno*, Becky.»

Lui lo osservò con aria meditabonda. Si accostò, il respiro che gli sfiorava appena il mento. Due prudenti occhi azzurri catturarono Zane, che si mise a giocherellare con la tracolla sul suo petto. Un palmo caldo gli si posò sul cuore e si intrufolò sotto la cinghia. «Io *insegno*, Zane.» Beckett sollevò la borsa e lui chinò il capo perché potesse sfilargliela. «Se lo volessi, potresti disegnare *e* scrivere.»

Sentiva la voce di Jacob che lo incoraggiava ad accettare. A fare progressi nel creare un fumetto tutto suo.

Beckett si mise in spalla la borsa e indietreggiò verso l'aula. «Pensaci.»

Zane si sfregò il punto dove non posava più la cinghia. Non riuscì a sostenere il suo sguardo, così gli fissò le scarpe di pelle finché non scomparvero oltre il passaggio ad arco.

Disegnare *e* scrivere.

Zane esitò. Non se ne voleva andare.

Era solo che non sapeva come convincersi a entrare.

CON L'OTTIMISMO CHE LO CONTRADDISTINGUEVA, ZANE cercò una ragazza con cui uscire *e la trovò*.

Erin, che gli aveva fatto una fantastica impressione online, aveva suggerito di incontrarsi per bere qualcosa all'altro capo della città dopo la sua lezione di yoga. Il che rovinava i suoi piani per una passeggiatina romantica ma, se lei preferiva che si vedessero dalle sue parti, a lui stava bene.

Lasciò a casa i sandali in favore delle sue scarpe nere eleganti con i dettagli color menta. Appena l'Uber lo scaricò sul marciapiede fuori da Franny's, silenziò e mise in tasca il cellulare.

Erin sedeva al bancone in un paio di jeans aderenti e una camicetta turchese che gli ricordava i suoi stivali. La identificò facilmente grazie alla borsa da yoga appoggiata sul ripiano, anche se sarebbero bastati i suoi capelli rosso fuoco.

Zane percorse il pavimento appiccicaticcio e raggiunse gli sgabelli. «Erin?»

Lei gli sorrise e lo squadrò pigramente dalla testa ai piedi. «Oh, niente male. Cosa bevi?»

Di certo nulla di alcolico. Aveva intenzione di ricordare il loro Magico Incontro. «Succo di arance rosse.»

Con uno sventolio della coda di cavallo, Erin smise di richiamare l'attenzione del barista per osservare lui. La sua bocca si incurvò in un sorriso seducente che lo spinse a indietreggiare di un passo. «Ti piacciono le rosse, eh? Andiamo da me e te ne farò assaggiare quanto vuoi.»

Prima che potesse protestare, lo trascinò fuori nell'aria fresca della sera. Risalì con le dita tra i bottoni della sua camicia e Zane sbatté le palpebre, cercando la maniera migliore per rifiutare l'offerta senza…

Le dita arrivarono alla base del suo mento. «Che ne dici di una piccola degustazione?»

Gli imprigionò il viso e lo baciò.

Nonostante un intero piatto di manzo e broccoli, Zane

ancora non riusciva a levarsi dalla bocca il retrogusto della sua terribile uscita. Nemmeno la compagnia vivace di Darla l'aveva tirato su di morale.

Si trascinò a casa di Beckett e poi su in mansarda, dove girò attorno alla testa d'orso e si infilò gli auricolari. Con *Progress* dei Public Service Broadcasting che gli martellava nelle orecchie, si buttò sul letto scricchiolante e fissò la base del baule contro cui campeggiavano i maledetti stivali.

Si tamburellò le dita sullo stomaco.

Era caduto da cavallo? Sarebbe tornato in sella. Il prossimo appuntamento sarebbe andato meglio.

Per forza.

Al vibrare del cellulare, osservò la foto di Cassie inviata da Jacob. Poverina, aveva il naso di suo padre. Sorrise, una stilla di bisogno che gli faceva contrarre lo stomaco.

Zane: Quando posso venire a trovarvi?

Nessuna risposta. Probabile che Jacob fosse impegnato con la bimba.

Sul display comparve la notifica di un'e-mail e Zane si alzò subito a sedere. Era Rocco, riguardo alle ultime pagine di *Scarlet Sentinel contro Fire Falcon* che aveva realizzato. Con le dita sudate, spense la musica e si tirò le cuffiette attorno al collo. Un sorriso nervoso gli incurvò le labbra.

Ho ricevuto l'ultima bozza. Le vignette vanno bene, ma non hai disegnato quello che ti ho chiesto. Hai aggiunto troppe emozioni sul viso di Fire Falcon. Lavorare con te mi piace perché segui la trama alla lettera e non aggiungi mai il tuo stile alle mie storie. Negli ultimi due numeri ti sei lasciato un po' prendere la mano. Ti sarei grato se ti limitassi a ciò che sai fare meglio: colori, non idee.

Sono sicuro che comprenderai il mio punto di vista. Disegni bene.

Grazie per la consegna puntuale.

Zane si passò le dita tra i capelli. «Okay.»

Scese nel bagno con il rivestimento blu e spalancò il mobiletto sotto il lavandino. *Non importa.* A Rocco non era piaciuta l'illustrazione. Non aveva senso crucciarsene.

In mezzo a una collezione di detersivi abbandonati, trovò un flacone impolverato dall'aria promettente, versò una dose del contenuto nella vasca su piedini e la riempì d'acqua calda.

Sulla superficie si formò una schiuma al profumo intenso di lavanda. Gli pizzicavano gli occhi. Tirò su col naso.

Quello di cui aveva bisogno era prendersi cura di se stesso. Si chinò di nuovo e recuperò dal mobiletto una dozzina di candele galleggianti. Dopo un salto in cucina, aveva i cerini per accenderle.

Si sfilò la maglietta e calò i pantaloni. Le mattonelle fredde gli gelarono la pianta dei piedi. Si girò verso la vasca e si fermò alla vista del suo riflesso nello specchio.

Spalle larghe e squadrate, un torso affusolato, muscoli lievemente segnati. Peli biondi sul petto, ciuffi più scuri sotto le ascelle e alla base dell'uccello non circonciso. Gambe lunghe e ben definite.

Occhi marroni colmi di delusione ricambiarono il suo sguardo. Si voltò, spense la luce e si immerse nell'acqua bollente.

Forse ciò che aveva detto Luke da Equestrian Mode era vero. Be', almeno aveva l'estetica dalla sua parte.

Un suono di passi, un tonfo attutito fuori nel corridoio, poi la porta del bagno si spalancò. Beckett entrò, i primi bottoni della camicia aperti, le dita che armeggiavano con quelli dei pantaloni. Lo sguardo gli cadde sulla vasca, e lui e le sue dita si immobilizzarono.

Osservò l'acqua tempestata di candeline. «È il ventunesimo secolo. Pago le bollette. Abbiamo l'elettricità.»

«Mi sto corteggiando da solo.»

«Vedere la luce accesa mi avrebbe evitato di fare irruzione qui dentro. Anche chiudere la porta a chiave avrebbe aiutato.»

«Ho una strana avversione a chiudermi a chiave in bagno. E se scivolassi e nessuno potesse aiutarmi?»

«Sarebbe meno probabile se riuscissi a vedere dove metti i piedi.»

«Le candele sono belle, però. Non le usi?»

«Sono lì per le emergenze, in caso manchi la luce.» Beckett lanciò un'occhiata al water. «Quanto a lungo pensi di crogiolarti?»

«Puoi fare pipì davanti a me, non m'importa.»

Lui si mordicchiò il labbro e si accostò alla tazza di porcellana.

«Comunque sia,» riprese Zane, «in cucina ci sono del manzo con i broccoli e un po' di riso per te.»

Beckett esitò davanti al water, rivolgendogli la schiena. «La mia cena preferita.» Zane aveva forse percepito una nota di timidezza? Che dolce.

«Ringrazia Darla. È stata così carina da dirmi cosa ti piaceva e trovarmi una ricetta.»

«Avevo carne di manzo in freezer?»

«No.» Zane prese lo shampoo di Beckett, ne odorò il profumo delicato e ne applicò una dose generosa. «Sono passato al supermercato. Avevamo anche finito la carta igienica, quindi l'ho comprata, dato che c'ero.»

Beckett alzò la tavoletta e le sue spalle parvero incurvarsi.

«Aiuterebbe se chiudessi gli occhi?» chiese lui.

Beckett scosse il capo e sbuffò. «Dammi solo un attimo. Sei piuttosto distraente.»

Zane non aveva finito di lavarsi i capelli, ma poteva uscire dal bagno e lasciargli un po' di privacy. L'acqua sciabordò quando si alzò in piedi. Beckett sbirciò da sopra una spalla e spalancò gli occhi. «Qualsiasi cosa tu stia facendo, non è d'aiuto.»

«Credevo...»

«Sommergi immediatamente tutti quei muscoli al riparo sotto la schiuma.»

Zane rise e obbedì.

Beckett imprecò tra i denti. Il pesante tintinnio della pipì colpì l'acqua sul fondo, seguito da una risatina affannata. «Carta igienica con la parola del giorno?»

Zane si sfregò i capelli. «Ho pensato che mi servisse per tenermi al passo.»

«Sei incredibile.» Il tono di Beckett si fece pacato. «Com'è andato l'appuntamento?»

«Non è stato amore a prima vista.»

«Non credevo lo sarebbe stato.»

«Non è stato neppure *gradimento* a prima vista.»

Beckett tirò lo sciacquone. Si risistemò e si spostò al lavandino. Mentre si lavava le mani, studiò Zane attraverso il riflesso nello specchio. «Uscirai di nuovo con lei?»

«No!»

Fissò le mani che si stava ancora sciacquando. «Ti va di parlarne?»

«Ha detto che i miei baci erano deludenti.»

Beckett chiuse il rubinetto, afferrò un asciugamano e si girò verso di lui. «La mia era un'offerta retorica. Avresti dovuto rifiutare.»

«A mia discolpa, non volevo nemmeno baciarla. Mi è saltata addosso. E poi ha avuto il coraggio di dire che faccio schifo nel bocca a bocca.»

Beckett si asciugò le mani. «Non ero dalla sua parte, Zane.»

«Sei dalla mia?»

«Non ne sono certo.» Osservò la porta. «Se lo chiami bocca a bocca...»

Zane affondò di più nell'acqua, la schiuma che gli solleticava le labbra. «Oddio, e se fossi *davvero* uno schifo a baciare?»

«Quel piatto di manzo e broccoli ha un profumino delizioso.» Beckett scivolò verso la soglia, l'asciugamano ancora stretto tra le dita.

«Aspetta.»

Beckett girò su se stesso, lo sguardo puntato da qualche parte sopra la testa di Zane.

«Quello mi serve.»

Beckett aggrottò la fronte e sventolò il minuscolo telo di spugna. «Questo? Non ti coprirebbe una chiappa.»

«Allora uscirò dalla vasca avvolto solo nella schiuma, a meno che non mi porti l'asciugamano più grande e morbido che possiedi.» I loro occhi si incrociarono e Zane sfoggiò i denti bianchissimi.

Beckett spostò l'attenzione sui vestiti ammucchiati sul pavimento. «Non ti sei organizzato un granché, eh?»

«Tipico della mia vita,» rispose Zane con una risata allegra.

Beckett non si lasciò ingannare e il suo sorriso divertito si smorzò. «Sei... è per via...» Indicò il bagno e le candele. «È stata una brutta giornata?»

Zane si schermì. «Ho le spalle abbastanza larghe da sorreggere il peso del mondo, ma alcuni giorni è già tanto se sorreggono la mia testa vuota.»

Beckett trattene il fiato senza emettere alcun rumore, eppure lui lo sentì fino alla punta dei piedi decorati di schiuma. «Zane...»

Infilò la testa sott'acqua per sciacquare lo shampoo. «Nulla che fantasticare per un po' e disegnare per parecchio non possano guarire.»

Beckett lasciò l'asciugamano nel lavandino, prese una delle candele e si mise a sedere sul bordo piastrellato della vasca. Mosse le dita sopra la fiamma, che tremolò tra loro.

«Mi mostreresti qualcuno dei tuoi lavori?»

La luce della candela gli tracciava ombre sopra il viso e faceva apparire dolci i suoi occhi.

Se avesse avuto una matita a portata di mano, Zane avrebbe faticato a non disegnare quel preciso momento. Ciononostante sarebbe stata una sfida schizzare le giuste emozioni; suscitare nell'osservatore gli stessi piccoli brividi che lo attraversavano in quell'istante.

«Vuoi davvero vederli o lo dici per essere gentile?»

«Lo dico perché voglio essere meschino e crudele e farti piangere.» Infilò una mano nella vasca e gli spruzzò della schiuma in faccia. Zane la soffiò via con una risata e i loro sguardi si fusero. «Voglio vedere tutti i tuoi lavori.»

Becky, sei riuscito a risollevarmi la giornata. «Allora, non appena sarò pronto, ti lavorerò per bene.»

**Se l'amore implorato è bello, ancor più bello è
l'amore spontaneamente offerto.
Shakespeare**

Capitolo Sette

C ominciare la giornata al King's stava diventando una tradizione.

Quel giorno i loro cappuccini erano poggiati su un tavolino alto che si affacciava su una strada pittoresca delineata da due filari di querce. Una brezza dolce penetrava nel locale, mescolandosi all'aroma delizioso del caffè tostato.

Armato di computer portatile, Zane era pronto a rigettarsi nella mischia degli appuntamenti online. Beckett non aveva lezione alle prime ore ed era seduto di fronte a lui a leggere il giornale con la stessa intensità con cui, la sera precedente, aveva studiato le sue illustrazioni. Concentrato e incuriosito.

Una sfilza di cuori rosa shocking apparvero sullo schermo e una sensuale voce femminile esplose dalle casse interne. «*Sei in cerca d'amore? Non cercare oltre.*»

Zane picchiò sui tasti nel tentativo disperato di azzerare il volume. Beckett fece un sorriso sardonico. I suoi occhi smisero di muoversi lungo le righe, per cui Zane gli affibbiò un calcio da sotto il tavolo.

Beckett lo sbirciò da sopra il giornale. «Un'altra giornata a caccia dell'anima gemella?»

«Sì, e in più devo convincerti a lasciarmi dormire con te quando arriverà tua sorella.»

Il bordo del quotidiano ciondolò sopra la mano di Beckett, che faticò a rimetterlo dritto.

«Anzi, ti convincerò a lasciarmi restare finché non mi sposerò o non mi sbatteranno fuori dagli Stati Uniti.»

«Zane, io e te nello stesso letto...»

«Ascolta, lo capisco se non vuoi che resti. Sono convinto che il nostro rapporto sopravvivrà anche se mi trasferirò altrove. Ma... devo convincerti a tenermi.»

La sveglia sul cellulare di Beckett suonò. Lui si alzò dalla sedia e si caricò la borsa strapiena sulla spalla. «Devo andare. Se non instillo l'importanza di Oscar Wilde nei miei studenti, non...»

«Gliene importerà nulla?»

«Passeranno l'esame.»

La finta occhiataccia di Beckett lo divertì.

Zane si portò le dita alle labbra e gli inviò un bacio volante. All'esitazione di entrambi, sentì un buffo rossore alla base del collo, ma... *bromance*, giusto?

Proseguì come se nulla fosse, alzando la voce mentre un Beckett accigliato si dirigeva verso la porta. «Ti convincerò, Becky. Ti forzerò la mano. Ti prenderò letteralmente all'amo.»

MANTENNE LA PROMESSA NEL TARDO POMERIGGIO, PERCHÉ rifiutava di arrendersi. Beckett avrebbe dovuto tenerselo per sempre, e Zane aveva avuto l'idea perfetta per far sì che lo capisse da solo.

In jeans, sandali e giacca – Beckett stava avendo un'evidente influenza su di lui – si recò all'enoteca specializzata accanto al negozio dell'usato in cui aveva comprato il tappeto d'orso.

Entrò nell'ambiente che profumava di legno di rovere e si aggirò lungo le strette corsie di vini dalle etichette eleganti.

Si mordicchiò il labbro. Era meglio scegliere un vino rosso della California? E se invece ne avesse preso uno sudafricano? Di certo non quello pluripremiato australiano. Lanciò un'occhiataccia al canguro saltellante su un'etichetta.

A Beckett serviva del vino *kiwi*.

«Le occorre aiuto?»

Zane si voltò verso una commessa che indossava una maglietta con la scritta "Non versare lacrime, versa vino". La ragazza gli sorrise e raddrizzò una bottiglia sullo scaffale.

«Sto cercando un buon vino neozelandese.»

«Ne abbiamo un'intera sezione, da questa parte.»

La seguì dietro l'angolo fino a una parete piena di vini *kiwi*. L'occhio gli cadde su un Pinot Noir Marlborough, che gli ricordò subito la prima volta che aveva visitato l'Isola del Sud. Jacob aveva organizzato il viaggio l'anno che era andato via di casa. Avevano preso il suo camper e girato per tre settimane. Sul traghetto al rientro, Jacob gli aveva annunciato che stava per partire per gli Stati Uniti.

Soffriva ancora al ricordò dello shock che aveva provato. Del senso di vuoto, perdita e abbandono.

Ingoiò il nodo alla gola ed esaminò il vino. «Può consigliarmene uno che dica "Non sbattermi fuori?"»

«Oh, deve entrare nelle grazie di una donna, eh?»

«Di un uomo. Già.» Una delicata scritta in corsivo attirò la sua attenzione. Prese la bottiglia. «Questo lo conquisterà?»

«Ha delle note di cioccolato. Sa cosa gli piace?»

«Le noci. Siamo sulla stessa lunghezza d'onda.»

Lei gli rivolse un sorrisetto. «Quanto voleva spendere?»

«Quanto costa un vino di buona qualità? Tipo un centinaio di dollari?»

La commessa studiò gli scaffali. «Quando è nato?»

«Può individuare il suo vino preferito in base al segno zodiacale?»

Lei sorrise. «Al momento non è tra i nostri metodi. Ma potrei avere una bottiglia del suo anno di nascita.»

Giusto. Figo. «Il suo compleanno è l'undici maggio...» Un attimo. Di che anno? «Mi dia un minuto.» Chiamò Beckett, che rispose con un mugugno distratto. «Una domanda veloce: in che anno sei nato? Tipo nel 1980?»

Ci fu un disturbo sulla linea, seguito da una pausa. «Zane?»

«Sì?»

«Quanti anni pensi che abbia?»

«Quasi una quarantina?»

«Una quaran...» Beckett emise un verso indignato. «Santo cielo. Ne ho *appena* compiuti trenta. 1988.»

Zane scostò il cellulare e riferì l'anno alla commessa. Con un sorrisetto, riprese a chiacchierare con Beckett. «C'ero quasi. Gli anni '80. Com'erano?»

«Selvaggi. Ero un fan sfegatato della mia mammina. La chiamavo urlando a intervalli di quattro minuti.»

Zane riusciva a immaginarlo alla perfezione. Ogni strillo chiaramente enunciato. «La chiami ancora mammina?»

«Perché mi hai telefonato?»

«Sono quasi le cinque, sei ancora al lavoro?»

«Ho dei racconti da valutare. Sto rientrando e continuerò lì.»

«Lo fai sempre a casa?»

«La maggior parte delle volte. Oggi in particolare.»

C'era della frustrazione nella sua voce? «È tutto okay, Becky?»

«Fantastico. Fenomenale.»

«Falso?»

Lui sospirò. «Perché mi hai chiamato?»

«Come perché? Per farti calare le braghe.»

ZANE COMPRÒ IL VINO E UN ALTRO REGALO DAL NEGOZIO dell'usato, dopodiché tornò di corsa a casa di Beckett, deciso a scoprire cosa gli fosse capitato. Entrò pian piano, sperando di non distrarlo. Girò l'angolo e si fermò. In piedi davanti allo specchio del corridoio, i pollici agganciati in un paio di boxer di Calvin Klein, il professore stava studiando il proprio fisico.

Beckett gli era sempre sembrato impeccabile da vestito, ma quasi nudo, con i muscoli sodi che si flettevano, era la perfezione assoluta. Le spalle spioventi, la grazia del corpo snello, l'abbronzatura della pelle liscia. Liscia ovunque.

Zane strinse forte il sacchetto di tela con i suoi doni per corromperlo. Dio, quante volte aveva desiderato di avere un corpo del genere da ragazzino?

«Quasi una quarantina!» borbottò Beckett tra sé e sé.

«Quando ho detto che ti avrei fatto calare le braghe,» intervenne Zane, facendolo sobbalzare per lo spavento, «non intendevo letteralmente.»

Beckett si piazzò le mani sui fianchi, le dita allargate per metà sulla pelle e per metà sui boxer aderenti. «Non so se essere contrariato per la tua supposizione assurda riguardo alla mia età o colpito perché hai usato "letteralmente" in maniera corretta.»

«Sembri bravo con il multitasking. Sono sicuro che puoi essere entrambe le cose.» L'attenzione di Zane fu attirata dalle dita che tamburellavano e dal modo lieve in cui la luce del corridoio gli sfiorava il fianco, il petto... quando arrivò al viso, scoprì che Beckett lo stava scrutando con aria pensierosa.

«Hai finito di mangiarmi con gli occhi?»

Zane si accostò alle distese lisce e sode del suo corpo, fermandosi a un passo di distanza. Abbastanza vicino da sentirsi attraversare da un inaspettato accenno di calore. «Non proprio. Sei sexy.» Gli fece l'occhiolino e si diresse in soggiorno. «È quasi abbastanza da farmi risalire di una tacca nella Scala Kingly.»

Beckett lo seguì, aggiungendo con voce provata: «Nella cosa?»

«La Scala Kingly. Identifica quanto sei etero, gay o bisessuale. Sul serio, Becky, dovresti saperlo.» Zane aggirò l'isola della cucina e appoggiò la busta di regali sul ripiano.

«Scala Kingly?» domandò Beckett, la voce che tremolava come gli angoli delle sue labbra. Zane lo osservò e lui si schiarì la gola. «Sei certo che non si chiami... in un altro modo? Kinsey, magari?»

Non gli piaceva proprio avere torto, eh? «Sono piuttosto certo che sia Scala Kingly,» gli rispose, seppur con un sorriso gentile.

Beckett si spostò dietro il tavolo, sotto un raggio di luce che entrava dalla finestra e creava giochi ipnotici sul suo profilo. Non aveva perso il sorriso, ma Zane non si lasciava ingannare... per quanto qualsiasi genere di sorriso battesse la frustrazione che aveva percepito al telefono. «Perché hai quell'espressione compiaciuta?»

Lui inarcò le sopracciglia. «Quale espressione?»

«Ho detto *quasi* risalire di una tacca. Sei splendido e a me piace ammirare la gente. Sono sicuro che piacerebbe a chiunque.»

«Non è per quel motivo che sto sorridendo. Be', non solo per quel motivo.» Senza dargli il tempo di rispondere, Beckett recuperò i jeans da una pila di vestiti buttati su una sedia. Gli volse la schiena e se li infilò. Si girò di nuovo per indossare la camicia. Indicò il sacchetto di Zane. «Cos'hai comprato?»

La possibilità di vivere con te, spero.

«Un po' d'istruzione, tra le altre cose.» Tirò fuori una cartolina con un planisfero. «Vieni qui.»

Con languida grazia, Beckett si staccò dal davanzale continuando ad abbottonarsi la camicia e si spostò dal lato opposto del bancone. «Più vicino.»

Lui alzò un sopracciglio.

«È una cartolina minuscola.»

Beckett fece il giro del bancone, mantenendo un vistoso mezzo metro tra loro.

Zane gli mise la cartolina sotto il naso e si accostò finché non sentì la piacevole pulsazione di energia che si irradiava tra le loro braccia.

«Sta' attento, Zane. Se ti avvicini ancora mi servirà una scala tutta nuova.»

Lui rise e gli porse una penna. Beckett era divertente. «Cerchia la Nuova Zelanda sulla cartina.»

Beckett si accigliò.

«Ti do un indizio: è un'isola.»

Lui si impossessò della penna a click, fece uscire la punta e, guardando Zane, cerchiò l'Australia.

Zane gemette ridendo. Ritirava tutto, Beckett non era affatto divertente. «Riproviamoci: animale nazionale?»

«Il canguro.»

Lo stava facendo di proposito. Per forza. «D'accordo, ora sul serio. Ti do un indizio: è un uccello.»

«L'emù.»

Zane gli ringhiò in un orecchio. «Potrei letteralmente saltarti alla gola per quest'uscita.»

Beckett deglutì. «Devi aver preso dal tuo animale nazionale. Che altro c'è nel sacchetto?»

Con un'ulteriore risata, Zane estrasse la bottiglia di vino *kiwi* e gliela piazzò davanti. Beckett se ne impossessò, gli occhi che si illuminavano mentre mormorava termini incomprensibili da intenditore. Zane appoggiò un fianco al bancone e ammirò il suo entusiasmo.

Molto meglio dell'accenno di frustrazione che aveva percepito prima. Ciononostante, non voleva ignorare il dolore che aveva sentito nella sua voce.

La lingua di Beckett scattò a inumidire il labbro inferiore. «Che c'è?»

«Com'è andata la tua giornata?» gli domandò Zane.

Con la bocca incurvata in una piega triste, Beckett recuperò due calici. «Stava migliorando.»

«Che ti è capitato al lavoro?»

«Sai, dovrei mettere via il resto dei miei vestiti.» Ruotò verso il tavolo e Zane lo afferrò dalla parte superiore del braccio e lo spinse con gentilezza a rigirarsi.

«Andiamo, Becky.»

«Questo vino dev'esserti costato una fortuna.»

«La fortuna aiuta gli audaci.» Zane fece scorrere distrattamente le dita su e giù per il suo braccio. «Voglio continuare a vivere con te. Cos'è successo oggi?»

Beckett si strofinò una mano sulla mascella. «A Luke è stato offerto un lavoro nella mia facoltà come assistente universitario.»

«Il tuo *ex marito*, Luke.»

«Grazie per l'utile promemoria.»

Zane fece una smorfia comprensiva. «Non c'era nessuna libreria ambulante dietro cui accucciarti?»

«È entrato nel mio ufficio condiviso con lo stesso sorriso con cui mi ha conquistato e mi ha chiesto se me la sarei presa se avesse accettato il posto.»

«Come ha fatto a diventare professore? È un completo idiota! Dimmi che gliel'hai detto.»

Beckett chinò gli occhi sulla cartolina, sbattendo in fretta le palpebre. «Ti ricordi quando ti ho spiegato che gli esseri umani sono complicati?»

«Oh no...» A Zane non piaceva la piega che aveva preso la conversazione, anche se capiva.

Beckett annuì. «Ho ricambiato con il mio sorriso più spensierato e gli ho detto che non vedevo l'ora di lavorare con lui.»

«Oh, Becky.»

«C'è di peggio,» continuò, il dolore inciso in fondo agli occhi a dispetto dell'espressione stoica.

Era un'emozione che Zane conosceva intimamente. Lo attirò a sé.

Beckett si irrigidì nella sua stretta.

«*Bromance*,» gli sussurrò Zane tra le ciocche scure.

Lui si accasciò contro il suo petto e gli appoggiò la fronte sulla spalla. Il suo calore si irradiava attraverso la camicia morbida sotto i palmi di Zane, che gli accarezzava la base della schiena.

Sentiva uno strano legame tra loro, a stringerlo in quel modo. Era snello e forte e traboccava di un'intelligenza che Zane non si sognava nemmeno. Esistevano un milione di combinazioni di parole da offrire a un uomo così brillante, ma lui ne trovò soltanto una.

«Su, su.»

Un respiro caldo gli soffiò sul colletto alla base del collo. «Ufficialmente comincia ad agosto, ma è stato invitato alla cena dei docenti allo Chiffon della prossima settimana.»

Zane gli strinse i palmi sui fianchi. «Quella a cui eri entusiasta di andare? Per cui abbiamo fatto shopping?»

«Te l'ho detto? Ho optato per il blazer beige stereotipato.»

«Beige *studioso*, Becky.»

«E sai qual è la cosa peggiore?»

C'era dell'altro? Zane lo attirò più vicino.

«Il rettore vuole che subentri nel mio adorato corso di scrittura creativa in modo che io possa concentrarmi sulla letteratura storica.»

«Le *Toy Story* del mondo?»

Lui si ritrasse, accarezzando la nuca di Zane con i pollici e gli sorrise affettuosamente divertito. Anche se Zane non trovava le parole di cui Beckett aveva bisogno, magari avrebbe potuto disegnargliele.

Beckett abbassò le braccia, si girò verso il bancone e aprì un cassetto. Si schiarì la gola. «Ho il sospetto che sia una brutta idea. Una pessima idea. Ma lo farò comunque.»

«Che cosa?»

Stappò il vino e ne versò una piccola dose in entrambi i calici. Li sollevò e gliene porse uno.

Zane lo afferrò dallo stelo e lo sentì vibrare quando Beckett ci batté sopra il proprio in un brindisi. «Puoi restare.»

«Casa mia è casa tua? Giovedì dormiamo insieme?»

Beckett deglutì, il pomo d'Adamo in rilievo. In un altro sorso di vino, mormorò: «Per l'appunto: un'idea sconsiderata.»

E quando uno di loro venga a imbattersi proprio in quella che è la sua metà, sia egli un amante di giovinetti o di chiunque altro, i due vengono sopraffatti da un sentimento di amore, amicizia e intimità.

Platone

Capitolo Otto

Z ane corse di sopra nella mansarda, lasciando a Beckett tempo e spazio per valutare i lavori dei suoi studenti. Svuotò il sacchetto di regali con cui intendeva corromperlo: due corni in stile vichingo, un cinturino marrone, un grosso anello da naso e la colla più adesiva che avesse trovato.

Raccolse il tappeto di pelle d'orso e lo sistemò sul letto. «Se devo tenerti,» mormorò, «avrai bisogno di un cambio di look.»

Ascoltò la musica mentre se ne occupava. Il fantasma di Beckett, lieve e titillante, gli si avvolse attorno.

Arrivato al tocco finale, sentì un avviso sul cellulare. Jacob?

Si scollò le dita e le liberò da un sottile velo di gomma. Sgattaiolò di sotto e se le lavò con cura, asciugandole alla bell'e meglio per controllare subito il telefono.

Non era una foto tenera della sua nipotina, era un'altra e-mail di Rocco.

Si buttò a sedere sul copri-water, con lo stomaco che rigurgitava acido.

Ora che Scarlet Sentinel contro Fire Falcon sta finendo, ho iniziato a studiare un nuovo progetto. Volevo sapere se ti impegnerai a illustrarlo. Ho allegato una bozza della mia idea. Se sei interessato, stilerò un contratto.

Spero che tu abbia compreso il motivo della mia schiettezza nell'ultima e-mail. Mi piace il tuo stile, ma voglio il completo controllo creativo.

Zane si fece rimbalzare il cellulare sul ginocchio. Avrebbe tanto voluto essere eccitato dalla proposta. Dal leggere che non era poi così male.

Invece provava una cocente delusione. Cavolo, era una notizia grandiosa. Disegnare era l'attività che preferiva al mondo, eppure non riusciva a racimolare che un accenno di entusiasmo.

Era pur sempre un impiego. Non pagava molto, ma gli consentiva di avere una routine, ed era bello poter dire che lavorava invece di ammettere che, per lo più, viveva della sua eredità.

Alle donne piaceva accertarsi che fosse autosufficiente e in grado di provvedere alla famiglia.

Senza l'eredità, non avrebbe potuto.

Strinse il telefono e lo sguardo gli cadde sulla parola del giorno sulla carta igienica.

Metamorfosi

Sostantivo

Un completo cambio di aspetto, personalità, circostanze, ecc.

E non di cervello?

Se fosse stato più intelligente, sarebbe stato capace di creare delle storie tutte sue? Di mantenersi con il suo lavoro? Se avesse avuto il suo fumetto personale, avrebbe avuto più fortuna nel trovare l'amore?

Si alzò, si infilò il cellulare in tasca e si sciacquò il viso. Poteva diventare tanto intelligente? O avrebbe fatto meglio ad accettare la proposta di Rocco?

Gli serviva ancora un po' di quel vino. E parecchio aiuto da parte di Beckett.

~

Zane sorseggiava nervosamente.

Beckett era seduto al tavolo da pranzo in posa da professore e annotava sui margini del foglio che aveva davanti. Aveva appoggiato il blazer sulla sedia accanto e sostituito il vino con quello che sembrava tè allo zenzero dentro una tazza con un motivo a cuori.

Le luci erano accese e, per via delle tende aperte, le finestre riflettevano tutto.

Zane bevve un altro sorso e sbatté il calice sul tavolo. Afferrò i pomelli da entrambi i lati della sedia. Il legno gli si conficcò nei palmi sudati.

Mollò la presa e riagguantò il bicchiere.

Beckett smise per un attimo di muovere la penna rossa. Senza alzare lo sguardo, gli chiese: «Cosa vuoi?»

Oh, giusto un'intera metamorfosi dell'io per passare da stupido a intelligente. «Nulla.»

«Continui a passeggiarmi davanti. Ad aprire e chiudere la bocca come un pesce.»

«Come un Pesci.»

«Cosa vuoi?»

Zane indicò la penna rossa e la pila di fogli. «Sei impegnato a correggere.»

«Tende a far parte del mio lavoro.»

«Già. Ha senso. Belle correzioni. Cioè, sei bello mentre correggi. Cioè, lo sai. Bello che stai correggendo.»

Beckett gli puntò addosso i suoi intensi occhi azzurri. Zane non aveva idea di come gli studenti riuscissero a concentrarsi, con lui che li osservava. Forse si erano abituati a quei sobbalzi nel petto ogni volta che incrociavano il suo sguardo?

«Zane?»

Lui accasciò le spalle, trascinò indietro la sedia e ci si stravaccò sopra, il blazer di Beckett morbido contro la schiena.

«Jacob pensa che dovrei...» Si interruppe e ci riprovò. «A *me* piacerebbe scrivere un romanzo a fumetti seriale. Mi chiedevo se ti andasse di aiutarmi.»

Beckett corrucciò la fronte con aria piuttosto confusa. «Credevo lo facessi di lavoro?»

«Non sono le illustrazioni che mi creano problemi. È la storia.»

«Okay.»

«Già.»

«Con cosa ti serve aiuto?»

«La trama e l'evoluzione dei personaggi. L'idea di base. Oh, e il tema di fondo. E qualsiasi altra cosa abbia scordato.»

«Quindi vuoi che ti aiuti a scrivere l'intera storia?»

«Che offerta generosa.»

Beckett si appoggiò allo schienale e si tamburellò la penna sulla bocca. Sapeva di usare il capo sbagliato? Dei segnetti rossi gli macchiavano l'incavo sotto il labbro. «Lo fai perché c'è la possibilità che Luke si prenda il mio corso di scrittura creativa, o vuoi davvero creare una tua storia? Perché ieri ti ho invitato ad assistere alla mia lezione e non mi sei parso interessato.»

«Ieri ero stupido. Oggi mi sto metamorfando. Metamorfosizzando?»

«Metamorfizzando.»

«Ho un sacco da imparare.» Gli scoccò un gran sorriso. «Voglio davvero scrivere una storia e se tu potessi aiutarmi... se *volessi* aiutarmi...»

«Certo che voglio.»

Zane quasi soffocò sul suo «Grazie.»

Beckett gli rivolse un'occhiata scaltra, quasi fosse sul punto di aggiungere qualcosa. «A condizione che...»

Eccolo là. Zane si sporse in avanti e gli tolse la penna dalle labbra, visto che iniziava a somigliare a un vampiro. «Cosa vuoi?»

«Te.» Beckett fissò la penna confiscata e sbatté le palpebre. «Te che *leggi*.»

«Me che leggo?»

Indicò la libreria del salotto. «Hai un'ampia scelta di libri.» Si acciglò quando Zane trascinò la sedia più vicino, le gambe che strisciavano sul parquet. «Per essere chiari: non scriverò la storia per te. Ti guiderò nel processo passo dopo passo.»

«Potresti anche guidarmi nella lettura parola dopo parola?»

Se non ne avesse avuto il tempo, magari Zane avrebbe scelto un libro che era stato trasposto in film. Qualcosa da poter studiare a letto sul suo portatile.

Gli occhi di Beckett erano divertiti. «No.»

«Non mi guiderai nella lettura?»

«No, non basta che guardi il film.»

Leggeva nel pensiero, eh? «Cosa sto pensando ora, professore?»

Lui inclinò il capo. Il movimento rese l'inchiostro rosso sulla parte inferiore della bocca e sul mento ancora più evidente. Sfiorò quasi le macchie con la lingua, poi strinse le labbra prima di rispondere in tono malinconico: «Probabilmente non quello che spero.»

Zane sollevò lo sguardo. «Già, non mi sto dilettando in un'analisi di *Guerra e Pace*.»

Beckett si sistemò dietro l'orecchio una ciocca, che però sfuggì subito. «A cosa pensavi?»

Lui si avvicinò il tè a malapena toccato e immerse l'indice nel liquido tiepido. Si guadagnò subito un'occhiata sconcertata.

Trattenne una risatina. Una goccia cadde sul lavoro di uno studente quando allungò una mano nel poco spazio che li divideva.

La voce di Beckett divenne un sussurro. «Che stai facendo?»

«Hai le labbra così rosse.» Zane gli strofinò il polpastrello bagnato su quello inferiore. Era morbido.

Il respiro spezzato di Beckett gli solleticò il dito umido alla base, dove si univa al medio.

«Stai facendo il… *bromantico*?»

Zane passò avanti e indietro sulle macchie, alzando gli occhi a incontrare quelli cauti ma curiosi di Beckett. «Scusa, dovrei smettere?»

Lui scosse appena il capo mentre il dito gli sfiorava il labbro superiore.

Zane immerse il medio pulito nella tazza di tè e lo sollevò per riprendere a rimuovere l'inchiostro.

Beckett gli intercettò la mano e fissò le tracce di rosso sul suo indice. Abbassò le palpebre per un istante. «Ma certo.»

Zane gli sorrise. «Non essere così duro con te stesso. Io lo faccio sempre.»

Lui si strofinò una mano sul viso con una risata di auto-compatimento.

«A proposito di quel libro,» esordì Zane.

Beckett seguì il suo sguardo fino agli scaffali della cucina.

«No, non può essere neanche un ricettario.»

Gli sembrava giusto. «Può essere un romanzo rosa, almeno? Con una gran conquista e un Magico Incontro spettacolare?»

«*Orgoglio e Pregiudizio*, Jane Austen.»

Zane balzò in piedi e si fermò davanti alla libreria a parete. «Sono in un ordine particolare?»

«Alfabetico, iniziando in alto a sinistra.»

Sotto la *O* di Orgoglio? O la *J* di Jane? Sarebbe sembrato molto scemo a chiederlo?

Esaminò i ripiani inferiori. «Quanto è, ehm, grosso?»

Ci fu il rumore di una sedia che strisciava, poi Beckett lo raggiunse ed estrasse un volume dal ripiano superiore. «Sotto la *A* di Austen,» mormorò, e glielo sbatté sul petto.

Zane lo afferrò, bloccandogli la mano sotto la sua. Lo guardò, ma Beckett mantenne l'attenzione sul libro.

«Mi sono ritirato da scuola,» disse piano. «E se non capissi proprio tutto?»

«Puoi chiedermi qualsiasi chiarimento.»

«È che...»

Zane si agitò a disagio.

Beckett liberò la mano. «Qual è il problema?»

Lui rise. «Scusa, è che dovrai sorbirti le mie domande stupide.»

«Le uniche domande stupide sono quelle mai poste.»

Un singolo singhiozzo ostruì la gola di Zane, che lo rimandò giù. «Avrei dovuto farti calare le braghe. E invece sei tu che le stai letteralmente facendo calare a me.»

Beckett abbassò lo sguardo sui suoi jeans e sorrise. «Cominciamo da una rapida lezione sulla differenza tra il linguaggio letterale e quello figurato?»

Zane mise giù il libro e scappò in cucina. «D'accordo, ma ho bisogno di qualcosa da sgranocchiare. Magari delle fettine di frutta, in caso avessi bisogno di tirartele perché sei un pessimo insegnante.»

Beckett sbuffò, tornò al tavolo e riprese la sua tazza.

«Posso portarti qualcosa?» gli chiese Zane. «Del tè più caldo?»

Lui scrutò l'interno della tazza. «Mi va... bene questo.»

Zane recuperò un sacchetto di noci pecan e iniziò a divorarle mentre tornava al tavolo.

«Sto letteralmente morendo dalla voglia di imparare da te,» annunciò con un sorriso sfacciato. Non era sicuro al cento percento della differenza tra letterale e figurato, ma poteva supporla.

Beckett bevve un lungo sorso di tè. «Le descrizioni letterali esprimono dei fatti, dicono le cose come stanno. Per esempio: i tuoi occhi sono marroni.» Lanciò un rapido sguardo agli occhi di Zane, poi tornò a fissare il tè. «Il linguaggio figurato descrive una cosa tramite una comparazione con qualcosa di diverso, spesso usando metafore, similitudini, epitomi, iperbole o simbolismi.»

Zane inghiottì la noce e si sporse in avanti. «Puoi farmi un esempio?»

«Una metafora.» Beckett indicò il plico di fogli alla sua sinistra. «Sono sommerso di lavoro.»

«No, Becky. Usa i miei occhi come esempio. È più *bromantico*.»

«Mi stai uccidendo.»

«È una metafora, giusto?»

«Un'iperbole, ovvero un'enorme esagerazione, anche se in questo caso...» Si agitò sulla sedia, le labbra che si incurvavano in un sorriso sghembo.

Zane si sporse ancora più in avanti. «Iperbola i miei occhi, professore.»

Quelli azzurro brillante di Beckett incrociarono i suoi. Chiari e luminosi, con una traccia di vulnerabilità. «Mi fanno mancare la terra sotto i piedi.»

La terra ondeggiò figurativamente sotto quelli di Zane, destabilizzandolo. Non poteva ignorare il calore che dal petto si spandeva nel resto del corpo... né il sorriso che non pareva grande abbastanza.

La suoneria del suo telefono cominciò di colpo a cantare ed entrambi trasalirono, accasciandosi contro gli schienali delle sedie.

«Un'iperbole? Non saprei,» rifletté mentre si allontanava dal tavolo. «A me sembra più un cliché.»

Rispose alla chiamata di Jacob.

La voce di Beckett lo seguì in corridoio. «E a me sembra che dovresti riconoscerti un po' più di meriti.»

Zane era steso sul letto cigolante della mansarda, il

materasso scosso dalle sue risate ai racconti di Jacob sulle disavventure con la sua neonata.

«Lo so che dicono tutti che avere un figlio è dura,» commentò suo fratello. «Ma è *dura*.»

Aveva la voce colma di gioia.

«Comunque, era più che altro per giustificarmi di non averti richiamato prima. Ci piacerebbe un sacco se venissi a trovarci sabato. Devi prendere l'autobus, però. Non voglio lasciare sole le mie ragazze.»

«Ci sarò.»

Dal suo tono, Zane intuì che sorrideva. «Non vedo l'ora che tu la conosca. Oh, ehi, ho un'idea. Puoi farti dare un passaggio dal professore, se questo fine settimana va a trovare i suoi. Casa loro è, tipo, letteralmente dietro alla nostra.»

«Letteralmente, letteralmente? O era un'iperbole?»

Ma guardatelo. Stava già diventando più intelligente.

Jacob rise. «Le separa un ruscello. Anne dice di chiedere a Beckett di venire a trovare lei e la bambina.»

«Sua sorella arriva giovedì, quindi non sono sicuro. Ci sarà anche Luke?» Perché, in tal caso, non l'avrebbe neppure suggerito al povero Beckett. A essere sinceri, nemmeno lui moriva dalla voglia di rivederlo.

«No. L'abbiamo invitato, ma lui e il suo ragazzo sono a un matrimonio.»

Fiu!

Chiacchierarono finché Cassie non cominciò ad agitarsi in sottofondo e Jacob interruppe di colpo la chiamata. Zane adorava sapere che era presente per le sue ragazze come lo era stato per lui.

C'erano infinite ragioni per diventare intelligente: smettere di fare la figura del cretino; essere più fortunato in campo sentimentale; rendere fiero Jacob portando a termine una storia tutta sua.

Essere abbastanza sveglio da tenere il passo di Beckett.

Con quel pensiero in testa, Zane si sforzò di leggere le prime pagine di *Orgoglio e Pregiudizio*. Avrebbe dovuto ridere o meno? Suonava pretenzioso e divertente. Leggerlo e immaginare Beckett come voce narrante lo rendeva perfino migliore. Dopo un capitolo, strappò una pagina dal suo album e lo usò per tenere il segno. Non avendo comodino, ripose il libro sopra la valigia e tornò a stendersi con le mani intrecciate sotto la testa.

Il tappeto modificato gli riempiva il campo visivo laterale. Non era più un orso, ma aveva corna da vichingo e un anello al naso. Era un toro vivace. Più o meno, non ci andava lontano.

Zane era una persona che tendeva a visualizzare le cose, quindi gli piaceva rappresentare simbolicamente i suoi obbiettivi.

Esempio numero uno: gli stivali sopra il baule. Era deciso a sfruttarli. Magari gli sfregavano sui talloni e al momento lo facevano apparire ridicolo, ma se avesse trovato i vestiti giusti, gli sarebbero stati bene. Cavolo, erano troppo sexy per non essere indossati.

Esempio numero due: i suoi fumetti preferiti di sempre allineati alla base della parete a mo' di poster in miniatura. Voleva creare illustrazioni e storie incredibili proprio come quegli artisti.

Esempio numero tre: il calendario fissato con le puntine sopra il letto, i giorni che lo separavano dal suo volo di rientro spuntati in un rosso acceso; il biglietto aereo infilato in una piega sul retro. Avrebbe messo in gioco il proprio cuore e se lo sarebbe fatto calpestare un centinaio di volte, se avesse dovuto.

Ecco perché il toro.

Zane viveva lì da quattro giorni ed era già certo di due cose: che Beckett aveva una splendida risata e che avrebbe dovuto condividerla con un ragazzo che ridesse con lui.

Io penso... se è vero che ci sono tante sentenze quante teste, così pure tante specie d'amore quanti cuori.
Leo Tolstoj

Capitolo Nove

Un tonfo atroce riecheggiò attraverso la parete in comune. Zane abbandonò la chat online con Clara, la bibliotecaria part time, e si lanciò fuori di casa gridando il nome di Darla. La paura gli invase il petto. Saltò la recinzione della veranda e bussò con forza sulla porta mentre la socchiudeva. «Darla?»

Al gemito in lontananza, Zane la spinse con una spallata ed entrò.

La trovò sul pavimento del salotto che si massaggiava la caviglia e faceva una feroce ramanzina a una sedia rotta.

«Porca miseria, stai bene?» Le si inginocchiò accanto e lei lo guardò con un lieve rossore che le spuntava sulle guance.

«Il mio Krav Maga è un po' arrugginito.»

«Un po' arrugginito, sì, ma non il Krav Maga.»

Darla era ancora abbastanza agile da affibbiargli uno scappellotto, quindi la situazione non era tragica. Si scambiarono un sorriso. «Dove ti fa male?»

«Sono sicura che mi passerà.»

«Non essere sciocca. Dimmelo.»

«Pescetto impertinente.»

«Testarda come un mulo.»

«Buffone imbranato.»

Zane rise. «Ti prego, tesoro. Voglio aiutarti.»

«È proprio vero, l'adulazione funziona sempre. La caviglia è un po' dolorante, ma mi passerà per conto suo.»

Sì, be', Zane non intendeva correre rischi. Chiamò un Uber, prese Darla in braccio e la scortò all'ambulatorio medico.

Durante la lunga attesa per vedere il dottore, le chiese se voleva che chiamasse qualcuno. «Nemmeno tuo nipote? Sei sicura?»

«Si preoccuperebbe senza motivo. La loro madre surrogata partorirà in queste settimane.»

Zane scrisse a Beckett per avvisarlo, in caso rientrasse a casa prima di loro.

Becky: Aspettatemi lì, arrivo.

Zane: Non c'è bisogno. Prendiamo un Uber :-)

Becky: Un quarto d'ora.

L'infermiera aveva appena fatto entrare Darla quando Beckett comparve. Si guardò attorno, le chiavi dell'auto strette tra le dita. Zane gli fece un cenno dall'angolo della sala d'aspetto. Aveva una rivista appoggiata in grembo, aperta su un articolo sui segni zodiacali e l'amore. Darla gliel'aveva messa in mano e gli aveva ordinato di leggerlo.

Beckett prese posto accanto a lui. «Come sta?»

«La lingua è a posto. Mi dispiace se ti ho dato l'impressione che si trattasse di un'emergenza. Non volevo che mollassi tutto per venire qui.»

Beckett gli posò un palmo sul ginocchio. La sua presa era sorprendentemente decisa e il calore della sua pelle filtrava attraverso i jeans. «È quello che si fa per la famiglia.»

Zane deglutì con forza. Anche Jacob l'avrebbe pensato. «Chiunque sarebbe fortunato ad averti in famiglia, Becky.»

Lui scostò la mano e abbassò lo sguardo sulla rivista che aveva sulle cosce.

«Ti va di leggerlo?» gli offrì Zane.

Beckett arricciò il naso. «L'oroscopo?»

«È così che mi sento quando parli di *Guerra e Pace.*»

«Allora ti chiedo vivamente scusa.» Frugò tra i periodici sopra il tavolino.

Zane alzò il proprio e si mise a leggere. Ogni paio di righe sbirciava oltre il bordo verso Beckett, che aveva preso il *National Geographic*. «Cosa leggi?»

Adorava che fosse talmente consapevole di ciò che lo circondava da non aver bisogno di staccare gli occhi dal testo per rispondere. «Un articolo interessantissimo scritto dal professor Callaghan Glover sui riti di accoppiamento dei dinosauri. Sapevi che i loro corteggiamenti somigliavano a quelli degli uccelli odierni?»

«E tu sapevi che se la seduzione fosse un'arte, il Toro sarebbe il Cubismo?»

Gli occhi di Beckett smisero di scorrere sulle righe. «Che dovrebbe significare? Che è frammentaria? Tipo tanti piccoli gesti romantici e nulla di significativo?»

Zane non lo interpretava allo stesso modo. «O che amate da tutte le angolazioni. Non solo dal lato fisico, anche da quello emotivo.» Beckett lo guardò e Zane sollevò piano la rivista per nascondere un sorriso. «Oppure che, come il Cubismo, il vostro amore è indimenticabile.»

Al suono di pagine che si chiudevano, sbirciò di nuovo oltre il bordo delle proprie.

Beckett si piegò verso di lui. «Che altro dice?»

«Il tuo oroscopo del mese ti invita ad aprire il tuo cuore e correre un rischio. Hai pensato di rimetterti in gioco? Frequentare qualcuno?»

Beckett si ritrasse, tornò ad appoggiarsi allo schienale e incrociò le braccia sul petto. «Cosa dice dei Pesci? Ti innamorerai entro la fine del mese?»

«Credevo che non t'interessasse questa roba.»

«Sono un professore. Forse dovrei essere più aperto di mente. Passa qui.»

Zane obbedì con un sorrisetto, poi gli rubò il *National Geographic* dal grembo. «Forse anch'io dovrei essere più aperto di mente.»

Beckett si immerse nella pagina di astrologia.

L'articolo di Callaghan Glover era intenso, cosparso di paroloni che lo spinsero a osservare Beckett e domandarsi se avrebbe dovuto chiederne il significato. A leggerlo si sentì intimidito ma, allo stesso tempo, provò una scintilla di fascinazione.

Il linguaggio arguto gli fece aggrottare la fronte. «Credi che sia possibile innamorarsi dell'intelligenza?»

Beckett alzò subito lo sguardo, e fu il turno di Zane di mantenere gli occhi incollati sul testo. Sperava che la rivista celasse il rossore che gli scaldava il viso. «Voglio dire, è strano che... No, non importa.»

«Va' avanti. Ti ascolto.»

Zane alzò il periodico così in alto da non riuscire più a scorgere Beckett, nemmeno di lato. «È una cosa ridicola.»

Le gambe della sedia strisciarono sul pavimento in linoleum e Beckett gli sfilò la rivista dalle mani. «Sono ridicolmente curioso.»

Zane abbassò la voce e sbirciò attorno per accertarsi che nessuno potesse sentirlo. «Ci stavo riflettendo. Tutte le donne da cui sono stato attratto sono molto intelligenti. È strano che mi venga un certo calore quando qualcuno usa paroloni che non conosco?»

Beckett si raddrizzò, le dita che tamburellavano sul ginocchio. «La prosa sesquipedale ti eccita?»

Zane gli puntò addosso un dito. «Proprio quello di cui parlavo. Aspetta, che significa?»

«Sesquipedale? Polisillabica.»

«Adesso lo stai facendo apposta.»

Beckett si strofinò la mascella, nascondendo un sorriso. «Le parole molto lunghe ti eccitano.»

Zane iniziava a rendersi conto che era vero.

Il che gli avrebbe reso le cose più difficili. Alle donne che usavano i paroloni non interessava qualcuno che non li capiva. Gemette e si accasciò sulla sedia.

Beckett gli diede un colpetto sull'interno del ginocchio con la rivista astrologica arrotolata. «Non ci sono regole nell'attrazione, Zane. A cercare di importele rischieresti di perderti qualcosa.»

«Già, hai ragione. Non vorrei mai trovarmi a guardare in faccia l'amore e non riconoscerlo.»

Beckett sorrise, poi si girò di colpo a destra: stavano accompagnando fuori Darla su una sedia a rotelle e lei si lagnava a gran voce di non aver bisogno di tutte quelle attenzioni.

Zane si alzò in piedi. «Ci siamo.»

Beckett guidò fino a casa e Zane trasportò Darla all'interno. Nonostante all'ambulatorio avesse protestato per la carrozzina, non si lamentò affatto quando lui la prese in braccio e la portò nel suo lato della villetta. Beckett aprì la porta con la chiave di riserva.

Darla sorrise. «Non avrei mai pensato di essere così fortunata una seconda volta.»

«Fortunata?»

«Ad avere un bel giovanotto robusto che mi porta in braccio oltre la soglia.»

Zane scoppiò a ridere.

«Mi serve solo un bacio, tesoro, e morirò felice.»

Zane gliene stampò uno scherzoso sulle labbra e superò Beckett con una strizzata d'occhio, diretto in salotto.

«Così risolviamo il tuo problema,» aggiunse lei mentre la adagiava sul divano. «Ti sposo io.»

«Per quanto mi piaccia l'idea, credo che preferirei qualcuno ottant'anni più giovane.»

Darla gli scoccò un'occhiata offesa. «Quanto pensi che sia vecchia?»

Beckett gli si fermò accanto e lo guardò di sbieco. «Non prenderla sul personale, Darla. Il tuo tesoro, qui, non riesce proprio a indovinare le età.»

ZANE E BECKETT RISCALDARONO UN PO' DI ZUPPA CHE DARLA aveva già pronta e ne mangiarono tutti una piccola porzione. Rimasero con lei finché non l'ebbero messa comoda a letto. Anche in quel caso, non si lamentò di essere trasportata.

Fuori sul portico, Zane emise un lungo sospiro.

Sulla strada era calata l'oscurità della sera. Il cielo color mirtillo, sprazzi di luce dei lampioni che brillavano sulle foglie giovani e un Beckett caldo al suo fianco. Doveva sfogare la tensione che gli si era accumulata nelle gambe. Troppo tempo seduto. Troppo disagio che gli annodava lo stomaco.

Per peggiorare le cose, quel giorno non si era masturbato. L'ultima volta era stata dopo la passeggiata con Beckett di due sere prima. Si era chiuso in bagno e affrettato a raggiungere l'orgasmo. Non era abbastanza.

Era stato eccitato per l'intera giornata e la conversazione che avevano avuto nell'ambulatorio non l'aveva aiutato. Forse doveva testare la sua attrazione per l'intelligenza e scoprire se andare avanti con *Orgoglio e Pregiudizio* l'avrebbe stuzzicato?

Si premette una mano sul sesso che cominciava a indurirsi e gli diede un'aggiustatina.

Non era stata una mossa discreta ma, dopotutto, lui non era una persona discreta. Beckett si spostò, le assi della veranda che gli scricchiolavano sotto i piedi. «Ti prego, dimmi che quella non ti è venuta mettendo a letto Darla.»

Era palese che "quella" fosse riferito alla sua mezza erezione, che non c'era letteralmente modo di nascondere. Zane sorrise e si impossessò della mano di Beckett per trascinarlo fuori dalla veranda e lungo il vialetto. «Hai fame? Perché io mangerei volentieri.»

«Mangeresti cosa, di preciso?»

Zane gli lasciò la mano e gli passò un braccio attorno alle spalle. «Quello che vuoi. Offro io.»

Raggiunsero un parco pieno di lucine scintillanti e si fermarono da un venditore di hot dog a prenderne un paio. Al lato di un laghetto c'era un piccolo palco per un'orchestrina, da cui una coppia abbracciata si allontanò mentre loro si avvicinavano. Presero il loro posto.

Zane mangiò l'ultimo boccone di würstel ricoperto di senape. «Com'è andata oggi al lavoro?»

«Ancora assegnazione delle classi per l'anno prossimo. È un macello, avrebbe dovuto essere fatta mesi fa.»

«Mi dispiace.»

«Dovrei essere in ferie, invece ho accumulato trenta giorni ai ventiquattro annuali.»

«Perché non ci vai?»

«Perché sono uno stacanovista.»

«Se ci andassi, cosa faresti?» Era strano, immaginare la vita di Beckett senza lui attorno. Dopo solo pochi giorni insieme, avevano già stabilito una routine. Era proprio ciò che intendeva quando gli aveva detto che le loro strade erano destinate a convergere. Stargli attorno gli sembrava giusto e naturale.

«Leggere, senza dubbio, e probabilmente dividere il mio tempo tra qui e la fattoria. Mia madre ha un club di equitazione e mi piacerebbe aiutarla.»

«Magari dovresti aggiungere *Scarlet Sentinel contro Fire Falcon* alla tua lista di letture.»

«Devo ammettere che non sono troppo interessato alla storia.»

Oh. Zane annuì, si appoggiò a un pilastro e fissò le luci che brillavano sulla superficie piatta del laghetto.

Beckett gli tirò piano il dito medio. «Non alle tue illustrazioni, Zane. I tuoi disegni sono magnifici.»

Lui lo osservò. La sua espressione era sincera.

«Sono solo... ragionevolmente turbato dal modo in cui Rocco pare trattarti. O forse turbato da come tu ti lasci trattare. Le tue illustrazioni sono importanti tanto quanto la storia. È un lavoro di squadra.»

«Mi ha assunto da freelance. Ho firmato tutti i contratti. Non sono un coautore. Mi paga i diritti.»

«Ti sei svenduto.»

Forse. Appoggiò la testa alla colonna vicina. «Non ho imparato a leggere fino ai dieci anni. A malapena riuscivo a scrivere prima dei dodici. Raccontavo le storie attraverso i disegni.»

«Quali sono le tue storie, Zane? Se potessi raccontarne una, quale sarebbe?»

«Un lieto fine. Un perdente che la spunta.»

Lo sguardo di Beckett gli provocò un formicolio che gli scaldò la gola e la mascella e che gli fece venire la pelle d'oca dietro l'orecchio.

«D'accordo, ecco cosa voglio che tu faccia,» cominciò Beckett. «Entro domani sera a quest'ora, mi darai una *logline* che riassuma una delle tue storie.»

«Una che?»

«Sei un'artista, immaginalo come uno schizzo della storia. È una sola frase che deve includere il protagonista, il suo obbiettivo, gli ostacoli che deve affrontare e la posta in gioco.»

Zane gli indicò di mettersi in cammino e scesero insieme i

tre gradini. «Sembra difficile. Potresti farmi un esempio? Oh, sarebbe divertente se usassi me come soggetto.»

«Sei piuttosto vanitoso, eh?»

Zane ridacchiò. «Giusto un pochino. E ora schizzami, professore.»

Beckett scosse il capo mentre facevano il giro del palchetto. Dei capelli rosso fuoco e un corpo modellato dallo yoga correvano nella loro direzione lungo il sentiero. Zane si immobilizzò. Oddio.

La ragazza con cui era uscito quel lunedì.

Calma. Sarebbe andato tutto bene. Non si sarebbe avvicinata per lamentarsi del loro pessimo appuntamento e di come le era sembrato di baciare un pezzo di cartone.

E se invece l'avesse fatto?

Il calore gli risalì rapido lungo il collo. Trascinò Beckett al riparo di una colonna e premette entrambi dietro il suo mezzo metro di larghezza. Il terreno fangoso gli cedette sotto i piedi, facendolo scivolare addosso all'amico.

Il professore lo guardò confuso, i riflessi delle lucine che brillavano nei suoi occhi. Zane gli pressò un dito sulle labbra, più fredde del corpo caldo a contatto con il suo.

Gli portò la bocca all'orecchio. Il profumo del suo dopobarba si mescolò con l'odore dei boccioli di orchidea notturna e quello della pioggia primaverile. «Fai finta di essere presissimo da me, così la tizia con cui sono uscito lunedì ci lascerà in pace.»

«Premiti un po' di più su di me e non ci sarà alcun bisogno di fingere.»

Lo sentiva anche lui. Il terreno instabile si muoveva ed essere schiacciato addosso a Beckett era piacevole. «Da quant'è, dopo Luke, che non ti trovi un uomo?»

Il suo respiro gli soffiò sotto la mascella. «Non l'ho ancora fatto.»

«Ci hai pensato?»

Un sorriso comparve sulle labbra di Beckett, che girò la testa verso il sentiero su cui non correva più nessuno. «Di recente sempre più spesso.»

«Dovresti lanciarti, Becky.»

«Potrei essere tentato, ma sono abbastanza sicuro che non andrebbe a finire bene.» Beckett gli piazzò le mani sul petto. «La tizia non c'è più. Possiamo andare.»

«E il tuo schizzo?»

Lui sbatté le palpebre confuso.

«Lo voglio.»

Beckett si mosse di colpo e il bottone dei suoi jeans strofinò sull'uccello di Zane, attizzando la sua eccitazione. Zane trattenne il fiato e si scostò.

Beckett puntò lo sguardo dritto in avanti e si avviarono verso casa. «Eccoti un esempio di *logline*,» gli disse con voce roca. «Un inguaribile romantico deve navigare le correnti impetuose del suo cuore per trovare il vero amore entro la fine del mese o sarà rispedito nella sua patria d'origine, lontano da suo fratello, l'unico che l'abbia mai amato in modo incondizionato.»

Mostruosamente accurato. Forse Darla aveva ragione su di lui: era un libro aperto. Eppure l'ultima parte, quella su Jacob... su come fosse l'unica forma d'amore che avesse conosciuto...

Zane si schiarì la gola. «Le "correnti impetuose del suo cuore" sono gli, ehm, ostacoli che mi separano dal mio obiettivo?»

«Sì.»

«Che significa?»

«Scoprire ciò che vuoi davvero dall'amore. Imparare a conoscerti meglio. Magari realizzare anche dell'altro.»

«Oh.» Si massaggiò la mascella. «Come il fatto che sono attratto dall'intelligenza.»

Beckett annuì. «Il modo in cui vedi le persone, certo, ma anche il modo in cui vedi te stesso.»

«Quindi è vero. C'è un libro dentro ognuno di noi.»

Beckett annuì. «Il tuo richiede tempo e pazienza.»

«No, è amore istantaneo, Becky. Vedrai.»

Si infilò le mani nelle tasche, un errore madornale. Camminare era scomodo. Si diede un'altra aggiustatina per nulla discreta e si mise a ridere. «Sono così felice che tu abbia tutto ciò di cui ho bisogno per sistemare le cose.»

Una luce densa di significati si accese negli occhi di Beckett. «Ho tutto ciò di cui hai bisogno?»

«Ogni lunghissimo classico della letteratura immaginabile. In ordine alfabetico.»

Lui alzò gli occhi al cielo e borbottò verso le stelle: «Tempo e pazienza.»

Poi ho scandagliato il mio cuore. Ed eccovi lì. E mai, temo, ve ne andrete.
Jane Austen

Capitolo Dieci

Zane trascorse la giornata con Darla, lavorando alla sua *logline*. Era più difficile di quanto avesse immaginato. Beckett era un genio.

Dopo essersi assicurato che Darla se la sarebbe cavata per il resto della serata, tornò a casa saltando la recinzione e passò una mezz'ora ad agghindarsi. Era deciso a far sì che l'appuntamento andasse meglio del precedente. Bibliotecaria part time, eccolo in arrivo.

La porta d'ingresso si chiuse e la voce di Beckett lo raggiunse dal corridoio.

Con un sorriso, Zane gli andò incontro sulla soglia della camera. Il professore era al telefono e si era annodato con la cinghia della borsa mentre cercava di levarsela. Non gli serviva certo l'abbonamento alla palestra, grazie a quel macigno di pelle. «Mezz'ora e arrivo.»

Zane sbrogliò la tracolla e gli prese la borsa pronta a esplodere.

Beckett sillabò: «Grazie,» e continuò a parlare al cellulare, guardando verso di lui. «Potrei portare qualcuno.»

Zane inarcò un sopracciglio con fare interrogativo.

Beckett chiuse la chiamata ed entrò nella stanza. Lui lo seguì, mollò la borsa sul letto e ci si sdraiò accanto. Si girò su un fianco e si sostenne la testa con un palmo, osservando Beckett che si toglieva il blazer e si apriva la camicia.

«Hai ricevuto il mio messaggio prima, vero?» gli domandò.

Le dita agili non incespicarono su nessun bottone. I due lembi si separarono, scoprendo la pelle liscia e abbronzata.

Beckett si fermò arrivato all'ultimo bottone e, quando Zane alzò gli occhi, lo trovò a guardarlo. Poi sganciò anche quello e si sfilò con grazia la camicia.

«Hai un appuntamento,» rispose Beckett. «Volevi un parere su dove portarla.»

«Lo voglio ancora. Ci incontreremo al palchetto per i concerti e pensavo che da lì potremmo decidere dove andare.»

«Il palchetto.» Beckett trasse un respiro e si impegnò a recuperare una camicia blu marino dall'armadio. «Io mi vedo con alcuni colleghi allo Chiffon,» continuò, indossando l'indumento elegante. Lo osservò da sopra la spalla. «Potresti venirci con lei.»

«Allo Chiffon?»

«Ti divertirai come mai nella vita.»

Zane fece una smorfia esageratamente dubbiosa. «Mai nella vita? Sul serio?»

«Sfida di sinonimi?»

«E io che speravo in una sfida con la cannella.»

Beckett lo inchiodò con un'occhiata che sprizzava vigore e determinazione. «Le sfide di sinonimi sono il massimo. Superlative. Imbattibili.»

«Già, stare sul palco davanti a una folla che aspetta solo che sbagli una parola. La ragazza con cui sei uscito che ride di te. Divertentissimo.»

«È un ottimo antistress. Lo trovo rinfrancante.»

«Sfiancante, vorrai dire.»

Negli occhi di Beckett danzò una risata. «C'è anche una

magnifica selezione di vini, alcuni tra i migliori antipasti in circolazione e un'eccellente compagnia. Abbastanza stimolante da intrattenermi per ore e ore.»

Il suo entusiasmo elettrizzato si riversò su Zane, contagiandolo fino a strappargli una risata.

«Dunque, che scarpe mi metto?» Beckett studiò gli appositi scaffali nel suo armadio.

Zane scostò la borsa che gli ostruiva in parte la vista. «Oh, hai i piedi grandi per la tua stazza.»

Non erano più grandi dei suoi, vero?

Balzò giù dal letto e scivolò alle sue spalle. Il suo petto impattò contro la schiena di Beckett, che si irrigidì. «Sta' fermo un secondo,» gli ordinò Zane, passando un braccio sotto al suo per avvolgerglielo attorno al torso. Premette il piede sinistro all'esterno di quello di Beckett.

Erano della stessa misura.

«Sì, hai proprio i piedi grandi.»

Il cuore di Beckett martellava sotto il suo palmo. «O i tuoi sono piccoli.»

«È immaturo se adesso mi viene da pensare alla misura del tuo uccello?»

Lui gracchiò: «Immaturo, sì. Tra le altre cose.»

«Già. Devo essere davvero immaturo, allora.»

Beckett si chinò, la schiena che scivolava lungo il petto di Zane per poi scorrere oltre l'inguine, che non rimase indifferente a tutto quello sfregamento.

Zane si scostò e Beckett scosse il capo mentre prendeva un paio di scarpe da ginnastica verde foresta. «Avere i piedi grandi non implica avere il cazzo grosso.»

Quindi ce l'aveva piccolo? O nella media come lui?

Si passò bruscamente una mano tra i capelli. Doveva davvero smettere di pensare agli uccelli. Doveva uscire con una ragazza quella sera… e ancora non aveva idea di dove portarla. Lo Chiffon era fuori discussione. Voleva provare a conquistare Clara, non farla scappare.

Beckett si allacciò le scarpe e si rimise il blazer.

Per di più, Zane voleva che Clara si concentrasse su di lui, non che passasse la serata a lanciare occhiate speranzose a Beckett.

«Per quanto sia colpito dalla tua resistenza,» gli disse, «non potrei mai andare avanti per ore e ore. Non durerei più di tre minuti.»

Beckett gli puntò addosso un paio d'occhi azzurri confusi. «Eh?»

«La sfida di sinonimi stimolante?»

Lui annuì con fervore. «Certo, giusto.»

«Ci vai in macchina?»

Beckett scosse il capo. «È a un quarto d'ora a piedi.»

«Perfetto, vengo con te.»

Delle dita morbide gli solleticarono il mento e gli risollevarono il viso verso quello di Beckett. «A una condizione.»

«Che mi lasci istruire sulla letteratura per l'intero tragitto?»

«Che la smetti di fissarmi… i piedi.»

ZANE LO ACCOMPAGNÒ DAVANTI ALLO CHIFFON E SI trattennero un attimo fuori dal locale raffinato. Risate altezzose provenivano dall'interno; addobbi di candeline decorative luccicavano attraverso le ampie finestre e risplendevano sui capelli di Beckett.

«Bene.» Il professore sorrise e si piazzò le mani sui fianchi. «Passa una bella serata.»

Una brezza leggera soffiò su di loro e un lieve, curioso brivido percorse Zane fino alle dita dei piedi. «Il mio settimo senso mi dice che questa sarà una sera cruciale.»

«Qual è il tuo sesto senso?»

«Oh, uhm, il mio lato sens-uale?»

Zane si portò dietro la risata di Beckett fino al palchetto, dove si ritrovò con Clara. La portò al ristorante di pesce a cui era passato davanti poco prima.

L'ambiente semi-formale aveva un'aria romantica. Luci basse, acquari di pesci esotici e candele a batteria sui tavoli quadrati.

Con i capelli scuri che le incorniciavano il viso a cuore, gli occhi grandi e un vestito nero che la fasciava alla perfezione, Clara era senza dubbio attraente. I tacchi la alzavano di cinque centimetri buoni, portandola alla stessa altezza di Zane quand'erano in piedi.

All'inizio la conversazione fu lenta e regolare. Arrivati alle portate principali, Zane non vedeva l'ora di porle le domande che aveva rivolto a Beckett durante il loro caffè mattutino al King's.

Per quanto credesse fermamente nell'amore a "primo contatto", sapeva che non tutte le relazioni si innescavano allo stesso modo; Beckett non aveva affatto torto sull'importanza di imparare a conoscere una persona.

Zane voleva evitare le domande tipiche da appuntamento sugli studi o sui libri preferiti. Tanto per cominciare, non dava una bella impressione ad ammettere di essersi ritirato dal liceo, e la maggior parte delle persone sminuiva il suo amore per fumetti e manga considerandolo infantile e immaturo. In aggiunta, voleva che la conversazione fosse frizzante, proprio come il vino nel bicchiere di Clara.

Si sporse in avanti, puntando la forchetta verso di lei con un sorriso. «Hai idea di come morirai?»

Clara si strozzò con lo spumante, gli occhi che balzavano a cercare i suoi.

«Oh, scusa...» Zane rise di se stesso e riportò la forchetta sul pesce.

La domanda aveva funzionato molto meglio con Beckett,

che aveva a malapena battuto ciglio prima di rispondere di avere il fondato sospetto che l'avrebbe ucciso lui entro la fine del mese.

Il suo sarcasmo gli aveva strappato una risata. Clara invece lo stava facendo sentire uno psicopatico. «Mi sono espresso male,» tentò con un sorriso imbarazzato.

Lei si riprese e scoppiò in una risata allusiva. Sollevò il bicchiere. «È evidente che morirò soffocata. Speriamo almeno di strozzarmi su qualcosa che amo.»

Zane si portò una forchettata di salmone speziato alla bocca e rifletté su come interpretare il fatto che Clara non gli avesse girato la domanda.

Da un lato, la morte era un argomento piuttosto macabro di cui discutere a un primo appuntamento. Dall'altro, Beckett gliel'aveva chiesto.

«Che mi dici di te?»

«Di crepacuore, non ho dubbi.»

«Non si muore di crepacuore.»

«Sì, invece. A mia nonna è successo, dopo la morte di mio nonno. Era in forma, sana come un pesce. Quando lui ci ha lasciati, ha perso la voglia di vivere. Sei mesi più tardi se n'era andata anche lei. Lo amava così tanto che perderlo l'ha distrutta. Spero di morire nello stesso modo.»

«Lo speri?»

«Avendo amato davvero, Becky. Essendo stato amato davvero.»

Si riscosse dal ricordo e si sforzò di concentrarsi su Clara. Le rubò un'ostrica dal piatto.

«Sei un'artista?» si informò lei. «Disegni mai nature morte?» Bene, il beneficio del dubbio. E la domanda che gli aveva appena posto? Molto promettente.

«Di regola no. Illustro una serie a fumetti.»

«Oh, quel genere di disegni,» annuì lei. Zane sorrise, nonostante si sentisse un po' ferito.

«Che tipo d'arte ti piace?» le chiese.

«I nudi. A te piace infrangere le regole?»

Lui si sforzò di ridere e cambiò subito argomento. «Com'è la tua giornata perfetta?»

«Conversazione piacevole e sesso ancora più piacevole.» Clara si mordicchiò il labbro e lo osservò. «In grandi quantità.»

Be', correva parecchio. Le era scappato di bocca per l'agitazione? A lui a volte succedeva.

«Adoro le avventure,» continuò lei, sostenendo il suo sguardo in una maniera che lo portò a contorcersi a disagio sulla sedia. «E tu?»

«Sono più un tipo da disavventure,» replicò cauto. Parlarle della morte non l'aveva scoraggiata. Magari era lei la psicopatica?

Clara succhiò un'altra ostrica e si leccò le dita con aria seducente.

In quella città le donne avevano più palle di qualsiasi uomo avesse mai conosciuto. Buon per loro, ma…

Aveva fatto il passo più lungo della gamba?

Sotto il tavolo, un piede gli atterrò sul grembo e Zane trasalì al peso schiacciante. Il tallone scivolò lungo la cucitura e fece centro.

Zane strisciò la sedia all'indietro e balzò in piedi con una risata nervosa. Se non avesse messo un po' di spazio tra loro, lei l'avrebbe mangiato vivo. «Vado alla toilette!»

Fuggì nel bagno degli uomini e si chiuse a chiave nel cubicolo in fondo, nel caso Clara lo prendesse per un invito. Porca miseria, com'è che finiva sempre in situazioni del genere?

Crollò a sedere sul copri-water e inviò un messaggio supplicante a Beckett.

Zane: Oddio. Salvami.

Non era mai stato così sollevato di veder comparire sul

display i tre puntini che segnalavano l'arrivo imminente di una risposta.

Becky: Salvarti?

Zane: Presentati qui e accusami di averci provato con il tuo ragazzo o qualcosa del genere. Fa' una scenata che scoraggi la tizia con cui sono uscito.

Becky: Qual è il problema?

Zane: Mi ha piazzato un piede tra le cosce. Nel bel mezzo del ristorante.

Becky: Perché non vieni?

Zane: L'orgasmo è l'ultimo dei miei pensieri. Il suo tallone mi ha strangolato una palla e ora mi sono nascosto in bagno.

Becky: Intendevo qui allo Chiffon. Grazie della visuale, comunque.

Zane: Non ho il coraggio di uscire dal bagno. Salva i ringraziamenti per più tardi. Dopo che sarai arrivato qui al Soul Sea.

Beckett aveva ricevuto l'ultimo messaggio, ma non gli aveva risposto. Stava andando lì? Zane se lo augurava.

Si mosse un po'. Il testicolo gli faceva male dove Clara l'aveva schiacciato. Si diede una toccatina attraverso i jeans e scrisse di nuovo a Beckett.

Zane: Dovrai darmi una controllata quando saremo a casa. Per accertarti che sia tutto intero.

Becky: Signore benedetto. Non puoi controllare da solo?

Zane: Ho troppa paura. Per di più, confido che tu abbia familiarità con i gioielli di famiglia.

Becky: ...

Zane ridacchiò, le dita che volavano sul telefono.

Zane: Che significa?

Beckett non aveva letto il messaggio. Ci fu silenzio radio per qualche minuto buono.

Probabilmente avrebbe dovuto uscire di lì e affrontare Clara. Meglio ancora, farsi coraggio e dirle che non era interessato a una sveltina sotto il tavolo.

Oppure poteva tenere duro finché Beckett non fosse arrivato a salvarlo.

Starsene nascosto un altro pochino?

Per due volte qualcuno entrò nel bagno, ma non era mai Beckett.

Il tempo parve rallentare e Zane uscì con riluttanza dal cubicolo. Si accostò ai lavandini e si lavò le mani. *Forza, esci di qui. Andiamo.*

Diede le spalle allo specchio e si accasciò contro il piano del lavandino. Era davvero privo di palle. Avrebbe dovuto imparare dagli ultimi tre appuntamenti falliti. Specificare che non cercava un'avventura senza impegno.

Scrisse a Beckett. Se c'era qualcosa in cui era bravissimo, era la procrastinazione.

Zane: Ehi?

Becky: Sto venendo.

Zane: Al ristorante o...

Dieci secondi dopo la porta del bagno si aprì e Beckett fece il suo ingresso. «Al *ristorante*, Zane.»

Qualcun altro entrò e passò accanto a Beckett, spingendolo verso i lavandini. Zane gli prese le mani e lo attirò più vicino.

«Grazie di essere venuto,» gli disse.

Beckett lo scrutò preoccupato. «Come stai?»

Zane respirò il sentore del suo dopobarba. Aveva le mani calde, quasi fosse arrivato di corsa. A quel pensiero lo attirò ancora più vicino.

Beckett inarcò le sopracciglia con aria interrogativa.

Zane si riscosse. Come stava? «Tutto intero, credo.»

«Intendevo per via della situazione.»

Giusto. Già. Chinò il capo e fissò i piedi di entrambi.

Beckett gli sollevò il mento con un sorrisetto inteso a distrarlo. «A me gli occhi.»

«Puoi farla andare via?»

«Potrei dirle che hai un ragazzo? Un ragazzo a cui, benché sostenga che va bene se frequenti altre persone, in realtà non va bene per niente, ma non sa come dirtelo perché vi conoscete da poco e, nel profondo, è così danneggiato che non è certo di poter rischiare d'innamorarsi di nuovo. Ciononostante, è geloso come un pazzo per il tuo appuntamento di stasera, o di qualsiasi altra cazzo di sera.»

A Zane sfuggì di bocca una risata nervosa e inaspettata. Non aveva mai sentito Beckett imprecare, né suonare tanto serio. Il che era notevole, considerato che aveva una voce seriosa di natura. «Professori di letteratura. Di sicuro sapete tirar fuori una storia convincente. Lo faresti per me?»

Lui si liberò dalla sua presa e guardò verso la porta. «Le dirai che ti dispiace, ma preferisci tornare a casa con me?»

«Cavolo, sì.»

Beckett gli fece cenno di muoversi. «Fammi strada.»

Quando arrivarono al tavolo, lo trovarono vuoto, con un cameriere dall'aria incavolata che impilava i piatti su un braccio.

«Forse l'ho scoraggiata da solo,» mormorò Zane.

«Passare venti minuti in bagno durante il vostro primo incontro potrebbe aver avuto quell'effetto.»

Si scambiarono uno sguardo sconcertato, poi Zane pagò per la cena e lasciò una lauta mancia.

Sulla via del ritorno passarono davanti allo Chiffon. Beckett rifiutò il suggerimento di riunirsi ai suoi amici e proseguirono insieme verso casa.

Al suono della porta che si chiudeva alle loro spalle, Zane sussultò. «È giovedì!»

Beckett si fermò. «Mi serve un lavoro che mi consenta di scordare che giorno della settimana è.»

«Arriva tua sorella.»

«Più tardi.» Controllò il cellulare. «Mi correggo, sarà qui tra un'ora.»

Zane lo seguì in cucina e annuì alla sua silenziosa offerta di vino.

«Non vedo l'ora di conoscerla.» A dire il vero era nervoso. Voleva farle una buona impressione. Doveva piacerle. E accertarsi che Beckett lo notasse.

Lui si irrigidì, l'espressione tesa di chi aveva appena realizzato qualcosa di spiacevole.

«Com'è, dimmi? Te con le tette?»

Quell'uscita gli guadagnò un'occhiata raggelante. «È bella e piena di vita. Vive minuto per minuto e ama tutto ciò che è folle. «La... la adorerai.»

Il pover'uomo era impallidito. Era stata una lunga serata.

«Mettiti comodo sulla poltrona con il vino e un libro. Al mio ritorno, ti strapperò un sorriso.»

«E come intendi farlo?» Si portò il bicchiere alla bocca.

«Ti ho tenuto in caldo il mio schizzo.»

Beckett si sputacchiò il vino sull'elegante camicia blu marino.

~

Mentre Beckett si rifugiava in bagno, presumibilmente per smacchiare la camicia, Zane trovò delle lenzuola pulite, rifece il letto per Leah e sistemò le sue cose in camera di Beckett.

Quant'era diverso appendere i vestiti in un armadio invece che tenerli in valigia. Avrebbe potuto farci l'abitudine.

Drappeggiò il tappeto con la testa di toro sopra alla poltroncina, rivolto verso la stanza. Ormai ci si era proprio affezionato.

Si allacciò gli stivali e, dopo una rapida rilettura della sua *logline*, tornò in salotto.

Beckett si appoggiò il libro in grembo, aperto alla pagina su cui si era fermato. Risalì con lo sguardo lungo il suo corpo, centimetro per centimetro. Zane sentì un fremito attraversargli le vene e, trattenendo la ridarella, protestò con voce traballante: «Non so come riescano i tuoi studenti a combinare qualcosa.»

«Perché ti servono gli stivali per leggermi la tua *logline*?»

Zane affondò i pollici nelle tasche. «In caso non ti piaccia. Ti ho promesso un sorriso.»

«Spara.»

L'aria era pesante quando Zane respirò a fondo. «Un professore ferito deve imparare a fidarsi dell'amore per riuscire a ricucire il suo cuore, se non vuole rischiare di non avere mai più un rapporto sincero.»

Beckett inclinò il capo di lato e un lampo di dolore gli sfrecciò negli occhi, subito tenuto a bada. Mise via il libro e si alzò. Lo raggiunse e, sostenendo il suo sguardo, gli posò un palmo sulla guancia e gli accarezzò la pelle con un pollice tremante. «Ci sto lavorando.»

Ritrasse la mano e Zane gli catturò il polso per prolungare il contatto. «Bene. La tua storia ha bisogno di un lieto fine.»

A Beckett si ruppe la voce. «Domani dammi la frase per la storia che vorresti illustrare.»

«Ai tuoi ordini, professore.»

Il campanello suonò, spingendoli a separarsi.

Beckett sparì all'ingresso. Trenta secondi dopo, una donna con una chioma selvaggia e un sorriso ancora più selvaggio rischiarò l'atmosfera nel soggiorno.

«Lui è Zane?» chiese, spostando lo sguardo dall'uno all'altro. «C'è un motivo per cui non mi hai detto che è una copia sputata di un giovane Chris...»

«Portiamo di sopra la tua valigia,» la interruppe Beckett, una mano che le afferrava un braccio.

Zane scattò in piedi. «Stavi per dire Hemsworth? Becky, stava per dire Hemsworth?»

Lui si massaggiò il ponte del naso.

Oddio, era proprio così.

«Non sono australiano!»

Beckett lo squadrò torvo e scosse il capo.

Zane gli rivolse un sorriso docile. «Cioè, che ne dite se preparo una pavlova e ripartiamo da capo?»

LA PAVLOVA SPROFONDAVA AL CENTRO E FORSE CI AVEVA MESSO il sale al posto dello zucchero...

Non stava facendo una gran bella figura con Leah.

Diede la colpa all'agitazione. Gli sembrava di incontrare i

genitori di qualcuno per la prima volta. Aveva le mani sudate, gli stivali gli torturavano i talloni e aveva riso al momento sbagliato, cosa per cui si stava ancora vergognando.

Stanca per via del jet lag, Leah si scusò e andò a dormire. Zane racimolò l'energia rimasta per strappare informazioni su di lei a suo fratello. Se avesse scoperto qualche chicca, sarebbe riuscito a conquistarla. A quel punto, magari, Beckett si sarebbe rilassato e avrebbe smesso di scrutarli con così tanta attenzione, come se temesse che non andassero d'accordo.

«Tua sorella…»

Beckett si avviò verso la camera e lui gli rimase alle calcagna.

Accese la luce e si bloccò di colpo. Zane, che non se l'era aspettato, gli sbatté sulla schiena. Si raddrizzò piazzandogli le mani sui fianchi.

«Cos'è *quello*?»

Stava fissando la poltrona all'altro lato della stanza.

Zane gli scivolò accanto, un braccio incurvato attorno alla base della sua schiena. Con una lieve pressione, lo guidò fino al tappeto in questione.

«Signore benedetto, è meglio che non chieda?»

Zane gli risalì con le dita lungo la colonna vertebrale e gli strinse piano la nuca. «Guardalo, sprizza vitalità.»

«È un tappeto.»

«Figurativamente, professore.»

«Perché ha le corna?»

«Perché è un toro. Il tuo toro interiore.»

«Se è così che mi vedi, mi sorprende che tu non sia fuggito via.»

Zane abbassò la mano e si sedette sul bordo dell'ampio letto. Gli stivali lo stavano stritolando. Li slacciò e represse un sospiro. «Non fuggo da nessuna parte.» Si osservò i piedi gonfi. «Non potrei nemmeno se volessi.»

Senza smettere di fissare il tappeto, Beckett si sfilò il blazer e iniziò a sbottonarsi la camicia. La guancia in profilo gli tremolava. «Sei pazzo,» mormorò.

Poteva esserci del vero.

Beckett si calò i jeans sulle gambe.

«E ora parlami della tua adorabile sorellina,» riprese Zane.

Lui si fermò, poi scalciò via il resto dei pantaloni. Tolti i calzini, buttò i vestiti usati nel cesto della biancheria. «Devo lavarmi i denti.»

«Aspetta.» Zane si levò la maglietta e ancora più rapidamente i jeans. Dei boxer di raso blu gli avvolgevano l'inguine, più larghi di quelli grigi indossati da Beckett.

Da ciò che poteva vedere, il professore era ben dotato. Cavoli, se era stato baciato dalla fortuna per quanto concerneva l'aspetto fisico.

Beckett gli diede le spalle e Zane lo seguì di corsa nel bagno. Non aveva mai visto nessuno ficcarsi uno spazzolino in bocca tanto in fretta. Si lavarono i denti uno accanto all'altro e si scrutarono a vicenda nello specchio. Passarono lunghi, tortuosi minuti a fare a gara a chi se li spazzolava meglio. Zane avrebbe potuto andare avanti per ore.

Alla fine Beckett aumentò la velocità di movimento, lo fulminò con lo sguardo e sputò nel lavandino.

La bocca di Zane traboccava di schiuma.

«Andiamo, Zane,» gli sussurrò, e lui deglutì per la sorpresa. Tirò fuori lo spazzolino.

«L'hai appena ingoiato tutto?»

«Non ne avevo intenzione.» L'aveva fatto trasalire sussurrando il suo nome. «Aveva un sapore migliore di quel che pensavo.»

Un lampo attraversò gli occhi di Beckett, che schizzò fuori dal bagno.

Zane ripose lo spazzolino pulito accanto al suo e tornò in camera. Beckett aveva spento la luce principale e acceso l'abat-jour. Si era sdraiato nel lato più lontano del letto, la schiena appoggiata ai cuscini, un palmo premuto sulla fronte.

Zane si spaparanzò di schiena come una stella marina. La sua mano impattò sul fianco coperto di Beckett, che si mosse al di sotto. Il letto ampio era una meraviglia e sembrava bello solido. Zane spinse il corpo contro il materasso. Non faceva nemmeno rumore.

«Questa non è la tua usuale routine notturna, vero?» gli chiese Beckett in tono asciutto.

Zane si infilò sotto le lenzuola pulite e sospirò. «Che letto,» gemette. Accarezzò il legno scuro della testiera. «È monogamo, giusto?»

Beckett si strofinò la mascella per nascondere un sorriso. «Il mio letto ideale.»

«Voglio sposarlo.»

«Non ci hai dormito neppure una notte.»

«Vuoi dirmi che non hai desiderato questo letto fin dal primo momento in cui l'hai visto?»

Gli occhi di Beckett incrociarono i suoi, poi si ritrassero. «Ero preoccupato che fosse troppo bello per essere vero. L'ultimo mi ha quasi spaccato la schiena, alla fine.»

Zane affondò di più nel materasso, incanalando aria tra le lenzuola e la sua pelle. «È un letto da non lasciarsi sfuggire.»

Girò la testa sul cuscino e osservò Beckett che recuperava un libro dal comodino.

«La pavlova mi è uscita proprio una schifezza, eh?»

«Qualsiasi cosa stessi cercando di dimostrare…»

«… mi si è rivoltata contro, lo so. Qual è la colazione preferita di tua sorella? Waffle? Pancake? Bacon e pane tostato?»

Beckett si accigliò. «Perché?»

«Per prepararglienE una eccezionale.»

Un sospiro. «Ma certo.»

Zane gli diede una spintarella. «Allora?»

«Pancake.»

«Domattina farò una miglior impressione su di lei, Becky. Mi farò amare, vedrai.»

Lui chiuse il libro. «Sono stanco.»

Anche Zane lo era.

Beckett spense la luce e la stanza fu avvolta dall'oscurità. Zane si girò su un fianco. «Perché sei così lontano? C'è un sacco di spazio qui con me al centro del letto.»

Lui gli rivolse la schiena. «Be', sto bene qui.»

Non era il caso di iniziare subito a protestare, ma Zane gli avrebbe fatto cambiare idea.

Non sono capace di amare a metà.
Jane Austen

Capitolo Undici

*Z*ane si svegliò prima di Beckett, si alzò pian piano e andò a preparare la colazione.

Leah fluttuò giù dalla mansarda in una vestaglia di seta sopra un pigiama di Snoopy. «Devo preoccuparmi ad assaggiare uno di questi?» Studiò sia lui, sia i pancake che le aveva impilato su un piatto. «Perché non ho intenzione di inghiottire nulla di salato come ha fatto, e forse fa, mio fratello.»

Beckett aveva mandato giù la sua cucchiaiata di pavlova con stoicismo.

Se Zane non l'avesse già *bromato* prima, l'avrebbe *bromato* dopo quell'impresa. E dopo tutto ciò che aveva fatto per lui il giorno precedente.

«Qual è la colazione preferita di tuo fratello?» indagò con voce roca.

«Perché?»

«Perché sì.»

Lei inarcò un sopracciglio e scrollò le spalle. «Uova all'occhio di bue, pane tostato e spremuta d'arancia fresca.»

Beckett comparve proprio mentre Zane lavava la padella

con cui friggergli le uova. Aveva già preparato la spremuta, in compenso, quindi ne versò un bicchiere a entrambi i fratelli.

Beckett accettò il suo con un «Grazie» pacato e si mise a sedere, diario in mano.

Leah pareva trovarsi a suo agio con Zane che, bisognava ammetterlo, quella mattina stava sfoderando tutto il suo fascino. Ogni pochi minuti sbirciava Beckett nella speranza di beccarlo a guardare, ma lui invece si limitava a scribacchiare con più impeto.

«Che programmi hai per il fine settimana?» chiese a Leah.

Beckett chiuse forte il diario e Zane gli lanciò subito un'occhiata. Il professore fissava la copertina di pelle e giocherellava con il bicchiere.

«Non ne ho. Recuperare il sonno arretrato. Vedere degli amici.»

Zane abbandonò le uova appena spaccate sulla padella calda e guidò Leah da parte, dove Beckett non li avrebbe sentiti. «Avevi in mente di fare qualcosa con tuo fratello durante il weekend?»

«No, perché?»

«È che...» Con la coda dell'occhio, notò le fiamme e sobbalzò. «Merda, ha preso fuoco.»

Agguantò la padella e la immerse nel lavandino pieno d'acqua saponata. Addio alle ultime uova.

Addio alla colazione preferita di Beckett.

«Stai bene?» gli chiese Leah.

Zane annuì e Beckett alzò finalmente lo sguardo. Era talmente cauto quella mattina. Talmente silenzioso.

«Becky, verresti con me a vedere la bimba di Jacob e Anne?»

Lui aggrottò la fronte, gli occhi che volavano da Zane a Leah. Esitò. «Mia sorella è appena arrivata.»

«E rimarrà qui per un po'. Vieni con me.»

Beckett sorseggiò la spremuta. «Darla ha bisogno d'aiuto.»

«Le ho portato dei pancake mezz'ora fa, sta bene.»

«Magari fingeva per non preoccuparti.»

«E allora la porteremo con noi. Ti prego, vieni.»

«Perché vuoi che ci sia anch'io?»

«Anne sarebbe contentissima di vederti.»

Beckett avvicinò il diario al bordo del tavolo. «Dovrei concentrarmi su...»

«Su che cosa? Sul bucato?» Aveva dormito male, per caso? Qualcosa non andava. O... Cristo, se era stupido!

Fece il giro dell'isola e si fermò dietro di lui. Gli piazzò le mani sulle spalle e iniziò a massaggiargliele. «Luke non ci sarà,» gli assicurò con dolcezza.

Pressò i pollici nei nodi muscolari tra le sue scapole. Cavoli, se era teso.

Beckett inclinò la testa all'indietro e gliela appoggiò sullo sterno, guardando in su. Due begli occhi preoccupati lo perforarono.

«Ti prego?» provò ancora Zane. Un momento, sapeva come far capitolare il professore. «Per piacere, perfetto principe pontificante?» Si chinò e strofinò il naso contro il suo. «Mi lascerò istruire sulla letteratura per l'intero tragitto.»

Le iridi azzurre si illuminarono. «Su Joyce?»

«Magari qualcuno di più Joy-oso. Tipo Beckett.»

«Ah,» contribuì Leah dalla cucina. Zane si girò nella sua direzione e la trovò a condividere un'occhiata densa di segreti con il fratello.

Le spiegò per conto di Beckett: «Abbiamo una *bromance*.»

I muscoli si contrassero sotto le sue dita.

«Giusto. Una *bromance*.» Con un sorrisetto, Leah spostò l'attenzione da lui a Beckett. «Credo che dovresti andare. Baderò io a Darla, e noi due passeremo un po' di tempo insieme al tuo ritorno.»

Zane gli risalì la nuca con i pollici. «Vedi, tua sorella capisce.»

«D'accordo,» rispose lui con voce irregolare. «Verrò con te.»

Zane gli tirò piano i capelli morbidi. «Tra l'altro, potremmo mica andare con la tua macchina?»

∾

Beckett guidò fino alla fattoria di Jacob, i loro borsoni per la notte che facevano avanti e indietro sul sedile posteriore. Non avevano discusso dei dettagli, ma Zane dava per scontato che lui avrebbe dormito da suo fratello e Beckett sarebbe andato dalla madre.

Il venerdì il professore aveva lavorato fino a tardi e si era addormentato non appena poggiata la testa sul cuscino. Al risveglio era apparso riposato eppure, nonostante Zane stesse andando d'accordissimo con Leah, restava insolitamente silenzioso.

La cosa andava risolta prima di arrivare da Jacob.

Zane scalciò via i sandali e premette le piante dei piedi sul sedile di pelle riscaldato. Anche se gli avrebbe fatto venire il mal d'auto, doveva disegnare. Tirò fuori l'occorrente e realizzò dei rapidi schizzi della fattoria, così come la ricordava. Jacob e Anne avevano comprato dai genitori di lei quella in cui era cresciuta, dando loro la possibilità di andare in pensione e fare il giro del mondo.

Era un bel posto ma, a dispetto della gran quantità di ettari, la casa padronale era… deliziosamente piccola.

«Non hai ancora iniziato a sciolinare letteratura, professore.»

«Sciorinare.»

Era un inizio.

«Possiamo discutere di *Orgoglio e pregiudizio*? Ho notato che si fa un gran parlare di matrimonio nel libro, e non posso fare a meno di pensare che tu me l'abbia suggerito per mettermi in guardia.»

Beckett aggiustò la presa sul volante e mantenne gli occhi fissi sulla strada. «Non di proposito. Ora che me lo dici, in effetti, la tua situazione non è poi così diversa. Sei arrivato nella mia vita proclamando quant'era importante per te sposarti. Magari, come ai tempi della Austen, vedi nel matrimonio una via d'uscita. Se non ti sposi dovrai tornare a casa e, in un certo senso, proprio come Elizabeth, rischi di perdere la capacità di decidere del tuo destino.»

Zane si agitò sul sedile. «Hai una seconda laurea in psicologia?»

Le labbra di Beckett si arricciarono appena. I suoi occhi però continuarono a evitare di guardarlo.

«Il signor Bennet ha messo in guardia Lizzy sui pericoli di un matrimonio sbagliato,» riprese Zane, sperando di aver capito bene e di non parlare a vanvera. «Come quando mi hai detto di non illudermi che avrei trovato l'amore. Il che ti rende mio padre, in questo paragone.»

Beckett serrò le dita sul volante e gemette. «È stato uno sbaglio.» Si appoggiò allo schienale. «Comunque sia, come il signor Bennet, non voglio che tu smetta di stimare la persona con cui condividerai la tua vita. Io ho commesso quell'errore e non te lo auguro.»

«Luke è un Wickham, è evidente. Oh, se io sono Lizzy, chi sarà il mio signor Darcy?»

«Sai, non credo di somigliare un granché al signor Bennet. Sono molto più efficiente con le mie finanze. Possiedo la mia metà della villetta bifamiliare e di sicuro ho dei beni da lasciare in eredità a qualsiasi figlio potrò mai avere.»

«Non saprei,» lo stuzzicò Zane. «Il signor Bennet è spiritoso, adora i libri ed è il preferito di Lizzy.»

Con le labbra lievemente incurvate, Beckett gli lanciò un'occhiata.

Molto meglio.

«Anche se suppongo che sotto tutta quella testardaggine,» concesse Zane, «il signor Darcy abbia le stesse qualità. Ha solo la testa molto dura.»

«Già. È peggio di un toro.»

Zane sorrise. Per lui quel genere di conversazione era... una ventata d'aria fresca. D'autostima, addirittura.

A Beckett squillò il cellulare.

Zane lo prese dal cruscotto. «È tua sorella. Ti inserisco il vivavoce?»

Con il sorriso che vacillava, Beckett fece un breve cenno d'assenso.

La voce di Leah esplose vibrante nell'abitacolo e Zane sorrise. «Puoi portare a casa un po' della marmellata di mamma? È centomila volte meglio di quella roba che hai in cucina.»

Continuò a chiacchierare e li aggiornò su Darla. «Sta bene. Vuole che rassicuri il pescetto di non preoccuparsi se non ha idea di cosa stia succedendo nella sua vita sentimentale. A quanto pare i pianeti sono incasinati. Dice di portare fuori il tuo migliore amico, perché potrebbe aiutare a rimettere tutto a posto.»

Zane scosse il capo con un sorrisetto. Era *così* da Darla. «Che ha detto sul Toro?»

«Solo che nessuno capisce meglio di loro la frase "Non si può mettere fretta all'amore". Oh, e di fidarti del tuo istinto, anche se hai il timore che le cose possano finire male.»

Leah chiuse la chiamata con un «Ciao!» allegro e Beckett sospirò. «Perfino le stelle mi danno manforte sulla mia posizione riguardo ai colpi di fulmine.»

Altro che toro, era testardo come un mulo.

Zane disegnò la mattina del loro primo caffè al King's e l'espressione incredula dipinta sul volto di Beckett quando lui aveva menzionato l'amore a prima vista.

Era incredibile con quanta facilità riuscisse a ritrarlo. Aveva un viso memorabile e una perfetta postura.

«Stai sorridendo,» commentò Beckett, strappando la sua attenzione dallo schizzo.

Zane lo osservò. «Tu no.»

«Già.»

«Cosa c'è che non va, Becky? Ti comporti in modo strano fin da quando... da quando...»

«È arrivata mia sorella?» Lo guardò di sbieco. «Mia sorella, che è single e ha la tua età. Mia sorella, che è single, ha la tua età e con cui vai d'accordissimo?»

Zane abbassò i piedi sul tappetino. «Mi prendi in giro?»

Beckett svoltò in una stazione di servizio e parcheggiò davanti alla pompa di benzina. Zane si rimise le scarpe e uscì con lui. Infilò la bocchetta nell'apertura del serbatoio, lanciando occhiatacce a Beckett da sopra il tettuccio. «Non so proprio cosa dire. Non ho... non mi è mai passato per la mente...» Un momento. Non lo riteneva all'altezza di sua sorella?

Serrò le dita attorno all'erogatore.

«Piantala,» gli intimò Beckett, accertandosi di incrociare i suoi occhi. «Qualsiasi idea ti abbia fatto venire quell'espressione da cane bastonato, piantala.»

Lui distolse lo sguardo e scrollò le spalle. «Sei un fratello protettivo. Lo capisco.»

Beckett fece il giro dell'auto. La bocchetta si chiuse e Zane lo osservò riporre l'erogatore e tappare il serbatoio. «Zane...»

Lui si voltò ed entrò a pagare. Bloccato in fila alla cassa, si intrattenne con i volantini turistici esposti sulla parete. Ne prese un paio e li stava studiando con estrema attenzione quando Beckett lo raggiunse.

Magari si stava comportando in maniera melodrammatica, ma ne aveva diritto.

Si sentiva gli occhi di Beckett addosso, così alzò un volantino a mo' di scudo.

A quanto pareva erano nei paraggi di Greenville, che ospitava un circo stabile. L'affascinante cittadina storica era anche nota per la sua libreria d'epoca, la Silver Pines.

Il cliente davanti a loro aveva finito, quindi Zane si accostò alla cassa e pagò la benzina.

Si girò e Beckett iniziò a rimproverarlo.

«Ci vediamo in macchina,» ribatté lui, e si rifugiò nel sedile del passeggero.

Riprese l'album e si rimise a disegnare, senza sorprendersi troppo quando i tratti composero il viso di Beckett. Non quello silenzioso del tragitto in auto, ma quello del giorno precedente che, con la mano tremante e la voce quasi spezzata, gli diceva che si stava mettendo d'impegno per fidarsi di nuovo dell'amore.

Zane trattenne il respiro. Era logico che Beckett si preoccupasse di chi si sarebbe innamorato di Leah. Una relazione l'aveva traumatizzato e reso sensibile a chiunque stringesse un legame con sua sorella minore. Non voleva che lei soffrisse allo stesso modo.

Era ammirevole quanto ci tenesse.

Beckett entrò nell'auto e gli lanciò un pacchettino di stagnola. Zane lo bloccò contro il petto, pungendosi il mento con la matita.

«Mi dispiace,» sbottò, proprio mentre Beckett cominciava a parlare.

«Se ti piace mia sorella…»

«Comincia tu,» offrì Zane.

Beckett staccò lo sguardo dal parabrezza e glielo puntò addosso. «Non hai niente di cui scusarti. Se ti piace mia sorella, è la donna più fortunata del mondo perché ha catturato la tua attenzione.»

La tenerezza che gli stava riversando addosso era quasi

insostenibile. Zane esaminò il pacchettino che aveva in mano. *Noci tostate.*

Il suo corpo divenne così leggero da farlo sentire goffo e stordito.

Si rilassò sul sedile e sorrise. «Grazie, Becky. Il signor Bennet avrebbe approvato.»

Lui scosse il capo con una risata e riaccese il motore.

«Comunque sia,» riprese Zane, infilandosi una noce in bocca, «e ti prego, non prenderla nel modo sbagliato, perché tua sorella sembra una ragazza piacevole, ma...» Fece una smorfia. «Non mi interessa in quel senso.»

Beckett aggrottò la fronte e fece scorrere le mani su e giù lungo il volante. «Non ti... uhm, no?»

«No.»

«Nemmeno un pochino?»

«Oltre all'intelligenza, mi attraggono le persone stabili, o che vogliono esserlo. Ehi, forse sto iniziando a navigare le correnti impetuose del mio cuore.»

Beckett mantenne gli occhi fissi sulla strada e scoppiò a ridere.

BECKETT PARCHEGGIÒ DAVANTI ALLA FATTORIA CON UNA familiarità che lasciò Zane senza fiato.

Quante volte era passato lì a prendere Luke? O si era fermato a trovare Anne?

C'era un'intera storia di cui Zane non era stato partecipe, eppure gli sembrava di portare qualcuno d'importante a conoscere suo fratello.

Jacob gli andò incontro con una camicia da cowboy a scacchi rossi e neri. I folti capelli scuri erano l'opposto dei suoi, ma il sorriso era il medesimo. Si abbracciarono con il solito scappellotto affettuoso. «Sei un papà.»

«E tu uno zio.»

Zane si scostò e lanciò un'occhiata a Beckett. «Becky, conosci già mio fratello.»

«Jacob,» lo salutò lui. Gli strinse la mano e inclinò il capo in direzione di Zane. «Avresti dovuto avvertirmi.»

Jacob rise. «Venite da Anne e la piccola Cassie. Sono nella veranda sul retro. Siamo pronti per una grigliata.»

Beckett recuperò la giacca dal sedile posteriore. La giornata era piacevolmente assolata, a dispetto di una brezza pungente. «Vuoi la felpa, Zane?»

Era un *Kiwi*. Maglietta e pantaloncini erano più che sufficienti. «No.»

Un vento subdolo gli soffiò addosso. «Sei sicuro?»

Zane seguì suo fratello e rispose da sopra una spalla: «Terrò duro. Andiamo.»

Lo sportello si chiuse e Beckett lo raggiunse, infilandosi le chiavi in tasca. Zane non poté far a meno di notare lo sguardo eloquente verso la *lieve* pelle d'oca che gli ricopriva le braccia.

Fecero il giro della casa rivestita in legno e furono accolti a braccia aperte e con un meraviglioso sorriso da Anne, che li coinvolse entrambi in un abbraccio. Il fianco di Beckett si scontrò con il suo e la sensazione di tepore convinse Zane che, in effetti, avrebbe dovuto dargli retta e prendere la felpa.

Anne li strinse di nuovo, felicissima di vederli, e Zane passò un braccio attorno alla vita di Beckett. Se lo teneva vicino e lo posizionava nel modo giusto per l'intero pomeriggio, non avrebbe dovuto preoccuparsi delle folate gelide. Problema risolto.

Anne li lasciò andare. A giudicare dallo sguardo che gli lanciò, Beckett aveva intuito il suo piano. Inarcò un sopracciglio e lo provocò aggiustandosi la giacca sull'avambraccio.

Be', ovvio che lui non aveva freddo. Era previdente. Aveva indossato una camicia a maniche lunghe e Zane prima aveva scorto anche una canottiera.

Anne li guidò fino a una culla con dentro una minuscola bimba addormentata, che sembrava ancora più piccina avvolta in una coperta spessa dall'aria calda. Cassie aveva un mucchio di capelli scuri, presi chiaramente da sua madre, ma per il resto somigliava a un pomodoro schiacciato. Tutta Jacob.

Dalla griglia, suo fratello li osservava con un sorriso.

Zane lo ricambiò con entusiasmo, poi si girò ad abbracciare di nuovo Anne. Si sentiva la gola asciutta. «Siete una famiglia. È… bellissimo.»

Si accostò a Jacob, grato per il calore delle braci. «Come te la passi?»

«Mai stato più felice. E più stanco. E tu?»

«Sto lavorando a una mia storia.»

Jacob girò una salsiccia. «Sono felice di sentirtelo dire.»

Zane annuì. «Non riuscirò a completarla entro la fine del mese, ma ho l'idea di base.»

Suo fratello gli puntò contro le pinze. «Io e Anne pensavamo di organizzarti una festa d'addio prima che tu riparta. Potrai illustraci la tua idea in quell'occasione.»

Una festa d'addio. Ogni traccia di calore abbandonò il suo corpo.

«Mancano ancora diverse settimane.» C'era pur sempre la possibilità che si innamorasse, sposasse e diventasse uno zio presente a tutti gli effetti. Sarebbe passato a trovarli un paio di volte al mese e avrebbe dato loro una mano. Fatto da babysitter quando Jacob e Anne avevano bisogno di una serata fuori.

Avrebbe insegnato a Cassie a disegnare.

Magari la festa d'addio sarebbe stata una festa di *sorpresa, rimango*.

Annuì tra sé e sé e indicò due salsicce cotte a puntino. «Posso portarne una a Becky?»

Le infilò in due panini, le cosparse di ketchup e ne porse una a Beckett, che rideva insieme ad Anne. Il trillo del campanello risuonò attraverso la casa.

«Devono essere Tiffany e Blaire.»

«Guardiamo noi la bimba,» offrì Zane, invitando Beckett a sedergli accanto sulla panca dietro la culla.

Lui appese la giacca sullo schienale, si accomodò e cominciò a mangiare.

La brezza si intrufolava nelle maniche della maglietta di Zane, che scivolò un po' più vicino a Beckett. Il cibo gli scaldò la pancia, ma non le braccia. Beckett si piegò in avanti, esponendolo di più al vento.

Dal suo sorrisetto si deduceva che non si era trattato di un movimento casuale.

Anne tornò con le ospiti, che ammirarono e complimentarono la bimba. Zane sperava che si svegliasse presto, perché voleva prenderla in braccio. Per coccolarla, non per stringersela al petto e approfittare di quella meravigliosa coperta calda.

Beckett gli diede da tenere il panino a metà e balzò in piedi a salutare le due ragazze, che pareva proprio conoscere.

Zane fece loro un cenno. Le ricordava vagamente dal matrimonio.

Si sfregò le braccia, osservò la giacca sullo schienale e se la mise sulle spalle.

Beckett tornò indietro. «Stai proprio tenendo duro, Zane.»

Lui rise e il panino gli cadde di mano. Il ketchup finì sulla manica.

«La mia giacca!»

Zane fece una smorfia. Appoggiò il panino sulla panca e, non avendo altro per ripulire la stoffa, se la portò alla bocca. Succhiò via la salsa.

Beckett fissò la chiazza umida.

«È tutto okay, visto? Non si nota nemmeno.»

Lui sospirò e Zane, per quanto dispiaciuto, non poté fare a meno di trovare divertenti le emozioni che si alternavano sul suo viso. Più ancora che divertenti: *educative*.

Zane si alzò, si tolse la giacca e la sistemò sulle spalle di

Beckett, poi ne afferrò i baveri e tirò l'amico un po' a sé. «Ti ho irritato?»

«Sì.»

«Ah. In uno schiocco di dita, ti ho irritato.»

Beckett assottigliò lo sguardo. «C'è qualcosa dietro quel "ah".»

Zane gli lisciò la stoffa sul petto e represse un sorriso. «Dimmi, se vedessi un uomo per strada che prende a calci il suo cane, cosa proveresti?»

Beckett serrò la mascella. «Una rabbia feroce.»

«Vuoi dire che odieresti quella persona?»

Lui annuì esitante. «So che è una trappola, ma sì, la odierei. Non si fa del male agli animali.»

«Che reazione emotiva estrema.»

«Non mi piace la scintilla nei tuoi occhi.»

Zane gli infilò una mano in tasca. Agitò la punta delle dita nello spazio stretto e il respiro spezzato di Beckett gli soffiò sul collo. «È che,» continuò, agganciando l'indice attorno alle chiavi dell'auto, «se è possibile odiare all'istante, non è anche possibile amare all'istante?»

Beckett lo fissò, le labbra dischiuse, senza parole forse per la prima volta.

«Non preoccuparti, Becky. È l'unica cosa su cui ti sbagli.» Zane estrasse le chiavi tintinnanti. «Mi serve davvero la felpa.»

Tornò con la felpa e i calzini sotto i sandali.

Anne scoppiò a ridere. «Tu e Jacob sì che sapete come rendere sexy i vostri piedi.»

«Tieni.» Le porse il regalo che aveva recuperato dalla macchina. «È giusto una cosetta.»

Lei si mise a sedere sulla panca, libera da panini alla salsiccia, e cominciò a scartarlo. Dall'altra parte della veranda,

Beckett era immerso in una conversazione con Jacob. Entrambi lo osservarono e continuarono a chiacchierare. Parlavano di lui?

Un piede cominciò a dondolare. Zane voleva alzarsi e origliare.

«Sono felice che tu abbia portato Beckett,» gli disse Anne. «Non credo molto nel destino e roba simile, ma forse significa qualcosa?»

Zane si sforzò di concentrarsi su di lei. «Certo che significa qualcosa. Ha creato un legame tra noi.»

All'improvviso Anne sbadigliò e smise di scartare il regalo per coprirsi la bocca. «Scusa. Ho dormito circa due ore ieri notte.»

Zane le massaggiò la schiena. «Stai facendo un lavoro fantastico.» Sorrise a Cassie, ancora addormentata nella culla.

La risata di Beckett attirò la sua attenzione. Di cosa parlavano? Certo non di un episodio imbarazzante della sua infanzia. Jacob non l'avrebbe sbeffeggiato in quel modo, giusto?

E perché non avrebbe dovuto?

Adorava prenderlo in giro.

A Beckett sarebbe passata la voglia di frequentarlo, una volta scoperto quanto poteva essere stupido?

Un'altra risata.

Zane incollò lo sguardo sull'apertura lenta e straziante del regalo. «Una palla di neve,» esclamò Anne entusiasta.

«Solo che non è neve, sono piccole felci argentate.» Che ricadevano su un kiwi. Era un mezzo miracolo che fosse arrivato da Cassie; Zane era stato fortemente tentato di scartarlo per dare una scossa alle cose tra lui e Beckett.

«Grazie, Zane. Cassie è una bimba fortunatissima.»

Gli vacillò il sorriso nell'accorgersi che Beckett era in avvicinamento.

Sciolse le spalle. Si sarebbe comportato con disinvoltura. Pazienza se il professore sapeva della volta che aveva preteso di essere portato allo zoo perché voleva vedere tutti gli animali "erotici".

Beckett si mordicchiò il labbro, trattenendo a stento un sorriso.

Zane si sedette sulle mani e s'impegnò al massimo per concentrarsi su Anne. «Quando crescerà, sarà il meglio di voi due.»

«Più di Jacob, spero. È l'uomo più gentile, generoso...» Anne coprì l'ennesimo sbadiglio. «Dio, chi altri avrebbe rifiutato la sua parte di eredità perché tu ne avevi più bisogno?»

Zane si immobilizzò. «Cosa?»

Alzò la testa di scatto, lo sguardo che superava Beckett – che si fermò – per raggiungere suo fratello, intento a chiacchierare con Tiffany e Blaire.

Jacob gli aveva dato la sua parte dell'eredità dei nonni? Perché lui ne aveva più bisogno?

Anne osservò adorante sua figlia. «È onesto. È premuroso.»

E gli aveva appena dato un cazzotto al cuore.

Una vergogna accecante lo pervase. Qualsiasi storia Jacob avesse raccontato a Beckett riguardo alla sua infanzia, era nulla rispetto a ciò che aveva ammesso Anne.

Le mani avevano perso sensibilità sotto il suo peso. Emise una risatina che lo lasciò svuotato e non osò incrociare gli occhi di Beckett. «Ho, ehm, ho scordato una cosa in macchina.»

Balzò in piedi e attraversò la veranda. Beckett chiamò il suo nome e lo inseguì. Una presa forte lo afferrò alla base del collo e un avambraccio gli premette deciso tra le scapole. Le parole di Beckett gli solleticarono l'incavo della gola. «Anne è stanca, non intendeva dire che non saresti stato in grado di mantenerti senza. Voleva dire che Jacob è benestante e ne aveva meno bisogno.»

Sapevano entrambi che l'implicazione era che lui non era abbastanza qualificato da guadagnarsi da vivere.

«Tranquillo, non c'è problema. Ha ragione lei. Avrei preferito che tu non lo sentissi, però.»

«Io? Perché?»

Non lo sapeva. Ma non gli piaceva. Lo faceva sentire inadeguato.

Scrollò le spalle e poi se ne pentì, perché Beckett tolse il braccio, e gli era piaciuto averlo addosso.

«Becky?»

«Sì, Zane?»

«Pubblicherò dei romanzi a fumetti grandiosi. Tra dieci anni, verserò la parte di Jacob dell'eredità sul conto in banca di Cassie.»

Beckett lo fissò con uno sguardo dolce e un sorriso ancora più dolce. «Ti aiuterò con le tue storie.»

Zane chinò il capo e gli sussurrò all'orecchio: «Ci conto, professore.»

«Be', questa sì che è una sorpresa,» intervenne una voce maschile familiare. Lo stomaco di Zane si attorcigliò, ma doveva essere nulla rispetto a ciò che stava provando Beckett.

Luke, con le braccia cariche di doni, era sbucato da dietro l'angolo della casa.

Piove sempre sul bagnato.

Zane si spostò istintivamente davanti a Beckett. Era il suo stand appendiabiti personale. «Che ci fai qui?»

Luke alzò gli occhi al cielo e rise, sollevando i regali come a dire *secondo te?* «Mi aspettavo di vedere il mio ex marito al lavoro, non a casa di mia sorella.»

«È con me.»

La voce di Anne arrivò dalla veranda. «Luke! Credevo che fossi a un matrimonio.»

Lui le rivolse un sorriso. A Zane sarebbe piaciuto pensare che non fosse sincero ma, per quanto pieno di difetti, Luke adorava Anne. «Ehi, sorellina. Lo sposo ha cambiato idea all'ultimo minuto, quindi eccoci qui.»

«C'è anche Chris?»

«È andato a mettere le nostre cose nella camera degli ospiti.»

Beckett sussultò, colpendo il braccio di Zane. Era probabile che avesse centinaia di ricordi legati a quella stanza.

Con un saporaccio che gli risaliva dalla gola, Zane lanciò un'occhiataccia a Luke. Non aveva mai provato più antipatia per qualcuno in tutta la sua vita. Gli dava letteralmente la nausea.

«Ha davvero lasciato la sposa all'altare?» mormorò Anne.

Luke fece una smorfia. «Per lei è stato orribile.»

Beckett si scostò da dietro Zane. «Molto peggio che andarsene poco tempo dopo.»

Il sorriso di Luke divenne tirato. «Avevamo duecento invitati. Non volevo umiliarti.»

«Gentile da parte tua.»

Anne aveva un colorito grigiastro. «Che ne dite se ce ne torniamo tutti di là e ci beviamo qualcosa, eh? Ho dell'ottimo Merlot, Becky. E del sidro, Luke.»

Costringere Beckett a un pomeriggio di sofferenza? Nemmeno per sogno. «Già, però noi dobbiamo andare, Anne.»

Beckett si rivolse a lui. «Tu puoi restare. Io torno a casa e vengo a prenderti domani.»

Zane lo guardò, poi si girò verso Anne. «Tu e Jacob avete una splendida bambina. Non vedo l'ora di passare più tempo con lei. Non oggi, però.»

Se ne andò con Beckett.

L'amore è cieco.
Geoffrey Chaucer

Capitolo Dodici

«Questa giornata si sta rivelando un giro sulle montagne russe,» commentò Zane mentre tornavano indietro sul lungo viale d'accesso che conduceva alla strada principale. «Mi sembra di avere di nuovo quindici anni.»

Beckett cambiò marcia e premette sull'acceleratore.

«Vuoi andare via il più in fretta possibile, eh?»

Lui non rispose.

Zane recuperò il suo album, dal cui interno fuoriuscì il volantino che aveva preso alla stazione di servizio. Vederlo gli fece venire un'idea, così digitò l'indirizzo sul navigatore del cellulare.

Puntò il telefono di lato. «Gira a destra al prossimo bivio.»

«Casa mia è a sinistra, dietro l'angolo.»

«Il tuo sorriso è a otto chilometri e mezzo, a partire dalla svolta a destra.»

Beckett appoggiò la testa allo schienale ed emise una risatina. Girò a destra e, circa otto chilometri dopo, parcheggiarono davanti alla libreria d'epoca di Greenville, la Silver Pines.

Zane rimase a bocca aperta davanti alla splendida cappella riadattata.

«È la mia libreria preferita,» ammise Beckett. «Come lo sapevi?»

Non ne aveva avuto la certezza ma, dal momento che era vicina alla casa in cui era cresciuto, aveva immaginato che la conoscesse. Alzò il volantino. «Una scritta elegante e la parola *classici*. Dai, entriamo.»

Beckett gli posò un palmo sulla parte alta della coscia e strinse. Zane si fermò e trattenne il respiro. Beckett staccò gli occhi dalla cappella per guardarlo. «Hai il cuore più grande di chiunque abbia mai incontrato.»

«Prendine quanto vuoi.»

«Non sai cosa mi stai offrendo.»

«Che c'è, vuoi prendertelo tutto?» scherzò Zane.

Lui non rispose. Riaccese il motore.

«Ehi, aspetta, non entriamo?»

Beckett gli tolse la mano dalla coscia e guidò per tre minuti in un dedalo di strade, da viali a stretti vicoli acciottolati. Poi riparcheggiò. «Adesso entriamo.»

Alla vista della facciata di una fumetteria dai colori accesi, Zane si strappò di dosso la cintura di sicurezza e balzò verso il negozio.

«Potrei baciarti, Becky,» gli disse, spalancando allegramente la porta.

La voce di Beckett lo seguì mentre il mondo del fumetto lo fagocitava. «Scatenati.»

Fu Beckett a scatenarsi.

Quando Zane gli mostrò i numeri di *Scarlet Sentinel contro Fire Falcon*, li comprò tutti... dopodiché si mise a ordinare quelli non a disposizione nel negozio.

Zane sentì due tizi cantare le lodi di una serie che non conosceva. Si avvicinò per sbirciare da dietro e scorse una

vignetta di mezza pagina con un paio di ragazzi che duellavano. «Com'è?» chiese.

I due si voltarono e gli sorrisero. Erano attraenti e indossa-
vano delle magliette da nerd, una delle quali recitava: *Mi piace
leggere libri sotto elio, rende difficile metterli giù.*

Doveva procurarsene una. Beckett l'avrebbe adorata.

Il ragazzo con i capelli scuri e una polo gli porse l'albo, e
Zane lo prese. *Fence* di C.S. Pacat e Johanna the Mad. «Non c'è
motivo di leggerne altri.»

«Senza offesa, ma sono un fan sfegatato di tantissimi
fumetti, quindi...»

«Risposta intelligente!» esclamo Maglietta sull'Elio, e Zane
si ringalluzzì al complimento. Lanciò un'occhiata a Beckett,
fermo al bancone, e si domandò se l'avesse sentito.

Stava pagando i suoi acquisti, la voce che si espandeva nel
negozio mentre parlava con il commesso.

Zane si concentrò sull'albo che aveva in mano, poi vide
Maglietta sull'Elio avvolgere con un braccio il suo... oh,
stavano insieme?

O avevano una *bromance* come loro?

Si stavano baciando. Una coppia, dunque.

Non avrebbe dovuto fissarli. Però sembravano così adora-
bilmente innamorati, e quando mai lui aveva voltato le spalle
all'amore? In particolare gli piaceva il modo in cui sorridevano
nel bacio.

Le manifestazioni pubbliche d'affetto erano parecchio
sottovalutate.

Voleva la stessa cosa. Voleva essere talmente a suo agio con
qualcuno da baciarlo nel bel mezzo di una conversazione con
uno sconosciuto.

«Da dove comincio?» chiese, e non si riferiva soltanto
a *Fence*.

≈

Dieci minuti più tardi, Zane aveva sul grembo un sacchetto che conteneva i primi numeri di *Fence* e Beckett guidava verso la casa della sua infanzia.

Imboccarono un lungo vialetto di ghiaia diretti a una fattoria che gli ricordava molto quella della serie Netflix *Chiamatemi Anna*.

Zane uscì dall'auto e immaginò un Beckett adolescente arrancare verso la casa dopo una brutta giornata a scuola. Si appoggiò contro la carrozzeria e lo osservò tirar fuori i loro borsoni. Il sole gli intiepidiva la schiena e il calore della macchina gli scaldava il torso. Il vento pungente era ormai svanito. O forse la casa li teneva al riparo.

Beckett lo sorprese a fissarlo e si fermò, portabagagli aperto e sacche in spalla. «Che c'è?»

«Mi piacerebbe molto vedere la tua camera.»

Lui accennò un sorriso, che però svanì di colpo. Ributtò i borsoni nell'auto e chiuse lo sportello. «Sai che ti dico? È una splendida giornata. Dovremmo goderci il pomeriggio.»

«Non vuoi che la veda?»

Beckett giocherellò con le chiavi. «La vedrai,» ribatté, e lanciò un'occhiata oltre un praticello recintato, verso una stalla in legno. «Ma prima crogioliamoci all'aria aperta.»

Zane si staccò dall'auto e lo raggiunse davanti al cofano, dove si stava aggiustando l'orlo della giacca macchiata di ketchup. «D'accordo, rimandiamo la visita alla stanza del giovane Beckett.»

«Eccellente.»

«A una condizione.»

Lui assottigliò le labbra. «Spara.»

«Rispondi a un'altra domanda.»

«Se è di nuovo su come morirò…»

«No, siamo oltre i come e i cosa.»

Beckett alzò la testa e lo osservò. «Dove siamo, allora?»

«Ai perché.»

Inclinò il capo, curioso ed esitante. «Come ci siamo arrivati tanto in fretta?» ponderò. «È passata solo una settimana.»

«Perché ci siamo arrivati tanto in fretta, intendi?» Zane lo sapeva. *Bromore* a prima vista. «Mi sembra di conoscerti da sempre.» Addolcì la voce. «Perché Luke se n'è andato?»

Beckett si studiò le scarpe con una risata schietta. «Perché non l'ho previsto?»

«Perché non me lo dici?»

Lui puntò un pollice verso il fienile. «Andiamo. La scuderia è da questa parte.»

Zane gli camminò accanto. «Se non vuoi dirmelo, lo capisco. Ma muoio di curiosità.»

«Possiamo cavalcare, prima?»

«Puoi scommetterci.» Beckett aprì la porta e Zane si bloccò. «Aspetta. Cavalcare?»

«Ti presto la mia giumenta. Wanda è una meraviglia.»

Zane gli corse dietro, scrutando il via vai nella scuderia. «Solo perché sono un *Kiwi* e siamo invasi da coltivazioni e da settanta milioni di pecore, non significa che sappia andare a cavallo.»

«Certo che no.» Beckett recuperò dei finimenti di pelle da un ripiano profondo. «A seguire la tua logica, sai andare a pecora.»

Zane gli diede un pizzicotto sul sedere che lo fece sobbalzare per lo stupore. L'attrezzatura gli finì sul viso, soffocando la sua risata.

«Smettila o lo rifaccio,» lo minacciò scherzoso.

«Non è scoraggiante come credi, Zane.»

«Ah! Perché sei gay.»

Beckett lo guardò da sopra la cucitura di uno stivale marrone. «No, non perché sono gay.»

Zane si massaggiò una spalla e stiracchiò il collo. Non che servisse a mascherare il rossore che gli stava invadendo le guance. «Uhm, okay.»

Beckett gli porse un paio di stivali. «Mettiteli. Li ho ammorbiditi io, non dovrebbero farti venire le vesciche.»

Zane li tenne sollevati sotto un raggio di sole che penetrava dalla porta aperta. «Sono praticamente identici ai miei. Ma marroni.»

La risatina di Beckett risuonò alle sue spalle. «E questi sono neri. Allacciateli.»

Tolti e riposti sullo scaffale i sandali, Zane si infilò gli stivali che, odiava ammetterlo, gli davano molto meno fastidio dei suoi.

«Ehi, sono…» Si voltò verso Beckett. «Porca puttana.» Sbatté le palpebre osservando quelli neri che aveva indossato l'amico, aderenti sul polpaccio e stretti sui piedi. «A te *sì* che donano.»

Lui si alzò sulle punte con nonchalance e prese qualcosa da un ripiano. Zane non sapeva di che si trattasse perché gli stivali avevano catturato tutta la sua attenzione. «Intelligenza. Stabilità. E stivali. Ho un debole per gli stivali.»

La mera vista del cuoio solido mandava segnali al suo uccello.

«Zane?»

«Eh, cosa?»

Sollevò lo sguardo su Beckett, che aveva un sorrisetto piuttosto tronfio. «Cavalchiamo?»

«Guidami tu. Non ho esperienza, per cui sii paziente con me.»

«Fidati, sono pratico. Forza, mettiamoti in groppa.» Beckett lo condusse a un box, dove una giumenta bianco e argento nitriva. Era gigantesca, alta almeno un metro e ottanta. Imponente e minacciosa.

Da sopra il cancelletto, Beckett le accarezzò il naso e la grattò sotto la criniera. «Anche tu mi sei mancata.»

«Lei è Wanda?» chiese Zane. «Non ne hai uno più piccolo?»

«Tipo un pony?»

«Che ne dici di una pecora?»

Beckett gli diede un pizzicotto sul sedere e una gradevole scossa lo attraversò, strappandogli una risata. Sapeva che chiunque l'avrebbe trovato piacevole, a prescindere dall'orientamento sessuale. La sensazione residua, combinata alla vista degli stivali, non gli rese più semplice cavalcare.

Un quarto d'ora più tardi, Beckett aveva preparato i loro cavalli e l'aveva aiutato a salire in sella a Wanda con l'ausilio di un montatoio.

Era strano sentire la giumenta sotto di sé. Un'esperienza nuova, ma non negativa. Ammirò la grazia con cui Beckett montò sul suo stallone sauro. Jasper a quanto pareva era un po' selvaggio, eppure lui lo teneva sotto controllo. Lo fece girare attorno a Wanda e poi fermare, rivolto verso di loro. Se l'avesse voluto, Zane avrebbe potuto allungare una mano e dargli una pacca sul collo.

Peccato che fosse più a suo agio a stritolare le redini. Molto più a suo agio, in verità.

Dedicò un sorriso sghembo a Beckett. «Allora, Luke.»

Lui annuì e indicò una serie di recinti. «Andiamo verso il fiume. Raddrizza la schiena, premi i polpacci contro il suo corpo e muovi il bacino in avanti contemporaneamente, come se volessi scopare, e lei comincerà a camminare. Seguirà il mio stallone.»

I cavalli attraversarono fianco a fianco recinti, una valle, una striscia di foresta e un vasto prato con un lieve declivio. A quel punto Zane aveva preso abbastanza confidenza con Wanda. Beckett, che moriva dalla voglia di lanciarsi al galoppo, sprizzava energia da tutti i pori.

«Va' pure, Becky.»

«No, non c'è problema...»

«Voglio guardarti.»

«A Wanda magari verrà istintivo seguirmi, ma è ben adde-
strata. Per trattenerla tira piano le redini a ripetizione.»

Zane si mordicchiò un labbro. «Voglio comunque
guardarti.»

Beckett si raddrizzò e diede una tiratina alle briglie. «In tal
caso...» Gli fece l'occhiolino e, con uno scatto dirompente,
Jasper partì al galoppo sulla distesa erbosa. Beckett rimbalzava
ritmicamente sulla sella, il sole che dipingeva riflessi dorati tra i
suoi capelli, che brillava sui suoi stivali.

Girò e tornò indietro. Che controllo della postura. Cosce
possenti che flettevano a ogni passo e il vento pungente che gli
arrossava appena le guance.

Zane mormorò a Wanda: «Scusa se ti sono toccato io.»

Dopo un altro giro, Beckett lo raggiunse. Un lieve velo di
sudore luccicava sulla sua pelle.

«C'è nulla che tu non sappia fare?»

«Un mucchio di cose, per mia sfortuna.» Valutò la sua posizione in sella, dalla presa sulle redini a come le gambe cinge-
vano la giumenta.

«Sto sbagliando?»

Beckett rialzò la testa di scatto. «No, stavo solo, ehm,
controllando.» Fece voltare lo stallone e chiamò Wanda perché
li seguisse. Cinque minuti più tardi erano arrivati al fiume.
Beckett lo condusse a un'ampia roccia su cui smontare e si
occupò di legare i cavalli a un paletto.

Zane si diede un'aggiustatina ai gioielli di famiglia mezzi
intorpiditi. Le cosce l'avrebbero ucciso l'indomani.

Sul braccio di fiume dalle acque calme, setacciò la sponda
alla ricerca di sassi piatti e li lanciò sulla superficie. Ognuno
rimbalzò cinque o sei volte. Non era cavalcare o conoscere
dettagli personali su Tolstoj, ma faceva sempre colpo su tutti.
Beckett compreso.

«Vuoi che te lo insegni, vero?»

«Passamene uno.»

Zane obbedì. Lo vide angolarlo nel modo sbagliato, per cui gli avvolse un braccio attorno alla schiena e gli aggiustò il gomito. Beckett lo guardò torvo.

«Lo so,» disse Zane, guidandolo nel lancio. «Lo studente diventa l'insegnante.» Sorrise. «È così che ci si sente?»

«A fare cosa?»

«A essere il più intelligente nella stanza?» O sul fiume, tecnicamente.

«È questa la cosa più importante?»

Zane abbassò il braccio e si scostò, i piedi che affondavano nei sassolini.

Beckett lo studiò, passando il pollice sulla pietra piatta. «Che c'è?»

«Niente.»

Un sopracciglio inarcato.

«È solo un ricordo sciocco.» Zane scrollò le spalle. «È ridicolo che mi turbi ancora.»

«Me lo racconti?»

Lui giocherellò con i cordini della felpa e fissò l'acqua. Non aveva mai raccontato quella storia di persona. In genere erano i suoi genitori a farlo, o i suoi fratelli mezzani che ci scherzavano su davanti alle loro ragazze.

Gli uscì di bocca, carico di imbarazzo. «Poco prima che mi ritirassi da scuola, ho partecipato a una rappresentazione teatrale. Avevo solo due battute, ma guardavo nel vuoto verso il pubblico senza riuscire a ricordare una singola parola. Sono rimasto lì a boccheggiare come un pesce finché il resto del cast non ha deciso di fingere che avessi recitato la mia parte e proseguire. Ero proprio al centro del palco; la mia famiglia continuava a scattarmi foto. Avevo le gambe di piombo e non riuscivo a muoverle per uscire di scena. Il professore di recitazione mi ha dovuto portare via.»

Tirò il cordino così forte che il capo opposto svanì nella felpa.

«Siamo andati a cena a fine spettacolo e, quando sono tornato dal bagno, i miei familiari ci stavano ridendo su. Jacob era l'unico che insisteva perché la smettessero di fare gli stronzi. Gli altri però gli hanno detto di prenderla meno sul serio e avere un po' di senso dell'umorismo. Io me ne sono rimasto lì dietro l'angolo, Becky, a farmi piccolo, piccolo, mentre mia madre si vantava che non tutti possono essere talentuosi come i miei fratelli.»

Con la pressione di un palmo, Beckett gli impedì di continuare a tormentare il cordino; afferrò il capo che spuntava ancora dal buchetto della felpa e lo tirò. «È un ricordo orribile.»

«Sì, be'… Sulla scia di quella serata, la mia ragazza mi ha scaricato perché non ero un tipo con cui costruire un futuro, e ho combinato un disastro in un compito di Inglese. L'insegnante mi ha detto di non preoccuparmi, che non tutti sono bravi con le parole. Che perlomeno avevo talento nell'arte, quindi era meglio che mi concentrassi su quella. Aveva buone intenzioni, ne sono certo, ma era chiaro che la scuola non faceva per me. Mi sono ritirato.»

«Come l'hanno presa i tuoi genitori?»

«Tre dei loro figli erano andati all'università. Erano felici di averne uno che voleva seguire una strada differente e mi hanno assicurato che non avevo nulla di cui preoccuparmi, avrebbero provveduto loro a me.» Scrollò le spalle. «Mi sono dedicato a quello per cui ero portato e mi sono proposto come disegnatore. Rocco mi ha trovato, ormai lavoro con lui da anni. Alla morte dei miei nonni, ho ricevuto…» Distolse lo sguardo. «Be', più della parte che mi spettava, a quanto pare. Dopo il matrimonio di Jacob e Anne ho iniziato a viaggiare e, quando mi hanno detto che aspettavano un bambino, ho capito subito che dovevo restare qui.»

Per non pensare a quanto gli si era aggrovigliato lo stomaco, Zane si sforzò di ridacchiare e diede una spintarella a

Beckett. «Se solo ci fossimo conosciuti al matrimonio, Becky. Ti avrei avuto più a lungo nella mia vita.»

Lui gli si piazzò di fronte, coprendogli la visuale del fiume che lambiva le rocce. «Sei la persona più determinata e intraprendente che abbia mai incontrato, Zane. Ho piena fiducia che tu possa raggiungere qualsiasi obbiettivo ti poni.»

Il nodo alla gola era difficile da mandar giù. «Grazie.»

«Mi sono pentito di non essere andato al matrimonio di Anne. Molto più di quanto avrei mai pensato.» Il vento gli scompigliò i capelli scuri e lui scosse il capo, scostandosene una ciocca dagli occhi. «L'idea di trovarmi in prossimità di Luke… in quel periodo era troppo dolorosa da sopportare.»

«Cos'è successo tra voi due?»

«È stato il peggiore dei cliché.»

«Non significa che tu non ci abbia sofferto.»

Beckett annuì e gli rivolse un sorriso tremante. «Credevo che avessimo una buona intesa sessuale. Lui di sicuro se la stava spassando, ma non solo con me.»

«Lo odio. Come può averti fatto una cosa del genere?»

«È diversi anni più giovane di me. Io avevo già una vita stabile, lui aveva ancora voglia di avventura.»

Zane non riusciva a smettere di scuotere il capo. «Sono con te da una settimana e ogni minuto mi sembra un'avventura.»

«Magari è così all'inizio, ma una volta che la routine ti si insinuerà nelle ossa, anche tu potresti cambiare idea.»

«A me pare che il problema di Luke fosse l'essere convinto che la felicità gli spettasse di diritto. Non è così che funzionano le relazioni. Quando ci si innamora, non si sta per sempre al settimo cielo. A un certo punto si cade e, quando si finisce a terra, ci si rialza insieme, si scala fino alla cima e si rischia di nuovo. E lo si fa ancora e ancora finché non si muore. Non dico che schiantarsi al suolo non faccia male. Non dico che sia facile risalire la china. Dico solo che ne vale la pena.»

Beckett, rimasto senza fiato, si concentrò sul sasso piatto

che aveva in mano. «A proposito di cose che calano a picco, com'è che si riesce a farlo rimbalzare?»

Zane lo rimise in posizione e gli mostrò come angolare il polso, poi si scostò a osservare.

Il sasso rimbalzò tre volte e una vena di esaltazione stupita attraversò il viso di Beckett. Si piegò e frugò tra le rocce e trovò altri due sassi piatti. Li lanciò, e Zane gli si mise accanto e fece altrettanto finché non gli squillò il cellulare.

Lesse il nome di Jacob sul display e si girò verso il suo amico per rispondere. Beckett aveva condiviso con lui qualcosa di intimo e doloroso... ormai non c'era più scampo alla vergogna.

«Jacob, ciao.»

Beckett si liberò di un sasso e intrecciò le dita alle sue, senza stringere. Zane assorbì il tepore del suo sostegno.

In preda al panico, suo fratello andò dritto al punto. «Avevo già un sacco di soldi e Anne aveva la fattoria. Non è tanto che a te servivano di più, è che a me non servivano proprio, mentre tu eri all'inizio della carriera. Mamma e papà avevano finanziato le nostre esperienze all'estero e sapevo che avevano qualche difficoltà a coprire la tua. Hanno investito la loro parte dell'eredità per ristrutturare casa. Cercavo di fare la cosa giusta. Ti voglio bene, Zane. Voglio che tu abbia le stesse opportunità che abbiamo avuto noi.»

Lui si strofinò il torace, le dita di Beckett ancora tra le sue, le nocche che gli urtavano un pettorale.

«Spero tanto che tu capisca.»

«Sì, ah, capisco. Però, Jacob, rimetterò quei soldi in un conto a nome di Cassie.»

«Non ce n'è bisogno.»

«Ho qualcosa da dimostrare.»

«Zane...»

«Per me sei un esempio, Jacob, ma a volte mi dimentico di essere un esempio per me stesso.»

Beckett gli strinse troppo forte le dita, gli occhi che brillavano da quant'era fiero di lui.

«Domani voglio passare a coccolare mia nipote per un paio d'ore.»

Jacob emise un «Sì» soffocato, poi si schiarì la gola. «Luke se ne va dopo pranzo, se Beckett vuole venire.»

Zane gli sorrise. «Spero anch'io che venga con me.»

Beckett ammiccò e Zane chiuse la chiamata.

«Hai sentito tutto?» gli domandò.

«Sì.»

Tornarono ai cavalli.

Beckett lo aiutò a montare Wanda e si accostò a Jasper. Sbirciò Zane da sopra la sella. «Ho scelto la persona sbagliata con cui rischiare.»

«Non preoccuparti. Ti aiuterò a scegliere quella giusta, la prossima volta.»

«Rimarrai qui solo altre tre settimane.»

«Stai scordando che mi innamorerò e sposerò prima della data di rientro. Comunque, se non avessi fortuna, esistono i rapporti a distanza. Ti scriverò. Ti chiamerò in video chat così spesso da infastidirti. Ti manderò pacchi pieni di prelibatezze *kiwi*. Mi racconterai dell'uomo che stai frequentando e io ti dirò se mi sembra alla tua altezza.»

«Posso ricambiare il favore?»

«Dirmi se la persona che frequento è alla mia altezza?»

«E mandarti pacchi di prelibatezze.»

«Ci conto.» Zane gli fece l'occhiolino. «Forza, non è ora di risalire a cavallo?»

Mi piacciono le avventure e ne vado in cerca.
Louisa May Alcott

Capitolo Tredici

P er quanto Natalie Fisher fosse stata sentimentale a chiamare suo figlio Beckett, era nulla in confronto alla camera in cui era cresciuto.

CD, candele e sculture di cartapesta rimpinzavano gli scaffali della libreria di un centinaio di ricordi.

Zane udì dei passi pesanti nel corridoio e si affrettò ad addentrarsi nella stanza. Aveva lasciato Beckett a chiacchierare con sua madre e approfittato delle utili indicazioni che lei gli aveva fornito per arrivare lì prima che Beckett riuscisse a fermarlo.

Cos'è che non voleva che vedesse?

Rubò un libro dallo scaffale accanto al letto singolo. Gli piaceva che non fossero tutti classici o letture obbligatorie per l'università. A una prima occhiata, non ne aveva scorto nessuno di Tolstoj.

Aprì il volume e girò le pagine.

«Vedo che hai trovato la mia stanza.»

Beckett era in piedi sulla soglia. «Ho anche trovato il tuo vecchio annuario scolastico.» Zane piazzò un dito sulla sua foto. «Ma guardati.»

Lui entrò con cautela e gli si sedette accanto sul letto. «Che tu ci creda o meno, è una di quelle in cui sono venuto meglio.»

«I capelli lunghi sono una meraviglia.» Zane contemplò il viso adolescenziale sul profilo di Beckett. Eh già, era stato baciato dalla fortuna. «Chi sono i ragazzi per cui avevi una cotta? Questo tizio? Il capitano del club degli scacchi?»

«Dio, no.»

«Perché? Sembra sexy.»

Un sorriso incurvò le labbra di Beckett. «Davvero? Ah. No, non mi ha mai attirato.»

«Avrei dovuto immaginare che avevi gusti più raffinati. Chi ti stuzzicava, allora? Il tuo partner di biologia?» Zane lo sbirciò con aria maliziosa. «Il tuo professore d'Inglese?»

Beckett prese l'annuario e lo aprì sulle pagine degli atleti. «Ultima fila, il quarto da sinistra. Il mio amore adolescenziale. Harvey Finnegan.»

«Cos'era, una specie di giocatore di rugby?»

«Rugby?»

«Una versione meno civilizzata del football.»

«Mmm, era un difensore e faceva volontariato con me alla mensa dei poveri. Danny McGill, il bullo della mia classe, una volta mi ha insultato e Finnegan l'ha fatto *tremare*.»

«Insultato? Te?»

«Avevo i capelli molto lunghi.»

Zane studiò Finnegan. «Sai, io e lui ci somigliamo. Stessa stazza. Mi trovi figo?»

«Dipende, con o senza gli stivali turchesi?»

Zane andò a riporre l'annuario sullo scaffale e prese una candela profumata al miele. *Credo che sotto sotto tu sia un romanticone, Becky.* «Frequenti ancora questo Finnegan?»

«È il mio più caro amico. L'hai incontrato alla mia festicciola.»

«Vuoi dire la tua *festa di compleanno.*»

«Lavora alla Treble.»

Oh. Quindi era intelligente, oltre che dolce e attraente. Perfetto sotto tutti i punti di vista. «Forse avresti dovuto sposare lui.»

«È etero.»

«Hai ancora una cotta?»

«No, no. Sarò anche uno che si tortura più del dovuto, ma in genere so quando è il caso di arrendersi.»

Zane si immobilizzò. Finnegan era Libri a Colazione! Il tizio che lo metteva in soggezione, quello che aveva tentato di trascinare Beckett allo Chiffon. «Sei *sicuro* che sia etero?»

«Credi che dovrei provare a uscirci insieme?»

«No!» Zane abbassò la voce. «Cioè, è etero. Lascialo proprio perdere.»

Beckett rivolse un sorriso elusivo al pavimento e si alzò per raggiungerlo. Si appoggiò accanto allo scaffale, vicinissimo a lui. Sospettosamente vicino.

Zane cercò di sbirciare da sopra la sua spalla e Beckett si appiattì contro il mobile. Nascondeva qualcosa. Ma cosa?

Continuò a comportarsi come se non gli stesse ostruendo la vista. «Avrai fame. Che ne dici se andiamo in cucina a procurarci qualcosa da mangiare? Dopo possiamo guardare un film.»

«Posso sceglierlo io?»

«Sì. Qualunque tu voglia.»

Zane mormorò: «Bene, ottima idea.» Si diresse verso la porta e la tenne aperta.

Beckett si staccò con esitazione dallo scaffale e uscì in fretta. Ridendo di cuore, Zane gli chiuse dietro la porta e si lanciò verso il mobile.

La sua ilarità sfacciata si affievolì.

Beckett tornò dentro, scuotendo il capo.

«Non volevi che vedessi questa?» Zane prese una foto di lui e Luke racchiusa in una cornice d'argento. Beckett era stato catturato nel bel mezzo di una risata.

Anche sul volto di Luke c'era un sorriso, che Zane avrebbe voluto levargli a cazzotti.

«Non volevo che ti desse l'impressione sbagliata.»

«Quale impressione? Non ho nessuna impressione. Perché mai non dovresti conservare la foto dell'uomo che ti ha spezzato il cuore?»

Beckett la prese e la osservò deglutendo. «Ogni volta che torno a casa vorrei girarla a faccia in giù, e per qualche motivo non ci riesco.»

«Sei ancora innamorato di quell'idiota?»

«Nemmeno un po'.»

«Allora perché non la giri a faccia in giù?»

«Per ricordare a me stesso di non innamorarmi di nuovo.»

«Per ricordare a te stesso di non innamorarti di nuovo *della persona sbagliata*? In tal caso... capisco.» Più o meno. «Anche se non condivido.»

Un po' titubante, Beckett la ripose sullo scaffale.

Zane represse l'istinto di sbatterla giù.

Beckett intrecciò le loro dita sudaticce. «Andiamo,» lo incoraggiò, guidandolo fuori dalla stanza. «Credo sia ora di cenare e guardare un film.»

«È QUESTO CHE VOGLIO VEDERE,» DICHIARÒ ZANE DOPO AVER mangiato le lasagne al sugo di manzo e basilico fatte in casa dalla signora Fisher.

Accenti rosso e oro scaldavano il soggiorno, un paralume in ogni angolo. Due erano accesi e riversavano una luce lieve sui soprammobili di porcellana e sui tappeti e i cuscini all'uncinetto. Zane sedeva con Beckett su un ampio divano.

Il professore fissò il grosso schermo, valutò la sua scelta e lo scrutò. «Devi comunque leggere il libro.»

Zane lanciò un'occhiata alla signora Fisher, accoccolata su

una poltrona a trafficare con un bastoncino d'incenso. «Lei che ne pensa?»

«La versione BBC è lunga, ma è la migliore.»

«Non sei troppo stanco?» domandò Beckett.

«Io, stanco? Potrei andare avanti per tutta la notte.» Lui gli rivolse uno sguardo incredulo. «Ho contato tre sbadigli da quando abbiamo finito di mangiare.»

«Ma figurati, sono sveglio.» Poteva farcela a vedere *Orgoglio e Pregiudizio.* «Però hai ragione, forse a te verrà sonno.»

Beckett sbuffò e avviò la prima delle sei puntate, tirando su le gambe nel suo angolo del divano.

Zane si era levato i calzini da un pezzo. La trama stretta della seduta gli sfregò sui talloni quando allungò le gambe. Si infilò un cuscino dietro la schiena per mettersi comodo. Le piante dei piedi arrivarono quasi a sfiorare quelle di Beckett.

«Quante volte l'hai visto?» gli chiese.

«Giusto qualcuna.»

«Così tante che hai perso il conto, eh?»

«Be', la... la storia mi coinvolgeva parecchio da ragazzino.»

«Grande fan del signor Darcy?» Zane ammiccò con le sopracciglia.

Beckett gli diede un calcetto. «Grandissimo fan. Ho perfino riscritto il libro durante il mio primo anno di università.»

Zane scattò a sedere. «Dov'è? È *quella* la versione che voglio leggere.»

«È una versione gay. Ambientata ai giorni nostri a Greenville.»

«Dammela subito.»

Lui scoppiò a ridere.

Zane era serio. Balzò in piedi per andare a perlustrare la camera di Beckett, che rise di nuovo e lo tirò giù sul divano. «Devo dargli una revisionata. Ma forse un giorno...»

«Ci conto.» Zane tornò a stendersi nella posizione precedente.

In un niente, avevano visto le prime due puntate. A metà della terza, la signora Fisher andò a dormire perché doveva svegliarsi alle quattro del mattino.

Nella casa scese il silenzio, che rese Zane acutamente consapevole di ogni suono che producevano spostandosi contro i cuscini, delle loro risate per le battute dei Bennet e, più tardi, del respiro ritmico di Beckett. Gli stavano calando le palpebre?

Scivolò nella sua direzione e lo pungolò con la pianta del piede. Sullo schermo, Elizabeth e il signor Darcy si scambiavano occhiate.

La luce della TV gli rendeva difficile leggere l'espressione di Beckett, rivolto verso di lui seppur con lo sguardo perso nel vuoto.

«Se non stai usando il cuscino che hai in grembo,» chiese Zane, «me lo passeresti?»

«Perché?»

«Perché sì.»

«Perché stai per addormentarti.»

Lui represse uno sbadiglio. «Non prima della fine.»

Beckett gli porse con riluttanza il cuscino e si piegò in avanti, concentrandosi con determinazione sullo schermo.

Zane lo sprimacciò, lo sistemò di lato e pungolò di nuovo Beckett. Quando l'amico si rifiutò di girarsi, raccolse le forze, si mise seduto e lo spinse a stendersi accanto a lui sul divano. Si schiacciò il più possibile sullo schienale e strinse Beckett a sé, la schiena calda contro il petto.

«Che stai facendo?»

«Ci sto spostando in una posizione in cui non ci addormenteremo mai perché, *di sicuro*, resteremo entrambi svegli fino alla fine.»

Una ciocca di capelli gli solleticò il naso. La soffiò via e la risatina di Beckett si trasformò in un brivido che lo attraversò dalla testa ai piedi.

Zane lo strinse più forte e incastrò una gamba tra le sue. Elizabeth e il signor Darcy duellavano a parole, la tensione così palpabile che Zane la sentiva scorrere nelle vene come se fosse la propria.

«Dovrebbero darsi una svegliata, giusto?» sussurrò, il labbro superiore che sfiorava i capelli sulla nuca di Beckett.

Lui concordò con un gemito. «Solo che entrambi hanno delle difficoltà da superare. Se si mettessero insieme adesso, durerebbe?»

«Deve assolutamente durare tra loro.» Zane riprese a guardare. «Magari basterebbe che si dicessero qual è il problema?»

«Più di quanto abbiano già fatto? No, il vero potere della trasformazione viene dalla consapevolezza di sé.» Beckett si appoggiò contro di lui e girò la testa a osservarlo. «Finché ognuno dei due non comprenderà i propri pensieri, emozioni e azioni, Elizabeth e il signor Darcy non saranno pronti a impegnarsi.»

Aveva senso. «Fortuna che diventano più consapevoli prima della fine.»

«Non sarebbe una storia così forte senza quella crescita.»

«Una buona lezione per le trame che scriverò?»

Beckett tornò a guardare lo schermo. «Sì.»

Zane gli abbassò la camicia che si era sollevata e gliela allisciò sul fianco. Il calore aggiuntivo del corpo di Beckett lo rendeva ancora più assonnato. I suoi pensieri continuavano a ruotare attorno a ciò che gli aveva detto.

Sbadigliò. «Vuoi dire che non basta incoraggiarti a rimetterti in gioco e uscire con qualcuno? Devi arrivarci da solo?»

Il petto di Beckett si gonfiò sotto la sua mano quando inspirò una grossa boccata d'aria. «Sì, per esempio.»

«Ciononostante, credo che dovresti rimetterti in gioco e uscire con qualcuno.»

Beckett si strofinò il viso ed emise una risata stanca. «Zane...»

«Che c'è? Ti sto giusto dando una spintarella. Tu fai pure con calma e arrivaci da solo.»

«E se mi piacesse la nostra *bromance*? Se preferissi godermi te?»

Il respiro di Zane si impigliò nelle farfalle che gli svolazzarono per tutto il corpo. A volte gli sembrava di provare talmente tanto *bromore* da non sapere che farci.

Voleva rispondere, ammetterlo in qualche modo, ma non ci riusciva. Premette la punta del naso sul retro della testa di Beckett e inalò una zaffata del suo piacevole shampoo alle erbe.

Guardarono *Orgoglio e Pregiudizio* finché non cedettero al sonno. Zane rimase in dormiveglia, destandosi brevemente nel punto in cui il signor Darcy e Lizzy si sposavano e cominciavano a vivere per sempre felici e contenti.

Si svegliò di nuovo quando la signora Fisher entrò in punta di piedi nel salotto. I loro sguardi si incrociarono sopra la testa di Beckett. Nella luce azzurrognola dell'alba che si insinuava nella stanza, Zane notò che era preoccupata.

Durante la notte, Beckett si era girato. Aveva il torso incollato al suo e le gambe avvolte attorno alla sua coscia.

«Buongiorno, signora Fisher,» sussurrò.

«Natalie,» lo corresse lei avvicinandosi. Il solco nella sua fronte si acuì. «È passato un secolo dall'ultima volta che mio figlio ha portato un amico a casa.»

Zane non ne era sicuro, ma gli era sembrato che il respiro regolare che gli soffiava su una clavicola avesse perso il ritmo.

«Sono felicissimo di essere il fortunato.»

«Sii buono con lui.»

Zane annuì. «Sempre.»

Natalie se ne andò. Lui tornò a stringere Beckett e il lieve alzarsi e riabbassarsi della sua schiena lo cullò finché non si riaddormentò.

A un certo punto rabbrividì e tese le mani, che però trovarono solo i cuscini vuoti.

Per forza aveva freddo. Si alzò in piedi, stiracchiò le membra irrigidite e, dopo un salto in bagno, andò a cercare Beckett.

La porta della camera era aperta, così si fermò sulla soglia a osservare. Lo trovò mezzo sdraiato sul letto che sfogliava i fumetti che lui aveva disegnato in auto. Aveva i capelli bagnati da una doccia recente.

In pieno stile Beckett, non sollevò il capo. «Rimani lì a fissarmi o entri?»

Zane fece un passo e si fermò.

La foto di Beckett e Luke.

Non era più dritta.

Era a faccia in giù.

Beckett seguì il suo sguardo.

Zane aveva la voce roca di chi non parlava da un po'. «È perché ho detto che non mi piaceva?»

«È perché stamattina quando mi sono svegliato avevo bisogno di farlo.»

Non esiste rimedio all'amore, se non amare di più.
Henry David Thoreau

Capitolo Quattordici

D opo una giornata passata a coccolare la piccola Cassie e a girare per la fattoria con Anne e Jacob, Zane e Beckett tornarono a casa, dove trovarono Darla e Leah che cenavano sulla veranda davanti. Dato che era rimasto un sacco di stufato di pollo, recuperarono due sedie e si unirono a loro.

Leah uscì presto per incontrare delle amiche, promettendo che avrebbe messo a posto il giorno successivo.

Finito di mangiare, Zane e Beckett entrarono in cucina e ci trovarono i piatti sporchi di un intero fine settimana. Nella stanza c'era odore di banana marcia. Beckett borbottò il nome di sua sorella, Zane invece aprì il rubinetto.

Leah voleva davvero lasciarli lì fino all'indomani? «Io lavo, tu asciughi?»

Per cominciare, Beckett portò fuori la spazzatura e spalancò le finestre. L'aria fresca purificò l'ambiente mentre loro ripulivano.

Zane, distratto a fantasticare sulla storia che stava abbozzando, trasalì quando Beckett gridò: «Che stai facendo?»

Guardò nel lavandino. «Sfregando via lo sporco?»

«Con una paglietta abrasiva? È una padella antiaderente piuttosto costosa.»

Lui aggrottò la fronte. «E io voglio pulirla.»

«Signore benedetto. Hai mai lavato i piatti prima d'ora?»

«Sto facendo letteralmente quello che ho fatto ogni sera da quando sono venuto a vivere qui.»

Beckett impallidì. «Hai già sfregato questa padella con quell'affare?»

«Come avrei dovuto pulirla, leccandola?»

«Usa una spugnetta.»

«Hai idea di quanto siano disgustose? Sono tipo duecentomila volte più sporche della tavoletta del cesso.»

Beckett si bloccò e cambiò tono. «Ed è per questo che la passi soltanto sulla tavola?»

«Esatto.»

«Per piacere, usala sulla mia padella.»

Zane mollò la paglietta abrasiva e si aggirò per la cucina con fare passivo-aggressivo alla ricerca di una spugnetta *pulita*.

Beckett annuì. «Grazie.»

Quel piccolo ringraziamento gli diede ancora più fastidio. Di malumore, sfregò la padella e la mise nello scolapiatti. Tuffò la pentola successiva nell'acqua, schizzandosi la schiuma sulla faccia, sul collo e sulla camicia.

Sospirò. Così imparava.

Beckett posò il piatto che aveva asciugato e lo fece voltare. Con lo strofinaccio, gli ripulì il sapone dal mento e dalla gola.

I loro occhi s'incrociarono e Zane sentì la frustrazione abbandonarlo. «Ne hai lasciata un po',» gli disse e si spostò le sue mani sulla camicia.

Beckett scosse il capo e riprese a tamponare.

«Il nostro primo litigio.»

Le mani si fermarono.

«È una tappa fondamentale, Becky. Dobbiamo festeggiare.»

«Festeggiare che abbiamo bisticciato?»

«Festeggiare che abbiamo fatto pace.»

«Succederà ogni volta che ci irritiamo a vicenda?»

Zane fece un sorrisetto. «Me lo auguro. Sono sicuro che alcune litigate saranno più difficili da superare, però va bene così. Festeggeremo sempre in proporzione alla fatica che c'è voluta a far pace.»

Beckett riprese ad asciugare i piatti. «Duecentomila volte più sporche?»

Zane annuì. Disgustoso ma vero.

Lui si acciglò. «Magari potresti usare la mano?»

«Non saprei,» lo prese in giro Zane. «Le cose che ci faccio potrebbero rendere il tuo tegame ancora più *zozzo*.»

Beckett perse la presa sulla sua amata pentola piuttosto costosa. La bloccò tra le cosce e la infilò nel mobile.

Lo sguardo che gli rivolse era così elettrico che il resto delle pulizie volarono via in un baleno.

Una volta finito, Zane si buttò sulla poltrona. «E ora festeggiamo.»

Beckett lanciò lo strofinaccio nel locale lavanderia. «Come?»

«Dopo che avrai attaccato la lavatrice, ti lascerò parlare di libri, Becky.»

La risata del professore si espanse per tutto il corridoio. Qualche minuto più tardi, tornò con *Orgoglio e Pregiudizio*. Aprì la prima pagina e, passeggiando avanti e indietro di fronte a lui, pieno di grazia e con una pronuncia perfetta, la lesse ad alta voce.

Zane sorrise compiaciuto per l'intero capitolo. Almeno tre volte, Beckett gli scoccò occhiatacce da sopra il libro e lo avvertì che se non l'avesse piantata avrebbe smesso di leggere.

Aveva bisogno di imparare a concretizzare le minacce, era evidente.

Una vibrazione sulla gamba fece alzare Zane dalla poltrona per controllare il cellulare. Altre foto della piccola Cassie e una nuova e-mail da parte di Rocco.

Il suo stomaco fece una capriola all'idea di leggerla.

Si diresse verso la porta d'ingresso e Beckett lo tallonò.

«Ho bisogno di fare due passi.»

Beckett tolse la giacca a vento di Zane dall'attaccapanni e gliela tenne aperta. «L'avevo dedotto.»

Lui fece scivolare le braccia nelle maniche. La lieve pressione che lo aveva aiutato a infilarle sparì. Quando si girò, Beckett si stava mettendo le scarpe.

«Non è necessario che tu venga con me.»

«Davvero?»

«Ho il telefono carico stavolta.»

Beckett finì di legarsi i lacci. «Mi piace accendere il notiziario radio e non sentire nulla che mi faccia infuriare.»

Zane indossò le scarpe da ginnastica. «Ascolti ancora la radio?»

«Non era questo il punto.»

Gli fece la linguaccia. «Cos'è che ti farebbe infuriare?»

«Sentire del tuo omicidio su *Mulberry*.»

«Non mi ammazzerà nessuno.»

Lui recuperò le chiavi. «Certo.»

Con un sorrisetto, Zane prese dal gancio la sciarpa blu di Beckett e gli arrivò a pochi centimetri. «Credi che abbia bisogno di avere mezzo secolo di esperienza virile a proteggermi?»

Beckett lo fulminò con un'occhiataccia e Zane gli passò la sciarpa attorno al collo, la avvolse e ne bloccò le estremità.

Un ansito gli soffiò sul collo. «Hai bisogno di avere *trent'anni* a proteggerti.»

Zane guardò lo specchio da sopra la sua spalla. «Più tardi ti troverò a darti una controllata, vero?»

Beckett aprì la porta e gli fece cenno di uscire. «Non sei costretto a mangiarmi con gli occhi, la prossima volta.»

Camminarono insieme fino al palchetto nel parco con le lucine. Magari sarebbe diventata una tradizione?

«Settimana impegnativa al lavoro?»

«Lo Chiffon, mercoledì sera. Per il resto il solito tran tran.»

«Oh, la cena dei docenti. Ti prometto di non mandarti un SOS nel bel mezzo della serata.»

«Mi auguro di no, perché spero che tu venga con me.»

Zane si immobilizzò. «Non posso.»

Beckett si cinse con le braccia. «Devi vederti con una ragazza?»

«No.» Ma non poteva presentarsi a quella cena. Troppi uomini e donne intelligenti con centinaia di argomenti di conversazione brillanti a disposizione.

Porse a Beckett il suo cellulare. «Leggimi l'e-mail di Rocco.»

Lui fissò il display. «È bloccato.»

«Il codice è il compleanno di Jacob. Data e mese in quest'ordine, non al contrario come fate qui da voi.»

Beckett lo compose e aprì il temuto messaggio. «Ciao, Zane. Sono dispiaciuto, ma capisco se non avrai tempo. Buona fortuna con le tue storie – uhm, questa parte non la leggo – saluti, Rocco.»

«Che parte hai saltato?»

«Quella in cui esprime la sua frustrazione perché non abbandoni i tuoi progetti per soddisfare lui e le sue esigenze.»

«Dammi il cellulare o leggimela.»

Beckett sospirò e lesse molto in fretta. «Buona fortuna con le tue storie. A giudicare da come scrivi le e-mail, ti servirà.»

Zane fece una smorfia. Ecco perché non era adatto allo Chiffon. «Già, alcuni dei miei messaggi erano bruttarelli.»

Osservarono il laghetto luccicante. Beckett scese dal palco e tornò a passo svelto su per le scale. Gli afferrò una mano e gli piazzò un sasso liscio e piatto sul palmo. «Perché non fai danzare l'acqua?»

«Suona romantico, Becky. Ti sto influenzando.» Non c'era l'angolazione giusta da lassù, così Zane si spostò sulla riva. Il sasso rimbalzò per sei volte sulla superficie.

Quando le increspature furono svanite, riportò l'attenzione su Beckett. «Perché ti farebbe infuriare?»

«Di che stai parlando?»

«Intristire, lo capisco. Ma infuriare?»

«Un po' di contesto ti aiuterebbe a guidare la conversazione su una strada a doppio senso.»

«L'omicidio, Becky.»

«Giusto. L'uccisione deliberata di esseri umani tende a suscitarmi una certa rabbia.»

Zane aggrottò la fronte. «Intendevo il mio omicidio. Vuoi accompagnarmi a passeggio ogni sera perché temi che mi cacci nei guai?»

«Non mi hai dimostrato il contrario.»

«Se morissi ti farebbe infuriare?»

Beckett si avvicinò e lo afferrò per il collo. «Sono possessivo. Non mi piace che mi portino via le mie cose. Non mi piace nemmeno che le *guardino* nel modo sbagliato.»

I suoi occhi limpidi e sicuri gli fecero arricciare le dita dei piedi. «Sono di tua proprietà, Becky?»

Una breve pausa, poi Beckett lo condusse verso casa. «La nostra *bromance* lo è. E intendo tenermela, grazie tante.»

IL MERCOLEDÌ SERA, ZANE FISSÒ IL CELLULARE, L'APP PER incontri aperta. Era un quarto d'ora che la fissava.

Darla continuava a sbirciare lo schermo da dove gli era seduta accanto, sul divano a dondolo della veranda.

«Sei pallido, caro.»

Un groppo d'irrequietudine gli pesava sullo stomaco. Era il terzo giorno di fila che apriva l'app e non riusciva a trovare lo stimolo di chattare con nessuno. Era solo che... non gli sembrava giusto.

Il giorno precedente ne aveva parlato con Darla, che gli aveva dato un saggio consiglio.

Doveva fermarsi a riflettere su cosa desiderava da un matrimonio.

Magari avrebbe dovuto pensarci mentre accompagnava Beckett allo Chiffon.

L'uomo in questione emerse dal suo lato della villetta dopo una doccia, una rasatura e un completo cambio d'abiti.

Porca puttana. Il beige stereotipato non era mai stato tanto... *brillante.*

Zane gli risalì il corpo con lo sguardo e trovò due occhi azzurri puntati su di lui.

Darla lo spinse in quella direzione. Un salto sgraziato oltre la recinzione lo fece finire dritto sopra Beckett. Zane lo agguantò per evitare che cadesse e lo trascinò in camera.

«Che c'è?» chiese lui. «Non sto...»

Zane lo spinse sul letto, si buttò in ginocchio e gli tolse le scarpe. Le gettò di lato e gli alzò i calzini neri al di sotto dei jeans. «Penserei che sei diretto in passerella, se non sapessi dove vai. Dovresti procurarti delle toppe sui gomiti, professore.» Sospirò. «Ma visto che so che non lo farai...»

Raggiunse l'armadio e tornò con gli stivali turchesi. «Tanto vale andare fino in fondo.»

«Fino in fondo,» mormorò Beckett.

Zane gli infilò con cautela gli stivali ai piedi e chiuse le zip interne sopra i jeans aderenti.

Sollevò lo sguardo e trovò due occhi persi nel vuoto e un

labbro stretto tra i denti. Beckett si riscosse e gli premette una suola sul petto, ammiccando. La lieve pressione lo fece dondolare all'indietro. «Ti piaccio di più adesso?»

Zane gli tese una mano e gli si mozzò il respiro quando lui l'afferrò. «Credo di essere risalito di una mezza tacca nella Scala Kingly.»

Gli occhi azzurri danzavano. «Un'intera mezza tacca, eh?»

«Forse tre quarti.»

Beckett rise e gli camminò attorno. «Non sono troppo *appariscente?*»

«Decisamente tre quarti.» Zane assottigliò lo sguardo. «Ti stai divertendo un mondo, vero?»

«Oh, Zane,» replicò Beckett, uscendo dalla stanza. «Non sai quanto.»

Lui si prese un momento per darsi un'aggiustatina, poi si affrettò a seguirlo. Agguantò le chiavi, chiuse la porta e lo raggiunse mentre stava per attraversare.

«Credo che dovrei accompagnarti,» gli disse.

«L'avevo tenuto in conto. Quello che sto ancora cercando di capire è se ti unirai a me.»

Zane scosse il capo. «Apparteniamo a due mondi diversi. E per di più, guardati. E guarda me.»

Beckett lo scrutò. «Lo sto facendo.»

«Non sono affatto vestito in maniera appropriata.»

«Sei perfetto così come sei.»

«In felpa e con i jeans di ieri?»

Beckett non gli rispose. Camminarono fino allo Chiffon, godendosi il tramonto e gli stanchi cinguettii che provenivano dalle fronde degli alberi.

Ogni volta che guardava Beckett, le sue parole non dette si univano a formare una sorta di puzzle da mille pezzi, sparpagliati e senza immagine guida. Credeva di aver compreso il quadro generale, eppure non aveva ancora trovato tutti i bordi.

Il suono delle chiacchiere e delle risate allegre salì di

volume man mano che passavano davanti a una fila di ristoranti. Si fermarono fuori dallo Chiffon e a Zane tornò in mente l'ultima volta che erano stati lì insieme.

«Vieni con me,» ritentò Beckett. «Goditi la serata. Chissà, magari qui troverai l'amore.»

Zane studiò le persone eleganti ammassate attorno ai tavolini esterni con le tovaglie bianche e si strinse la nuca con una risata. Nessuno voleva uno scemo che abbassasse il tenore della conversazione. «Torno a casa.»

«Allora ci torniamo insieme.»

Zane non riuscì a mascherare la perplessità. «Aspetti con ansia questa serata fin da prima che ci conoscessimo.»

«Rimani solo poche settimane.» Beckett si avvicinò, un luccichio determinato negli occhi. «Parlare con te è la cosa a cui tengo di più.»

«Ma... ma ti sei vestito *così* per l'occasione.»

«Posso sfoggiare il look a casa.»

«Resta, ti prego. Mi sentirei in colpa se ti perdessi la serata.»

Osservò le sue guance arrossate e gli occhi azzurri che brillavano maliziosi. «Se ben ricordo, Darla ha detto che dovresti portare fuori il tuo migliore amico per risvegliare la fortuna in campo amoroso. Potrebbe essere questo il momento?»

Non gli stava facilitando la decisione. Eppure Zane aveva le gambe molli proprio come il giorno in cui Beckett gli aveva offerto di assistere alla sua lezione. «Non ho... non ne sono sicuro.»

L'avrebbe voluto tanto.

Dei passi riecheggiarono sul marciapiede alle sue spalle e il viso di Beckett divenne una maschera inespressiva. Annuì brevemente e, quando Zane si voltò, vide Luke che si avvicinava, sussurrava qualcosa al suo ragazzo e gli apriva la porta.

Il ragazzo si affrettò a entrare. Lo sguardo indagatore di

Luke si spostò da Zane a Beckett e prese nota delle loro mise palesemente diverse. «Vieni, Beckett?»

Perché dava per scontato che entrasse solo lui? Perché Zane si sentiva piccolo, piccolo?

E se *lui* si sentiva così, come doveva passarsela Beckett?

Non poteva lasciarlo lì con quello stronzo – *scusa, Anne!* – senza alcun supporto morale.

«Veniamo entrambi.» Prese Beckett a braccetto e insieme superarono Luke e marciarono all'interno dello Chiffon.

Beckett incedette con grazia lungo il locale, zigzagando tra i tavoli verso un separé accanto al palco. A Zane sembrava di rivivere il primo momento in cui l'aveva incontrato, l'ansia di fare una buona impressione benché fosse un pesce fuor d'acqua.

Gli avventori erano tutti ben vestiti e c'erano talmente tante paia di occhiali dalla montatura spessa da perdere il conto. Vocabolari e dizionari dei sinonimi erano piazzati al centro dei tavoli contrassegnati per l'appunto *Sfida di Sinonimi*.

Un incontro tra eleganza e acume, e lui lì a metter piede nella tana del leone.

«Non dovevi,» mormorò Beckett.

«Sì, invece.»

Ricevette un sorriso tremante che fece fare le capriole al suo stomaco. «Possiamo andarcene in qualsiasi momento.»

Il palco s'illuminò e un presentatore parlò al microfono. «La prima sfida di stasera comincia tra venti minuti. Prenotate un posto, se non l'avete già fatto. Ce ne sono ancora tre a disposizione.»

«Lui è Puck, l'allegro vagabondo notturno. Il miglior maestro di cerimonie dello Chiffon.»

«Le sfide sono contro di lui?» domandò Zane, osservando l'uomo vivace con i brillantini tra i capelli.

«No, lui è il folletto delle parole. Sceglie quella con cui ogni coppia deve giocare.»

«Dici giocare quasi fosse un gran divertimento.»

Una risatina. «Sono sicuro che Finnegan ci abbia prenotato un posto.»

«Come fai a essere così disinvolto all'idea di esibirti sopra un palco? Non hai l'impressione che lo stomaco cerchi di balzarti fuori dalla bocca?»

«Tutto il contrario. È eccitante.»

Un uomo muscoloso con un sorriso spettacolare fece un cenno, chiamando il nome di Beckett. Zane lo riconobbe grazie al ringhio che gli risalì subito alla gola. Libri a Colazione. Finnegan. L'amore adolescenziale di Beckett.

Già, era geloso.

Voleva che Beckett avesse una *bromance* solo con lui, invece era evidente dagli «Ehi» allegri e dalle pacche sulla schiena che Finnegan era un rivale.

Okay, semplice: Zane avrebbe fatto colpo sugli amici e i colleghi di Beckett premurandosi di rendere evidente che loro due avevano un legame super-speciale.

«Zane.»

Si riscosse dai suoi pensieri. Finnegan aveva un sorriso caloroso e gli tendeva la mano.

Lui la strinse abbastanza forte da lasciarci il segno del pollice. Finnegan aggrottò la fronte per un istante. Zane sorrise e buttò un braccio sulle spalle di Beckett. «Voi due vi conoscete da un sacco di tempo.»

A Beckett sfuggì di bocca un verso stupito, ma Zane mantenne l'attenzione su Finnegan. «Sì, da sempre. E tu invece da quanto lo conosci?»

Be', merda. «Da una settimana e mezzo. Eppure sono certo che ci conoscessimo in una vita precedente.»

Arrivarono degli altri colleghi e, dandogli una lieve tiratina alle dita, Beckett si liberò dalla sua presa per salutarli.

Luke e il suo ragazzo tornarono dal bancone con un vassoio di bibite, che iniziarono a distribuire. Birra per

Finnegan e un professore dall'aria più matura, vino bianco per Beckett.

Luke glielo offrì con un sorriso, spacciandosi per una brava persona. Beckett in realtà preferiva il rosso... chiunque avesse trascorso del tempo con lui lo sapeva. Ciononostante, avrebbe fatto la figura dello stronzo a rifiutarlo.

Zane lo rubò dal vassoio. «Non ti dispiace, vero, Becky? Sono un po' nervoso all'idea di conoscere i tuoi amici.»

Lui lo guardò con la coda dell'occhio, le labbra incurvate. «Fa' pure.»

Zane rivolse un sorriso tirato a Luke da sopra il bicchiere e lo tracannò.

Beckett gli presentò il professor Lune e la professoressa Annabeth Mable, ordinaria di Letteratura Afroamericana e Teoria Postcoloniale, a cui piaceva discutere delle proprie opinioni sulla letteratura Māori.

Zane rischiò di far cadere il vino.

Non sapeva proprio cosa dire, sebbene da bambino avesse letto miti e leggende Māori. Per quanto stuzzicasse Beckett perché non sapeva nulla sulla Nuova Zelanda, nemmeno lui ne sapeva granché.

Visto che ogni collega aveva un titolo altisonante, quando gli chiedevano che lavoro facesse Zane cercava di non arrossire come un peperone nel rispondere che disegnava fumetti.

«È un artista incredibile con un occhio eccezionale per i dettagli e ha un modo sottile di inserire sottotesto nelle sue illustrazioni.»

Dal momento che non poteva arrossire di più, Zane si scusò e andò a prendere un altro giro di drink.

Finnegan lo raggiunse al bancone mentre cercava libri di letteratura Māori su Amazon.

Ne comprò uno con un click e alzò lo sguardo su di lui. Tossì e gli rivolse un «Ehi» forzato, dopodiché ordinò da bere, incluso un Pinot Noir neozelandese.

«Ho visto cos'hai fatto prima con il vino,» commentò Finnegan. «Per Beckett. Molto carino da parte tua.»

Zane scrollò le spalle. «Luke stava facendo lo stronzo.»

Finnegan tamburellò sul ripiano. «Dammi una dritta: cosa ho fatto per meritarmi le occhiatacce che mi stai scoccando?»

Era meglio essere franchi? Zane sospirò. «Sei il suo migliore amico, giusto?»

«Sì, siamo molto legati.»

«Ecco perché è difficile che tu mi stia simpatico.»

Finnegan fece un sorrisone. «Tu e il mio Becky siete…»

«Vedi, lo chiami "il mio Becky" e a me viene voglia di prendere a cazzotti qualcosa.»

L'uomo scoppiò in una grossa risata.

Zane lo fulminò con lo sguardo. «Abbiamo una *bromance* e odio l'idea che possa averne una anche con te.»

«Una *bromance*?»

«Parto svantaggiato a diventare il suo preferito, se lo sei già tu. Lo conosci da sempre. Scherzate su cose di cui io non so nulla. Avete tutte le vostre battute brillanti.» Alzò le braccia in preda alla disperazione. «Probabilmente potreste finirvi le lezioni a vicenda.»

«*Bromance*?»

Zane si sedette sullo sgabello. «Il fatto che tu non sappia di che si tratta ha un che di rassicurante.»

«Già, ascolta, non capisco, ma… tira fuori il cellulare.»

Lui inarcò un sopracciglio, però obbedì.

«Crea un nuovo contatto e salva questo numero.»

Zane lo fece e gli inviò un'emoticon dallo sguardo truce. «Perché me l'hai dato?»

«Gli amici di Beckett sono miei amici. Se ti servisse qualcosa, chiamami.»

«Sei sempre così gentile? Sappi che non mi aiuta ad apprezzarti di più.»

Finnegan gli strinse una spalla. «Non ho mai visto Beckett

tanto felice quanto nell'ultima settimana. Continua a fare ciò che stai facendo, compreso lanciarmi occhiatacce per tutta la serata, se necessario.» Il barista fece scivolare un vassoio pieno di bicchieri sul bancone e Finnegan lo prese al posto suo. «Poi ovvio, io preferirei di no. A te la scelta.»

Se ne andò con i drink e Zane si ricompose. Finnegan era un bravo ragazzo. L'unico che si meritava la sua avversione era quello che aveva spezzato il cuore a Beckett.

Si accomodò accanto al suo amico; la conversazione al tavolo era ancora animata.

Beckett alzò il suo bicchiere di rosso con un sorriso grato e ne bevve un sorso. Smise di chiacchierare e si voltò verso di lui, in mano un mini cracker spalmato di pesto. «Sono deliziosi, vuoi assaggiare?»

Zane lo osservò metterselo in bocca. La gola di Beckett si contrasse per inghiottire e la lingua scivolò sul labbro inferiore per ripulire una briciola.

«Raccontami di più della tua giornata, Zane. Cosa hai fatto?»

«Dopo aver bevuto il miglior caffè del mondo con te al King's, sono stato con Darla.» Lei e Leo gli avevano tenuto compagnia mentre lavorava alla sua trama. «Ah, tua sorella non è rientrata.»

«Mi ha scritto. È andata a fare una gitarella fuori programma con degli amici e dovrebbe tornare stasera. O domani. O quando le gira.» Beckett tormentò la tovaglia bianca. «Hai trovato altre ragazze con cui uscire?»

Non era riuscito a convincersi a cercarle. «Ero *davvero* preso dalla mia bozza.»

«Nessun appuntamento all'orizzonte?»

Zane gli diede un colpetto affettuoso sul naso. «Mi sa che stai scordando che *questo* è un appuntamento.»

«Scusate se interrompo,» si intromise Finnegan, i palmi

sugli schienali delle loro sedie. Guardò Beckett. «Tra meno di un minuto tocca a noi.»

Lui si alzò, ma si accorse che Zane osservava preoccupato il resto dei commensali.

«Non temere, puoi lasciarmi qui tutto solo,» gli assicurò, strappandogli una risatina. Girò la sedia verso il palco e si appoggiò all'indietro a braccia conserte. «Stupiscimi, professore.»

Con lo spirito di competizione che gli brillava negli occhi, Beckett si allontanò insieme a Finnegan.

Puck salì sul palco e spiegò le regole: un minuto di botta e risposta utilizzando sinonimi o frasi idiomatiche legate all'argomento scelto. Non più di due secondi tra un turno e l'altro. Andare fuori tema garantiva l'immediata squalifica. Tardare troppo a rispondere comportava la sconfitta. Squillò una campanella.

Puck annunciò l'argomento "ferro" e Finnegan, che aveva vinto il lancio della monetina, cominciò con un modo di dire. «Mi è sembrato di andare sotto i ferri la prima volta che ti ho affrontato su questo palco.»

Beckett replicò senza battere ciglio: «Hai fatto un ottimo lavoro... ricorda che sono ferrato in materia.»

«Magari stasera vincerò, toccando ferro.»

«Non pensare di essere in una botte di ferro.»

«Sarà meglio che batta il ferro finché è caldo.»

«Direi che siamo ai ferri corti.»

Luke si piazzò di fronte a Zane, nel posto di Finnegan. «Beckett è bravo.»

Lui rimase concentrato sul suo amico. «Il migliore.»

Beckett annuì in segno d'apprezzamento per l'arguzia di Finnegan. Zane ammirò quella piccola dimostrazione di rispetto.

Gli faceva sciogliere un po' il cuore.

«Mi prendi in giro.» Il sussurro di Luke somigliava più a un grido. «Stai frequentando il mio ex?»

Zane si voltò verso di lui con riluttanza. «Quel che faccio non ti riguarda affatto.»

Luke scosse il capo. «È come se fossi mio cognato. Dovresti... è inappropriato, non credi? Cristo, credevo che ti ospitasse, non scopasse.»

Zane fu pervaso da una rabbia cocente. Odiava come Luke parlava di Beckett. Gli aveva spezzato il cuore, quindi non aveva voce in capitolo su chi lo aiutava a raccogliere i cocci e rimetterli insieme.

Riportò l'attenzione dove doveva stare. Su Beckett.

«Poco importa, alla fine del mese te ne andrai,» borbottò Luke.

Zane si sporse oltre il tavolo e lo perforò con lo sguardo. «La nostra relazione non ruota attorno al sesso. Durerà tutta la vita.»

«Mi stai dicendo che *state insieme?*»

«Siamo...»

«Fammi il favore di evitare le effusioni in mia presenza. Sarebbe... strano.»

Zane irrigidì la mascella.

Sul palco, Beckett e Finnegan erano in parità, per cui Puck annunciò uno spareggio con le allitterazioni. Visto che Finnegan aveva vinto il primo lancio della monetina, toccò a Beckett cominciare. «Università.»

Finnegan aggiunse: «Unificare.»

«Unicorno.»

«E ukulele.»

«Utilizzo...»

Ciò che seguì fu una lunga sequela di allitterazioni, finché Finnegan non incespicò su una parola.

Il pubblicò applaudì quando i due fecero un inchino e scesero dal palco.

«Un giorno o l'altro, qualcuno ti batterà,» disse Finnegan a Beckett mentre si avvicinavano al tavolo.

«Mi hai fatto sudare là sopra, Fin. Proprio oggi, poi.» Zane balzò in piedi e lo abbracciò di slancio. «Sei stato fantastico.» Gli stampò un bacio sulle labbra dischiuse e Beckett si immobilizzò.

Poi lo strinse, inalando il suo profumo muschiato e il sentore del dopobarba. Gli bisbigliò all'orecchio: «Scusa, ho combinato un mezzo casino con Luke e ora ti tocca essere il mio ragazzo e lasciarti palpare davanti a lui.»

Beckett rilassò le membra e si scostò a osservarlo. «Ragazzo?» sillabò.

Zane si mordicchiò il labbro e annuì.

Lanciarono un'occhiata al tavolo, verso un Luke rosso come un peperone.

«Palpare?» ripeté Beckett, il peso premuto contro il suo. Le mani si muovevano decise su e giù lungo i muscoli della sua schiena, e Zane mugugnò di apprezzamento per il massaggio. Chinò il capo e gli strofinò il naso sulla guancia, posandogli tre baci sulla mascella. Era rasata di fresco, ma ne percepì comunque il pizzicore sulle labbra.

Beckett trattenne il fiato e le sue dita abili si insinuarono sotto la cinta dei jeans di Zane. Una continuò a scendere, fino alla curva del sedere, spiegazzandogli i boxer.

Zane sentì risvegliarsi l'uccello e trattenne un gemito. Il respiro gli fuoriuscì in uno sbuffo bollente sull'orecchio di Beckett. «Mi sa che è un po' troppo piacevole, Becky. Voglio fargliela vedere, non *farglielo* vedere.»

Lui ridacchiò e ritrasse la mano. «Signore benedetto, che fame.»

«Ordiniamo la cena?»

«Solo se mi consenti di offrire.»

Zane lo guidò al suo posto e gli scostò la sedia.

Sia Luke che Finnegan li fissavano, l'ultimo mentre digitava furiosamente sul cellulare.

La tasca di Zane si illuminò.

Finnegan: *BROMANCE?*

Zane aggrottò la fronte e rilesse la parola tre volte prima di rispondere.

Zane: Già, ed è mio.

Dopo un pasto delizioso e altre due sfide tra professori, Zane cominciava a capire perché a Beckett piacesse tanto andare lì. Era pretenzioso, ma in una maniera frivola. «Grazie per avermi invitato a questo pene party.»

Beckett lo scrutò, un'emozione imprecisata in agguato nei suoi occhi. «Temo che dovrò invitartici di nuovo prima della fine del mese.»

«Non aver paura. Ero nervoso, ma tu mi hai messo a mio agio. Invitami ogni volta che vuoi.»

Con la mano che tremava, Beckett si rovesciò del vino nel piatto.

Zane gli strinse un gomito. «Stai bene?»

«È che devo fare appello a una dose massiccia di autocontrollo.» Beckett gli accarezzò il viso con un semplice sguardo. «È spossante.»

Lungo il tavolo, Zane osservò Luke che sussurrava all'orecchio del suo ragazzo. «Speravo che stessi trascorrendo una bella serata, a dispetto di Luke.»

«Oserei dire che sto trascorrendo una *splendida* serata *grazie* a Luke.» Zane aggrottò la fronte e Beckett aggiunse: «Se non fosse per lui, forse non saresti entrato.»

«Oh, be', mi dispiace che sia spossante,» replicò con un sorriso.

«Ti dispiace proprio.»

Zane ridacchiò.

Puck ricomparve sul palco e annunciò al microfono: «C'è un posto a disposizione. Abbiamo degli audaci?»

Beckett inarcò un sopracciglio. «Ti andrebbe di provarci? Con me?»

«Nemmeno in un milione di anni salirei su un palco a lanciarmi in una guerra di parole. Con nessuno, e in particolare non con te.»

«In particolare non con me?»

«Neanche morto. Prenditela con uno con il cervello grosso come il tuo.»

Uno sbuffo divertito li fece girare entrambi di scatto verso Luke, che era scalato di qualche posto e si era avvicinato a loro. «Con un cervello simile e una minore differenza d'età. Lascia in pace il povero Zane. Non avrebbe la minima possibilità contro di te, né contro nessuno dei presenti.»

Le sue parole dicevano il vero, ma Zane le odiava comunque. L'energia positiva che l'aveva animato svanì. Fissò il tovagliolo appallottolato sul piatto.

Beckett si alzò e gli tese una mano. «Io e il mio ragazzo andiamo a casa a godere della compagnia reciproca.»

Zane prese esempio da lui, fece un cenno di saluto frettoloso e rabbrividì mentre passava di fianco al palco, diretto verso l'uscita.

Nemmeno in un milione, anzi, un trilione di anni.

L'incertezza è la quintessenza del romanticismo.
Oscar Wilde

Capitolo Quindici

«Non mi fraintendere, la cosa non mi turba affatto,» esordì Beckett. «Ma com'è che abbiamo finito per essere una coppia?»

Percorsero il vialetto. Per fortuna lo Chiffon era a pochi passi da casa; Zane non vedeva l'ora di scrollarsi di dosso il pessimismo tossico che iniziava a soffocarlo. Gli serviva un bagno a lume di candela, e subito.

Il lato di Darla della villetta era buio. Il divano a dondolo cigolava mosso dalle raffiche di vento. Zane aprì la porta e si appoggiò al legno fresco per evitare che si richiudesse. Beckett aveva lo stesso aspetto impeccabile di quando erano usciti di casa.

«Luke è saltato alla conclusione che stiamo insieme per conto suo. L'avrei corretto, se non avesse fatto tutte quelle storie sul non toccarti in sua presenza. Ha detto che sarebbe stato strano.» Scrollò le spalle. «Mi ha infastidito. Non ha nessun diritto di decidere se posso o non posso starti attorno. Sono affari nostri, non credi?»

Beckett si appoggiò allo stipite. «Ciò che facciamo insieme, se ci tocchiamo, baciamo, dormiamo nudi, facciamo sesso o meno, è decisamente affar nostro.»

Zane deglutì, lo sguardo che indugiava sulla sua postura rilassata. «È...» Si schiarì la voce. «Proprio quello che pensavo.»

Beckett si spinse via dalla porta con la pianta del piede e Zane respirò così a fondo che il petto gli si gonfiò all'inverosimile.

Si passò una mano tra i capelli. «A volte, mi sembra di...»

«Di?» Beckett non arretrò, né avanzò. Rimase fermo, paziente come al solito.

«Aver bisogno di un bagno.»

Zane si voltò e sparì dentro casa.

Accendere la luce del soggiorno fu un errore. La sciarpa, i leggings e la biancheria di pizzo di Leah erano sparpagliati sulla mobilia, dando l'impressione che se la fosse spassata parecchio e poi non si fosse preoccupata di riordinare.

Beckett entrò dietro di lui e imprecò.

Zane era arrivato giusto alla poltrona quando il suono della rete del letto che cigolava su nella mansarda gli assalì le orecchie. Gesù, se era rumoroso.

Cioè, rumoroso da paura.

Non che fosse mai stato un fan di quella rete scricchiolante ma, attraverso il soffitto cavo, era perfino peggio. Riecheggiava.

Beckett l'aveva forse sentito girarsi e rigirarsi nel letto... *l'aveva sentito masturbarsi?*

Lanciò un'occhiata al suo amico, che colse la sua espressione orripilata, la interpretò correttamente e attraversò in tutta calma la stanza per raggiungerlo. Zane si spostò di traverso dietro la poltrona, quasi potesse proteggerlo dalla totale mortificazione che lo affliggeva.

«Zane,» mormorò Beckett con un fil di voce.

Lui si passò le mani sulla faccia accaldata e spiò tra le dita.

«L'altra notte, mentre ero, ehm, preso da quel libro pieno di paroloni…»

Beckett si fermò. «Oh, Signore benedetto…»

«Hai sentito tutto?»

Da come serrò le palpebre, era evidente che non volesse affatto discutere dell'argomento.

Be', siamo in due.

Pian piano, Beckett riaprì gli occhi. «Sì, ti ho sentito.»

Zane gemette e si accucciò dietro la poltrona. Non avrebbe saputo dire perché non riusciva a riderci su. Con chiunque altro l'avrebbe fatto. Cavolo, l'avrebbe fatto anche con lui, fino a qualche giorno prima.

La poltrona si mosse e dall'alto arrivò una risatina. Beckett gli scompigliò le punte dei capelli e Zane sollevò lo sguardo con riluttanza. Beckett lo osservava da sopra lo schienale con un'espressione divertita. «Com'è che sei diventato timido?»

«Non lo so.»

Lo sguardo di Beckett si posò sulla sua bocca, poi tornò sui suoi occhi. «Lo sai che è una cosa normale, vero?»

«Sì. È che…» Era così e basta.

«Ti è utile sapere che l'ho fatto anch'io?»

«Mentre mi… sentivi?»

«Sarebbe un problema se rispondessi di sì?»

Gli mancò il respiro e gli si indurì l'uccello. «Ho *davvero* bisogno di un bagno.»

«Non di una doccia fredda?»

«Credo che dovresti raccogliere la biancheria di tua sorella dal paralume e tenerti impegnato a letto.» Alla sua risatina, aggiunse: «Con un *libro*.»

Beckett si alzò dalla poltrona e gli concesse lo spazio di cui aveva bisogno. Nella quiete della stanza, Zane strisciò fuori dal suo nascondiglio e si infilò nella doccia.

L'acqua gli spioveva sul corpo, e lui la lasciò scorrere. Dopo che si fu lavato, e con la pelle raggrinzita dalla lunga doccia, non andò comunque a letto.

Non finché non fu sicuro che Beckett fosse addormentato.

Non finché, con dolorosa chiarezza, risolse il mistero.

COME OGNI MATTINA IN CUI SI ERA SVEGLIATO NEL LETTO DI Beckett, Zane lo trovò accoccolato che gli rivolgeva la schiena.

Come ogni mattina, avrebbe voluto fare qualcosa al riguardo.

A differenza delle altre mattine, aveva un'idea più chiara del perché.

Si stiracchiò e la sua erezione strusciò contro le lenzuola. Si lanciò giù dal letto e si rifugiò in bagno. Appoggiato alla parete, con il fresco delle piastrelle che gli penetrava attraverso la maglietta logora, insinuò una mano nei boxer di raso e si afferrò l'uccello. Tremò mentre si accarezzava fino a raggiungere l'orgasmo più intenso che si fosse mai provocato da solo.

Già, aveva i perché.

Ciò che gli mancava erano i *come*.

Niente a cui non si potesse rimediare con il caro vecchio Google. Prima, però, la colazione.

Cucinò delle uova al tegamino e preparò una spremuta d'arancia. Beckett comparve mentre apparecchiava, umido dopo una doccia, diario stretto in mano. I loro occhi s'incrociarono e Zane fu scosso da un brivido così forte che un uovo gli cadde dalla spatola e il tuorlo esplose sul pane integrale tostato.

Quello l'avrebbe mangiato lui.

«Buongiorno, Zane. Sei mattiniero.»

«Già, ero, ehm, irrequieto. Ho deciso che fosse meglio alzarmi e mettermi in movimento.»

Beckett si accomodò sulla sua sedia e aprì il diario. Si

appoggiò la punta della penna contro il mento per un istante, poi si piegò sulla pagina bianca e la riempì di inchiostro.

«Giornata impegnativa al lavoro?» gli chiese Zane, servendogli delle uova perfette e un bicchiere di spremuta.

«Il solito martedì con un'unica lezione nel tardo pomeriggio. Sarò a casa per le otto, se non ci sono intoppi.»

Nei suoi occhi si leggeva una domanda. Una domanda a cui Zane stava cercando il coraggio di rispondere.

Non l'aveva ancora trovato del tutto.

Tornò in cucina a recuperare la sua colazione e si buttò sulla sedia accanto.

Beckett chiuse il diario e iniziò a mangiare. Notò il casino sul piatto di Zane, e l'espressione interrogativa si arricchì di una piccola piega tra le sopracciglia. «Che programmi hai per la giornata?»

«Devo fare qualche ricerca per... la mia storia.»

«Controllerò come sei messo e ti darò una mano, se vuoi.»

A Zane si chiuse la gola. «Credo... sono piuttosto sicuro... che mi piacerebbe *un sacco*.»

Finita la colazione, gli trotterellò accanto fino al King's. Sperava che lo scalpitio nervoso dei suoi piedi fosse sufficiente a celare il suo insolito silenzio.

«Prendo i nostri cappuccini!» esclamò, guidando Beckett verso il divano a L dove si erano seduti la prima volta.

Quando tornò con le due bevande, gli piazzò davanti quella con il cuore.

«Stai bene, Zane? Sembri elettrico stamattina.»

«Elettrico?» Rise così forte che il liquido si riversò fuori dalla tazza e gli finì addosso.

Beckett inarcò un sopracciglio, afferrò il suo tovagliolino asciutto e gli tamponò l'interno coscia. Zane sobbalzò di nuovo e glielo rubò di mano per pulirsi da solo. «Ci penso io.»

Beckett si raddrizzò con un cenno silenzioso del capo e

affondò il cucchiaino nella schiuma con un cipiglio sempre più pronunciato. Oh, grandioso. Zane si stava proprio esprimendo in maniera eccellente.

La vita sarebbe stata più semplice se non avesse dovuto trovare lui stesso le parole. Se avesse potuto limitarsi ad aprire la bocca e lasciarle tirare fuori a Beckett.

Che ideona. Beckett sarebbe stato molto meno confuso.

A Zane sarebbe bastato pensare a loro che si baciavano.

Lingue intrecciate e corpi allacciati.

Nudi.

Le erezioni che si strofinavano l'una sull'altra.

Zane che gli sussurrava all'orecchio mentre si spingeva a fondo dentro...

«Sei diventato incredibilmente rosso,» commentò Beckett.

«Lettura del pensiero. Il peggior superpotere al mondo.»

Lui sorseggiò il cappuccino. «Ha a che fare con la tua storia?»

In un certo senso. «Dimmi, professore, hai una giornata impegnativa al lavoro?»

«Me l'hai già chiesto.»

«Ah. Giusto. Già, certo.»

«C'è qualcos'altro di cui mi vuoi parlare?» gli domandò, ma fu interrotto da un avviso sul cellulare.

Salvo per un pelo. Zane afferrò la sua borsa. «A dopo, Becky.»

Lui bevve un lungo sorso di cappuccino. «Non posso finirlo?»

Zane gli tolse di mano la tazza quasi vuota e lo spinse ad alzarsi. Gli infilò la borsa a tracolla e gliela aggiustò sul petto. Deglutì e si scostò per lasciarlo passare. «Se non instilli l'importanza di Tolstoj nei tuoi studenti, non...»

«Gliene importerà nulla?»

«Conquisteranno l'anima gemella.»

Beckett lo fissò, provocandogli molti più brividi di quanti ne potesse sopportare. «Forza, vai. Chiacchiereremo più tardi, Becky. Ti racconterò tutto. Sarà una notte indimenticabile per entrambi.»

Di qualsiasi cosa siano fatte le nostre anime, la sua e
la mia sono uguali.
Emily Brontë

Capitolo Sedici

Il pranzo con Darla fu a base di panini al prosciutto e formaggio, le prime fragole di stagione e una quantità di ansie da competizione.

Zane aveva confessato la sua scoperta a Darla, che aveva reagito annuendo senza il minimo stupore.

«I pianeti si sono riallineati offrendoti un po' d'indispensabile chiarezza. Bene.» Si spostò in cucina a preparare del tè. «Ne vuoi una tazza? Aiuta a calmare i nervi.»

«Sono a posto con l'acqua.» Zane si allungò all'indietro sulla sedia e mollò il telefono, su cui non riusciva a smettere di fare ricerche. «Però forse ne avrò bisogno dopo. Non mi so esprimere.»

Lei tornò indietro – zoppicava appena ormai, visto che la sua gamba era guarita bene – e gli diede una pacca sulla mano appoggiata sopra al tavolo. «Le stelle indicano che potresti ricevere un po' di aiuto.»

Zane annuì e scrollò la lista di blog aperta sul cellulare. «Voglio sorprenderlo in qualche modo. Fare qualcosa che non si aspetta, ma che gli piaccia.»

«Che ne dici di una caccia al tesoro che lo porti a seguire

una scia di bigliettini osé, fino a trovare te nella vasca da bagno, con due bei bicchieri di vino?» suggerì lei con un sorriso sognante sul volto.

«L'hai fatto con tuo marito?»

«O potresti portarlo fuori per un picnic?»

«Più appropriato. Se non consideriamo che probabilmente ha già mangiato.» Però aveva una lezione sul tardi. Magari avrebbe potuto portargli la cena prima che cominciasse?

Si raddrizzò. Se era svelto, sarebbe riuscito a sbrigare anche un altro paio di commissioni.

Un'ora più tardi aveva rubato la macchina di Beckett, comprato un buon vino ed era fermo alla stazione di servizio.

Il cellulare si animò nella sua tasca e lui rispose con un sorriso.

«Zane, non sto interrompendo nulla, spero.»

«No, tranquillo.»

«Mia sorella mi ha chiamato in preda al panico. Crede che qualcuno mi abbia rubato l'auto.»

«Oh, merda.» Bella idea fargli il pieno di nascosto.

«Per caso l'hai presa tu?»

Fantastico, così ci faceva la figura dello stronzo sconsiderato che non chiedeva il permesso prima di prendere le cose altrui. Staccò l'erogatore dalla pompa.

«Scusa, non avrei dovuto prenderla senza dire nulla.»

Beckett si schiarì la gola. «È assicurata. Puoi guidarla. Magari avvisa Leah. Io ho appuntamento con Mable.»

«Aspetta, dov'è il tuo…» Aveva riattaccato. «Ufficio.»

Dopo aver restituito l'auto con il serbatoio pieno e aver rivolto delle rapide scuse a una Leah divertita, Zane passò dal ristorante asiatico preferito di Beckett. Chiese un contenitore da asporto e, con i pennarelli colorati che aveva acquistato, disegnò un'immagine di loro due. Capelli biondi e felpa con le labbra incollate a ciocche scure e blazer. Erano chiaramente loro, nonostante le facce non fossero riconoscibili perché *troppo impegnate a baciarsi.*

Dio, si augurava che Beckett fosse sulla stessa lunghezza d'onda. Si augurava di non essere sul punto di rendersi ridicolo.

Tappò l'ultimo pennarello e ordinò una frittura di manzo e broccoli. Il campus era a cinque minuti a piedi, ma trovare l'ufficio di Beckett si rivelò più difficile del previsto.

A dire il vero, fu costretto a telefonare a Finnegan. «Non dirgli che sto arrivando. È una sorpresa.»

«È un altro gesto *bromantico*?»

Romantico, sperava.

«Be', non potrei dirglielo nemmeno se volessi, perché non sono lì. Comunque, ecco dove devi andare…»

La professoressa Mable, che lo incrociò in ascensore, lo accompagnò fino alla porta. Bussò e la aprì. «A quanto pare sei sfortunato. Dev'essere a lezione.»

E figurarsi, era arrivato in ritardo. Era un tale fascio di nervi che non ne azzeccava una. Chi voleva prendere in giro? Non ne aveva mai azzeccata una, solo che in passato non era stato importante.

La professoressa si intrufolò dietro un'ampia scrivania in legno con sopra la statuina di un cavallo imbizzarrito e controllò il calendario da tavolo. Osservò l'orologio appeso alla parete. «Sta tenendo una lezione dentro l'auditorium Lincoln. Potresti cercarlo qui quando finisce. O intercettarlo ora, se sei svelto.»

«Grazie.» Non avrebbero mai avuto il tempo di mangiare. Magari l'universo gli stava dicendo che doveva trovare le parole giuste, non affidarsi alle immagini come aveva fatto per tutta la vita.

Con una risata dolente, buttò il contenitore del cibo nel cestino della spazzatura. Ringraziò di nuovo la professoressa Mable e si avviò in fretta.

La brezza fredda gli punse le guance mentre attraversava rapido il campus. Ci poteva riuscire. Ci sarebbe riuscito.

Al suono della campanella, Zane accelerò per raggiungere l'antico auditorium vittoriano. Indugiò sotto il passaggio ad arco e si infilò le mani nel tascone della felpa. Inspirò il profumo del legno vecchio, dei libri e della pioggia fresca.

Squadrando le spalle, entrò nell'edificio e seguì il suono distante di una voce familiare fino a una porta a due ante. Beckett una volta l'aveva invitato ad assistere e lui era più che pronto ad accettare l'offerta.

La porta sembrava pesante, così la spalancò con una buona dose di determinazione.

Il legno scivolò sui cardini e sbatté contro il muro. Cinquanta teste si girarono di scatto verso Zane, immobile sulla soglia per l'imbarazzo. Beckett alzò lo sguardo, colto di sorpresa.

Ogni centimetro di lui voleva darsela a gambe. Invece sfoderò un gran sorriso e trafficò con la porta che si era incastrata su un chiavistello. «Mi perdoni il ritardo, professore.»

Una ragazza con dei fermagli a forma di margherita nei capelli si impietosì e lo aiutò a chiuderla. «Grazie,» le bisbigliò e sbirciò di nuovo in direzione di Beckett, che continuava a fissarlo.

Finalmente si riscosse e si schiarì la gola. «Siediti. Abbiamo appena cominciato.»

La Ragazza Margherita gli indicò un posto libero accanto a sé, e Zane si accomodò.

D'improvviso gli sembrava di essere tornato al liceo. Tutti gli altri armati di carta e penna che prestavano attenzione a ogni singola parola dell'insegnante, mentre lui se ne stava nell'ultima fila a marchiare il banco con i pennarelli indelebili.

Ce li aveva dietro perfino in quel momento.

Con voce ferma e chiara, Beckett introdusse l'argomento della lezione. «Per chi di voi è già rapito dalla prosa di James

Joyce, ma anche per coloro che esitano a leggerlo per paura di un linguaggio troppo oscuro, non temete, le prossime lezioni si propongono di mostrarvi tutta la magia che le sue storie hanno da offrire…»

Zane raddrizzò la schiena. Beckett era… bravo. Affascinante e alla mano. Infondeva le lezioni di calore e senso dell'umorismo. A Zane non era mai capitato un insegnante tanto innamorato della propria materia.

Arrivato a metà, non riuscì più a resistere. Doveva prendere appunti anche lui. Diede di gomito alla Ragazza Margherita e le chiese silenziosamente carta e penna. Lei gliele porse con un sorriso. Beckett incespicò sulle parole e, non appena lui rialzò gli occhi, distolse subito lo sguardo.

Zane cominciò a scrivere, a malapena in grado di tenere il passo con il flusso dei pensieri di Beckett. L'avrebbe aiutato a rivedere il materiale, se gliel'avesse domandato? Magari facendogli una lezione individuale? Quell'idea gli risvegliò fantasie inappropriate, così si tenne impegnato prendendo appunti fino alla fine dell'ora.

Mentre Beckett risistemava le sue cose nella borsa, uno studente si avvicinò per parlargli.

Zane si voltò verso la Ragazza Margherita e le restituì la penna. «Grazie per avermela prestata e per avermi dato una mano con la porta.»

«Oh, uhm, sì. Quando vuoi. Sei nuovo? Non mi pare di averti mai visto, e sono sicura che me lo ricorderei.» Arrossì e le cadde la penna.

Zane si chinò a raccogliergliela. Le loro teste cozzarono e balzarono entrambi indietro con una risata. «Scusa,» le disse.

Lei prese la penna. «Non preoccuparti. Come va la testa?»

«Ho perso qualche neurone. Non è una novità.»

«Posso offrirti un caffè per farmi perdonare?»

Zane si irrigidì. Oh. Ci stava provando? Era lusinghiero, peccato che non fosse interessato. Nemmeno un po'. Aprì bocca per rifiutare educatamente quando Beckett chiamò: «Evelyn, potrei parlarti per un attimo?»

La ragazza sobbalzò e annuì.

Zane si scostò e la lasciò passare. Beckett conversò con lei mentre infilava gli ultimi fogli nella borsa. Si salutarono con un sorriso ed Evelyn se ne andò.

A ogni studente che usciva dall'auditorium una nuova farfalla si agitava nel petto di Zane, finché non si ritrovò, stordito dallo sventolio, a guardare in un paio di cauti occhi azzurri. «Ti è piaciuta la lezione?»

Zane annuì. Aveva la voce roca. «Posso accompagnarti a casa, professore?»

L'amore ama amare l'amore.
James Joyce

Capitolo Diciassette

Zane sparò un'infinità di parole nel tragitto verso casa, ma nessuna era tra quelle che avrebbe voluto pronunciare.

Una volta entrati, Beckett andò in camera a riporre la borsa, fare un paio di chiamate e darsi una rinfrescata, lui invece sgattaiolò in cucina a recuperare delle noci pecan. Nel lavello c'era una pila di piatti sporchi. Qualcuno aveva preparato degli spaghetti al sugo. Per lo meno Leah aveva ripulito le cose che aveva utilizzato per preparare dei brownie al cioccolato dall'aspetto delizioso. Zane mangiò una manciata di noci, rubò un dolcetto e cominciò a lavare i piatti.

Fortuna che era dell'umore giusto per procrastinare.

Quando finì, la luce calante del crepuscolo lo stimolò a disegnare. Schizzo dopo schizzo, si ritrovò di nuovo davanti le linee aggraziate del corpo di Beckett. Con lo stomaco sottosopra, si distrasse mangiando un altro brownie, poi squadrò le spalle e andò a cercare l'uomo in carne e ossa. Lo trovò che si lavava le mani nel bagno. «Ti sei tolto il blazer. E hai cambiato la camicia.»

«Che stai mangiando?»

«Il dolce.» Si piazzò davanti a lui, che si stava asciugando le mani, staccò un boccone di brownie e glielo portò alle labbra.

«Prima di cena?»

«Era il mio motto da ragazzino in Nuova Zelanda.»

«Il tuo motto?»

«Non si sa mai quando potrebbe arrivare un terremoto. Nel dubbio, sempre meglio mangiare prima il dolce.»

Beckett scosse il capo e si accostò di qualche centimetro. Aprì la bocca e gli succhiò via il brownie dalle dita, gli occhi puntati nei suoi.

Sembrava un ottimo momento per dire qualcosa. O per baciarlo?

Zane ne staccò un secondo morso e lo imboccò. Piccoli brividi si rincorrevano sulla sua pelle.

«Sa di cioccolato,» mormorò Beckett.

Lui perse il coraggio e si ficcò un bel pezzo di brownie in bocca.

Beckett gli passò accanto e uscì.

«Me ne porti un altro?» gli chiese Zane attraverso la porta aperta, mentre cominciava a riempire la vasca. E perché no? Il giorno precedente non aveva fatto il bagno.

Versò il bagnoschiuma fruttato e le bolle sbocciarono come fiori. Che diavolo era appena successo? Sbatté le palpebre e chiuse subito il rubinetto. La schiuma straripò dal bordo di porcellana e si riversò sul pavimento. Zane trovò le candele e ne posizionò una in ogni angolo.

Forse sarebbe stato meglio entrare nella vasca prima di accenderle. La volta precedente aveva... aveva combinato qualcosa. Ne aveva quasi scalciato una nell'acqua, giusto. Gesù, se era stato divertente.

Che immagine: una candela accesa che si tuffa nella vasca. Chissà se la schiuma era infiammabile.

«Che c'è da ridere?» lo raggiunse la voce di Beckett.

Zane si girò, lo sguardo velato per via delle risate.

Beckett inclinò il viso di lato e spalancò gli occhi. Erano così azzurri. Pazzesco. Wow, le lacrime gli acuivano di brutto la vista. Le iridi di Beckett non erano soltanto azzurre, avevano delle sfumature verde acqua.

«Cos'hai messo in quei brownie?» gli chiese lui, massaggiandosi un gomito.

Non era mai stato tanto facile leggere le sue espressioni. Era nervoso. Si aspettava di essere baciato?

Zane si accostò e fece scivolare i palmi sui muscoli compatti delle sue spalle. Beckett rabbrividì, scatenando in lui la stessa reazione. «Verde acqua,» commentò, e si avventò su quella bocca sensuale.

Beckett si scostò di lato e Zane cadde in avanti. Una presa decisa sul suo braccio lo aiutò a mantenere l'equilibrio. «Avevi mai preparato dei brownie? Quanta marijuana ci hai messo? Quanti ne hai mangiati?»

«Non li ho cucinati io.» Zane fece schioccare la lingua contro il palato. «Se l'avessi fatto, avrei usato del cioccolato migliore. Questo americano ha un sapore strano. Aspetta, *marijuana*?» Scosse il capo con aria di sfida e, credendo di sussurrare, gridò invece a voce altissima: «Vuoi dire che mi sballeranno?»

«Voglio dire che sei già sballato.»

«No, no, no. Non voglio. Il mio ultimo coinquilino era perennemente strafatto. Finiva sempre nudo a palparsi sul divano. Promettimi che non mi metterò in imbarazzo. Non che non ci sia abituato, ma non stasera. Questa è la nostra serata, Becky. Dovrebbe essere piena di… Cristo, quante bolle ci sono nella vasca? Sarà meglio che entri prima che l'acqua si raffreddi.»

Si sfilò la felpa e rischiò quasi di strangolarsi con il cordino annodato. Rise nella stoffa che gli copriva naso e occhi. Aveva i gomiti incastrati.

«Sta' fermo un secondo,» si sentì incoraggiare in tono rassicurante, e di conseguenza obbedì.

«Continua a parlare, professore. La tua voce è una ninna nanna. E questa è una *metafora*.»

Una lieve risata gli soffiò sulla nuca. La felpa si mosse e lo lasciò libero. Zane tentò di dipingersi in faccia un sorriso sensuale e alzò le braccia. «Spogliami.»

Beckett appallottolò il tessuto tra le mani. «Non mi sembra una grande idea.»

«È la *migliore*.»

«Scusami, vado a uccidere mia sorella.»

Lui sorrise, si tolse la maglietta e si calò i calzoni. Rischiò di cadere nel tentativo di sfilarseli dalle caviglie e un calzino slittò sul pavimento. Zane piombò contro il lato della vasca e una candela finì nella schiuma. Fortuna che non le aveva ancora accese. Oh, doveva proprio farlo. «Dove sono i cerini?»

Beckett stava sbattendo la testa sulla sua felpa per la disperazione. «Niente cerini.»

«Forse è meglio.» Zane si levò i boxer ed entrò nella vasca. L'acqua gli avvolse i polpacci e le bolle gli solleticarono il retro delle ginocchia. Era incredibile. Perfino il suo uccello stava prendendo nota di quella carezza erotica. «Non dovresti lasciarmi qui da solo.»

«Se me ne vado, rischi di ammazzarti. Se resto, mi ucciderai di sicuro. Sono spacciato.»

«*Spacciato*? Hai il correttore automatico sulla bocca? Forse volevi dire *baciato*. Se resti, ti bacerò di sicuro.»

«Non sai quel che dici.»

«Perché non mi guardi? La mia felpa ha un profumo così buono?»

Beckett mollò l'indumento, gli lanciò un'occhiata e serrò le palpebre.

Zane si osservò. Era in piedi nella vasca che si aggiustava la mezza erezione. Rise e affondò nell'acqua dall'odore piacevolmente fruttato. «Magari io avrò un sapore altrettanto buono, dopo questo bagno.»

Beckett gemette.

«Forse se lo avessi, non importerebbe se bacio come un pezzo di cartone.»

Negli occhi azzurri c'era una punta di cauta curiosità. «In che senso?»

Zane spinse via le candele dalla vasca, buttandole giù sul pavimento. Diede una pacca sul bordo. «Siediti vicino a me.»

Beckett si accostò con riluttanza, ma senza sedersi. «Quella ragazza ti ha proprio turbato, eh?»

«Non importa. Una scusa in più per baciarti diecimila volte.»

«Diecimila?»

«Minimo. È il numero di baci necessario per diventare un maestro.»

«Mia sorella morirà di una morte *lenta e dolorosa*.» Beckett era vicino, eppure non abbastanza. Zane scivolò in ginocchio, l'acqua che strabordava dai lati. Si tenne in equilibrio aggrappandosi ai fianchi di Beckett e alzò lo sguardo sulle sue labbra dischiuse, sentendolo lottare per aggiungere distanza tra loro.

Zane serrò di più la presa. I jeans erano ruvidi sotto le sue mani... c'era troppa stoffa che li separava. La sua bocca era bollente e gonfia, pronta a esplodere in un bacio. Sarebbe stato crudele non concederglielo.

Il suo cuore martellava a ritmo con l'uccello pulsante che premeva sul bordo di porcellana. «Vorrei pontificare.» Che parola dal suono deliziosamente osceno. «O ascoltarti pontificare. O addirittura pontificare insieme.»

Beckett si passò una mano tra i capelli e mormorò: «Non so proprio di cosa stai parlando.»

Zane strinse ancora più forte, sghignazzò e lo tirò nella vasca.

L'acqua schizzò ovunque e le bolle volarono per aria.

Beckett si alzò a fatica in ginocchio, ridendo talmente forte che gli si aggrottò la fronte. «Oh, per l'amor del cielo. Avremmo dovuto cenare. Adesso sono sballato anch'io.»

La camicia fradicia gli si era incollata al petto e alla pancia. I jeans appesantiti erano scivolati in basso sul bacino. Zane gli tracciò un dito lungo la striscia di pelle nella parte inferiore dello stomaco. Beckett gli catturò la mano per fermarlo, ma lui tastò il rigonfiamento sotto il palmo e si avvicinò. Insinuò una coscia tra le sue e l'erezione bagnata gli finì contro il fianco di Beckett, regalandogli una pressione stordente.

I loro respiri si mescolarono e Beckett scosse il capo. «Ti ho promesso che non avrei lasciato che ti mettessi in imbarazzo.»

«Baciarti non potrebbe mai essere imbarazzante.»

«Dio, quanto vorrei che in questo momento non fossi sballato.»

«Non c'entra nulla che sono strafatto. Ho navigato le correnti impetuose del mio cuore. Ho cercato di superare gli ostacoli della mia storia d'amore istantanea.»

«Ci vuole tempo e pazienza.»

«No.» Zane gli scostò una ciocca ribelle dal viso. «Sono diventato più consapevole di me. E sono pronto a baciarti, toccarti e fare sesso con te, se vuoi.»

«Quanti brownie hai mangiato?»

«Ho superato gli ostacoli, Becky.»

La sua mano tremò in quella di Zane. Entrambe erano ancora allacciate alla base del suo stomaco. «Non tutti.»

«Eh?»

«Il fatto che sei sballato è un ostacolo *enorme*.»

«Perché?»

«Non posso essere certo che tu dica sul serio.»

«Dico sul serio, Becky. Domani non avrò cambiato idea.»

Nei suoi occhi si alternavano speranza e incertezza. Studiò le labbra di Zane e le sue palpebre si socchiusero. Si sporse in avanti e… si fermò. Con un gemito secco, si alzò di scatto e uscì dalla vasca.

Afferrò un asciugamano e ci soffocò contro una risata che era un mezzo lamento. «Sono un santo. Che io sia sempre lodato per questa serata.»

«Wow,» commentò Zane. «Un attimo fa eri qui e adesso, così all'improvviso, sei laggiù. È come se ti fossi teletrasportato. Ti sei portato via il mio cuore, Becky? Perché mi sento un po' vuoto.»

«Esci da quella vasca o ti prenderà un accidente.»

«Sono un pesce. Di sicuro non avrò problemi.»

«Ti ricordo che il mio cognome, Fisher, significa pescatore, quindi ti tirerò fuori di lì.»

«Non è minaccioso come credi, Becky. Oh mio Dio, ora sì che capisco cosa intendevi riguardo al pizzicotto sul sedere.» Zane si alzò e scavalcò il bordo con una gamba fino a raggiungere il tappeto. Un asciugamano gli si schiaffò sulla vita. «Ti è *piaciuto*. Vuoi che lo *rifaccia*.»

«Sei sballato da morire.»

«Sei tu che mi dai alla testa. Ti prego, lasciami giocare di nuovo con le tue chiappe. Meglio ancora, lo farò mentre ti bacio.»

Beckett uscì a passo di carica dal bagno. «LEAH!»

Zane gli corse dietro e la stanza ruotò con lui quando girò nel corridoio. Folle. I muri si stavano inclinando. Cazzo, c'era un tipo che lo fissava.

No, un attimo, era il suo riflesso.

Con una risata pronta a esplodere, Zane si appoggiò al tizio nudo, il suo nuovo amico. «Avevamo una missione, qual era?»

Riversare parole su Beckett. Fargli capire.

Dov'era l'uomo più principesco del pianeta?

Zane raggiunse il soggiorno e lo trovò a fulminare con lo sguardo un piatto di brownie. Leah era di fronte a lui e scrollava le spalle. «Non li ho preparati io. Però ne prendo volentieri u…»

«Dritti nella spazzatura.»

«Noooooooo!» Zane si lanciò verso il piatto, ma Beckett lo tenne fuori portata. «Sei pazzo? C'è tipo un chilo di cioccolata lì dentro.»

«Credevo che quella americana avesse un sapore strano.»

«Magari mi ci abituerò. Tentar non nuoce.»

«Mi permetto di dissentire. Nuoce eccome.» Il cambio di tono spinse Zane ad abbassare lo sguardo sui jeans fradici di Beckett, rigonfi sull'inguine.

«Quell'erezione significa che siamo sulla stessa lunghezza d'onda?»

A Leah scappò una risatina.

Zane le puntò addosso un dito e osservò Beckett. «Anche lei è strafatta.»

«Oh merda,» esclamò Leah. «Avrai il tuo bel da fare con lui.»

Beckett brontolò: «Se non hai preparato tu i brownie, chi…»

Zane sbatté una mano sul bancone. «Oddio. Ho avuto una folgorazione. Un'epifania.»

«Vuoi condividere quest'improvvisa intuizione?»

Leah ridacchiò. «Ti prenoto un posto allo Chiffon, produci parole a profusione?»

«Non costringermi a esibirmi su un palco,» protestò Zane, scuotendo la testa con foga. «Non lo farò. Non mi renderò ridicolo.»

«Già,» replicò lei con un sorrisetto. «Perché ti serve un palco.»

Beckett gettò i brownie nella spazzatura.

«Per tua fortuna sei il mio futuro marito,» piagnucolò Zane, e cadde in ginocchio davanti al bidoncino grigio. Gli diede una pacca su un lato. «Riposate in pace, tesori.»

Premette la fronte sul metallo freddo, che gli massaggiò la testa. Com'è che non ci aveva mai pensato? Il motivo a coste era fantastico.

Leah e Beckett parlarono, le voci cristalline... oh, quello era un *sorriso*. Cielo, vivere con il professore lo stava rendendo davvero intelligente.

«Marito?» domandò Leah. «Di sicuro gli avrai spiegato che non intendi risposarti.»

Sì, che lo farà! Magari entro la fine del mese.

Il respiro di Beckett fuoriuscì in un sibilo. «È sballato. Non è conscio di ciò che dice.»

Lo sono. Così conscio che mi formicola la pelle.

«È cotto di te, Becky.»

Lui si mosse, un calzino bagnato che strideva contro le piastrelle della cucina. «Lo so.»

«Lo sai? Significa che stai riconsiderando l'intera faccenda del *non mi risposerò mai finché campo?*»

«Certo che no. Zane avrà anche cominciato a capire che è attratto da me e io sarò anche abbastanza... debole da desiderare la sua attenzione, ma non può esserci futuro. È troppo giovane. Qualsiasi cosa succeda tra noi, per lui non sarà che sondare il terreno.»

«Se lo pensi, perché lasciarglielo fare?»

Beckett divenne silenzioso e Zane scosse il capo, il metallo che gli sbatteva contro l'attaccatura dei capelli.

«Perché speri di sbagliarti.» Leah emise un fischio.

«Non mi sbaglio,» ribatté Beckett con la voce che si spezzava. «Uscirà con qualche ragazza entro la fine della settimana.»

«Forse non lo farà.»

Perché le membra di Zane pesavano duecento chili? Non riusciva a muoversi. Impossibile sollevarle.

Doveva alzarsi. Dire a Beckett che si sbagliava.

«L'età di Zane non c'entra nulla,» continuò Leah. «Hai ancora paura.»

Una chiazza rossa gli passò accanto e Zane balzò in piedi. «Un gremlin!»

Un paio d'occhi azzurri incrociarono i suoi per un istante prima di sfrecciare lungo la stanza, verso l'ingresso. «È solo Leo. Probabilmente sta andando da Darla.»

«Darla. La mia epifania.» Zane rincorse il gatto e spalancò la porta.

«Aspetta,» lo chiamò Beckett a distanza ravvicinata. «I vestiti.»

Leah gli porse un paio di pantaloncini da ginnastica. Zane indossò il nylon setoso e infilò i piedi nei sandali.

«Forza, Becky. Risolveremo il mistero.» Si fermò sulla soglia e lo guardò da sopra una spalla. «Puoi portare qualcosa da mangiare? Anzi, no. Mangeremo dopo essere andati a trovare il nostro tesoro adorato.»

Marciò lungo il vialetto. Un'occhiata all'indietro gli rivelò che Beckett si stava mettendo un blazer.

Faceva freddo? Non lo notava.

Barcollò oltre il cancello e si avvicinò alla casa di Darla. Arrivato alla veranda, scorse Beckett che saltava la recinzione. Perché non ci aveva pensato? Avrebbe dovuto saltarla anche lui. Ehi, era ancora in tempo.

Sollevò una gamba e la allungò sopra il cancello.

Cavolo, la staccionata lì era più alta.

Si alzò in punta di piedi, il legno appuntito di un paletto che gli raschiava i testicoli, ricordandogli l'appuntamento fallito al ristorante di pesce.

Dio, quant'era stato perfetto che Beckett fosse arrivato a salvarlo?

«Stai venendo?» gli chiese l'uomo in questione. «O vuoi venire su quel cancello?»

Zane scavalcò con l'altra gamba e raggiunse la porta d'ingresso. La casa era buia. «Forse non dovremmo svegliarla?»

Dietro di loro si sentì sbuffare. Scesero giù dalla veranda e videro Darla, in camicia da notte, affacciata alla finestra. «State facendo abbastanza baccano da svegliare l'intero vicinato.»

Zane incrociò le braccia a coprirsi i capezzoli inturgiditi dal freddo e la guardò torvo. «È tutta colpa tua.»

«Volevi qualcosa per calmare i nervi, Zane. Ti ho dato una mano.»

«Avevo in mente una bella tazza di tè!»

«Nei brownie è più buona.»

Lui e Beckett si scambiarono un'occhiata inorridita. «Oh Signore, la mia vicina beve tè alla marijuana.»

«Ho dei problemi,» protestò lei.

«Be', io no,» ribatté Zane.

«Mi permetto di dissentire. Sto per esplodere solo a guardarvi.» Rivolse loro un sorriso e iniziò a chiudere la finestra. «E ora trovatevi una stanza.»

Beckett si stava già muovendo.

«Ehi, aspettami.» Zane inciampò e lo trascinò faccia a terra sul prato. Un sottile gemito sotto di sé gli fece sollevare il peso sulle braccia, il torso che copriva la schiena di Beckett. «Riesci a respirare?» gli chiese all'orecchio.

«A malapena.» Lui si puntellò sui gomiti e premette il sedere contro Zane, i cui pensieri si lanciarono verso lidi immaturi.

«Ah.»

«Che c'è?»

«Ho un altro motivo per cui dovresti comprare toppe per i gomiti.»

«E ora mi hai ucciso,» replicò Beckett, che collassò sull'erba con una risata di frustrazione.

Zane si scostò da lui e si scusò. Lo aiutò ad alzarsi e,

insieme, tornarono a casa a saccheggiare il frigo. Della musica classica si espandeva nell'aria. Intensa da paura.

Zane cominciò a rabbrividire.

Beckett lo guidò in camera e frugò tra i cassetti in cui aveva riposto i suoi vestiti. Recuperò una maglietta e gliela infilò da sopra la testa. Zane rabbrividì ancora più forte. Che freddo.

Recuperò il tappeto-toro dalla poltrona e se lo avvolse attorno. Beckett si era già cambiato con dei boxer asciutti e una maglietta. Lo tirò per un braccio, incoraggiandolo a mettersi a letto.

«Non senza il mio toro.» Non era quello il toro che Zane voleva addosso, ma il pelo sintetico gli scaldava la schiena.

«Non puoi dormire sulla poltrona, ti sveglierai tutto rigido.»

«Come se non mi succedesse ogni mattina.»

Beckett lo fulminò con lo sguardo. «Forza.»

Zane si arrese, diede qualche pacca al toro e lo risistemò prima di scivolare sotto le coperte accanto a Beckett.

Si accoccolò su un fianco rivolto verso di lui, che stava spegnendo la luce.

«Becky?»

«Sì?»

«Odio svegliarmi e trovarti dall'altra parte del letto. Rimani qui vicino, come alla tua fattoria?»

Il respiro di Beckett si fece irregolare. Le lenzuola si mossero e delle membra calde gli si incurvarono attorno, una gamba intrufolata tra le sue, una dolce pressione.

Zane allungò una mano nell'oscurità e trovò la sua. Le loro pelli si sfiorarono mentre intrecciavano le dita.

«Hai girato la foto di Luke faccia a terra. Dev'esserci una parte di te che vuole che io dica sul serio.»

«Zane.» Nella sua voce c'era una nota di avvertimento.

«Non ti stai ritraendo, ed è ben più che tenersi per mano in modo platonico.»

Il dorso della mano di Beckett era appoggiato sul suo petto, e Zane la strinse.

Lui deglutì rumorosamente. «Credo che tu sia ancora sballato.»

Resta qui, non muoverti. «Fammi addormentare con una delle tue lezioni.»

«Ancora sballato, non c'è dubbio. Lasciami indovinare, vuoi sapere tutto su Beckett?»

«Sì, ma per lui voglio essere lucido al cento percento. Perché non mi racconti di quel Joyce?»

Nella luce fioca che penetrava dalle aperture delle tende, Zane scorse il suo sorriso. «È un cuore felice che Joy-sce.»

Quello di Zane batteva all'impazzata.

L'amore è composto da un'unica anima che abita in
due corpi.
Aristotele

Capitolo Diciotto

Al risveglio, Zane fu accolto da un letto vuoto e da una serie di bisbigli che provenivano dal corridoio. Beckett e Leah. Gli girava la testa e aveva la gola secca da far male, ma ignorò la bottiglietta d'acqua che Beckett doveva aver lasciato per lui sul comodino. Si alzò dal letto e schiacciò un orecchio sulla porta.

Il suo stomaco protestava per il bisogno di cibo e lui si augurava che non fosse talmente rumoroso da farlo beccare.

Beckett si era addormentato tra le sue braccia, le membra lisce e snelle e il respiro caldo, però era già la seconda volta che Zane non lo trovava al risveglio. Non ce ne sarebbe stata una terza.

Frasi smozzicate filtrarono attraverso la porta.

Di che parlavano? Della sera precedente?

Doveva scoprire cosa passava per la testa di Beckett. Ci avrebbe riso su come se non fosse successo nulla di che? Avrebbe ignorato l'accaduto? Aspettato che fosse Zane a tirar fuori l'argomento?

«Devo andare al lavoro, Leah.»

«Sono le sette del mattino. Stai scappando.»

«No, mi avvio con calma verso il campus per mettermi in pari con la valutazione degli studenti.»

Non aveva detto che gli piaceva correggere a casa?

Zane ricacciò indietro un piccolo ringhio. Beckett *stava* scappando.

«Prepara un caffè e va' a parlare con lui,» lo incoraggiò Leah.

«Era sballato. Si dicono un sacco di cose senza pensare.»

«Andiamo, sappiamo entrambi che si è solo più sinceri.»

«Il che non significa che fosse pronto ad aprirsi. Non gli forzerò la mano.»

«Maschi,» brontolò lei. «Siete incredibili.»

«Ciao, Leah.»

Zane si accigliò. Comprendeva le remore di Beckett… fino a un certo punto. Okay, voleva concedergli tempo e spazio per essere sicuro di ciò che desiderava. Grandioso. Fantastico, a dire il vero.

Ma darsela a gambe prima della loro visita quotidiana al King's? Era proprio maleducazione.

Si vestì, scolò l'intera bottiglietta d'acqua e segnò un'altra tacca deprimente sul calendario.

Due settimane a partire dall'indomani, sarebbe stato su un aereo a migliaia di metri sopra il Pacifico, spiaccicato tra due sconosciuti, diretto verso una splendida terra, dei genitori affettuosi e un cuore vuoto.

Credeva che avrebbe sofferto a separarsi da suo fratello, invece era nulla rispetto al dolore che avrebbe provato.

Quasi l'universo volesse gettare sale sulla ferita, Jacob lo chiamò per organizzare la sua festa d'addio.

Zane aveva un macigno sullo stomaco. Finita la telefonata, si accasciò sulla sedia e fissò il suo toro. «Starmene qui a piangermi addosso non servirà a nulla. Lo so, lo so. È che mi sento un po'… scornato.»

Un minuto più tardi si ricompose, recuperò portatile, tavoletta grafica e pennini e si diresse al King's.

La mattinata passò in un baleno. Zane si era immerso nella musica e nella sua arte e aveva scritto la bozza della storia. La rilesse tre volte. Reputandola pronta, la inviò a Beckett.

Il pranzo con Darla fu silenzioso e basato su una guerra di sguardi sempre più assottigliati. Lavati i piatti, Zane baciò la vecchia strega sulla guancia e andò all'ultima lezione di Beckett della giornata.

S'intrufolò nell'auditorium insieme a un gruppetto di studenti con gli occhiali dalle montature spesse. Scivolò lungo lo schienale del suo posto accanto a Evelyn. Beckett non l'aveva ancora notato e lui non sapeva bene come prenderla.

Era ancora risentito per essere stato abbandonato quella mattina.

Il professore prese vita davanti agli studenti, la voce un flusso regolare con pause calcolate. Più animato del giorno precedente. E più sorridente. Come se qualcosa l'avesse messo di ottimo umore.

O forse era la letteratura che lo ringalluzziva.

Dopo un quarto d'ora perse il filo del discorso; Zane alzò la testa dagli appunti e lo trovò che lo guardava sbattendo le palpebre.

Accolse quell'occhiata sorpresa e inarcò un sopracciglio. Si augurava di passare due concetti: quanto poco gli fosse piaciuta la sua brusca fuga mattutina e quanto non vedesse l'ora di riportarlo a casa.

Beckett proseguì con la lezione, visibilmente distratto. Fece cadere il pennarello per la lavagna, confuse le slide e si ritrovò a ripetere una nozione già accennata in precedenza.

L'ora finì e, ancora una volta, la stanza divenne una cacofonia di chiacchiere, fogli spostati e scrivanie che scricchiolavano. Evelyn gli rivolse un piccolo sorriso e mise tutto in borsa, poi ridacchiò e si sbatté un palmo sulla fronte.

«Stai bene?» le domandò Zane.

«Sì, sono proprio una cretina. Stavo decidendo se scusarmi o meno per averti invitato a uscire ieri. Be', mi dispiace.»

Lui aggrottò la fronte.

«Non devi scusarti.»

Lei scrollò le spalle. «Non sapevo che fossi impegnato.»

«Sì, lo sono... aspetta, come lo sai?»

«Me l'ha detto il professor Fisher.»

Aveva fatto cosa?

Zane la salutò con un breve cenno di mano. Alcuni studenti si trattennero, tenendolo separato da Beckett. Il che forse non era un male, visto che d'improvviso aveva una gran voglia di vomitare. Fece dei respiri profondi per combattere la frustrazione e calmarsi abbastanza da attirarlo fuori dal campus.

«Eri distratto oggi,» commentò.

«Chissà come mai.»

«Magari, se fossi venuto con me al King's, non ti saresti impappinato al solo vedermi in classe.»

«Sono sicuro al cento percento che mi sarei impappinato comunque.»

Tenendo il passo, Beckett si sistemò la borsa sul fianco e aggiustò la presa su una sportina giallo acceso.

Zane lo scrutò con la coda dell'occhio nell'attesa di una spiegazione riguardo al King's. Riguardo a Evelyn.

Non ne ricevette alcuna, per cui accompagnò il suo ragazzo a casa in silenzio.

Si chiuse la porta alle spalle sbattendola abbastanza forte da farlo notare.

«Okay,» esclamò Beckett. Mise giù la borsa e si levò le scarpe. «Mi sono perso qualcosa? Spara.»

Zane si sfilò le proprie. Non sapeva da dove cominciare. «Non mi hai lasciato la possibilità di dire no a Evelyn. Stai attentissimo a non darmi mai una spintarella, nemmeno quando sono così ridicolo da non cogliere i segnali, perché credi nel potere della consapevolezza di sé, eppure... Evelyn.»

D'accordo, sapeva da dove cominciare.

E non aveva finito. «Ti sei messo in mezzo e impicciato. Non ti sei fidato di me.»

Beckett fece una smorfia. «Forse ho dato per scontato che lei non t'interessasse e volevo aiutarla.»

«Oddio, ma sentiti. Sei *davvero* il signor Darcy.»

Beckett sollevò il mento. «Non voglio che qualche Wickham ti abbordi, *Lizzy*.»

Zane si accostò a lui, bruciante di frustrazione. «Sai che c'è?»

«Cosa?» Gli occhi azzurri risplendevano, ed eccoli lì. Ogni segreto e vulnerabilità, speranza e paura che esplodevano tra loro in un disperato istante.

Quant'era stato stupido. Riconosceva quello sguardo. Tutti quelli che avevano condiviso erano ugualmente magici.

È che l'avevano lasciato talmente senza fiato che non l'aveva capito.

«Non scordiamoci come finisce la storia, professore.»

Inclinò il capo di qualche centimetro, gli prese il viso tra le mani e lo baciò. Premette con decisione, un incastro perfetto. A Beckett sfuggì un gemito lieve che gli solleticò il labbro inferiore mentre si scostava e lo baciava di nuovo.

Braccia attorno al collo che lo attiravano più vicino.

Zane gli fece scivolare le mani sulla vita e lo strinse forte a sé. Il suo cuore palpitava, il corpo tremava, la bocca ardeva dalla voglia di assaggiare.

Stuzzicò quella di Beckett con la punta della lingua e gli schiuse le labbra. Lui gli afferrò la nuca e rispose all'approccio tentennante con affondi più esigenti.

Zane andava a fuoco. Il bacio divenne frenetico mentre indietreggiavano lungo il corridoio fino a raggiungere la loro stanza. Caddero insieme sul letto e lui si scostò di lato, su un fianco, allontanandosi giusto il tanto da guardare per bene il suo ragazzo.

Beckett lo imitò, le gambe intrecciate alle sue. «Mi hai baciato.»

Zane gli accarezzò la sporgenza della mascella. La sua bocca si schiuse come se quel piccolo tocco gli avesse rubato il respiro. «Stai tremando.»

Beckett si spinse in avanti di qualche centimetro e fece sfiorare le loro labbra. «Autocontrollo, ricordi?»

Zane era convinto che fosse una mezza verità. «Voglio essere qui con te, Becky.»

«Lo so.»

Lui però non era sicuro di quanto. «Cosa stai pensando?» *Cosa stai provando?*

«Voglio che mi tocchi.»

Zane lo afferrò e se lo attirò sopra. Beckett sbatté le palpebre, gli avambracci puntellati sul suo petto, i bottoni del blazer che gli premevano sullo stomaco.

Zane tirò l'indumento. «Te lo togli?» gli chiese con voce roca.

Beckett si sollevò finché non fu seduto a cavalcioni del suo bacino, il sedere sodo che gli sfregava sull'erezione. Zane si morse il labbro per contrastare i brividi che lo attraversavano.

Lo aiutò con i bottoni. Avevano entrambi il fiato corto e gli occhi di Beckett si erano fatti più scuri.

«Sei splendido,» gli disse Zane.

Lui si fermò, il blazer mezzo sfilato, e sorrise.

Le dita di Zane gli tracciarono le spalle della camicia per levargli le maniche dalle braccia. «Dentro e fuori.»

Beckett si chinò a baciarlo, il respiro che tremava in maniera percettibile.

Con il cuore che martellava, Zane si dedicò alla camicia. Le lingue approfondirono il bacio mentre loro due si liberavano dei vestiti. Beckett lo tirò su per togliergli felpa e maglietta e Zane perse la testa quando i loro petti nudi si strofinarono. Scosso da una scarica di centinaia di volt, lo strinse forte, il suo peso caldo e solido.

Lo agguantò per il retro della testa, le dita che s'insinuavano tra i capelli morbidi, e gli sfregò una guancia sulla mascella posandogli baci a labbra aperte giù per il collo. Incoraggiato da un rantolo spezzato, lo rifece e si inarcò per premersi contro il suo uccello.

La lingua di Beckett gli danzò sull'orecchio, seguita dal lieve grattare dei denti. Sembrava volesse morderlo, fargli un grosso succhiotto sulla gola e marchiarlo. Invece ricambiò la scia di baci lievi lungo il collo.

«Di più,» mormorò lui, scosso dai brividi. *Avanti, fammi quel succhiotto. Sono tuo.*

«Quanto di più, Zane?» gli chiese Beckett sulla clavicola.

Lui lo agguantò per i fianchi e fece scontrare le loro erezioni. «C'è troppa stoffa tra noi.»

«Ci togliamo i pantaloni, e poi? Devi dirmi adesso fin dove vuoi arrivare.»

Zane gli catturò la bocca con un bacio e gli mordicchiò il labbro inferiore. «Andrò fin dove vorrai. Ma...»

«Ma?»

«Non so come farlo.»

Beckett gli dedicò un sorriso dolce. Gli posò un bacio sulle labbra e intrufolò una mano tra loro a cercare la sua cerniera. La leggera pressione trasformò il suo sesso da duro a dolorante.

Zane gemette e si spinse giù i jeans nel tentativo disperato di aiutarlo a sfilarglieli dal sedere. Ributtò la testa sul materasso quando il suo membro venne liberato e si aggrappò alle lenzuola quando lo sentì sfiorare dal respiro del suo ragazzo che gli rimuoveva l'indumento.

«Signore benedetto, sei sexy da impazzire,» mormorò Beckett, alzandosi per togliersi i pantaloni.

Zane si puntellò sui gomiti e, da sopra l'uccello gonfio e teso, lo osservò levarsi rapidamente i boxer.

Beckett gli percorse il corpo con lo sguardo e si afferrò l'erezione, concedendole una carezza distratta. Deglutì, il pomo d'Adamo in rilievo, e abbassò le palpebre. «Puoi restare lì, se preferisci.»

«No,» rispose Zane. Si alzò a sedere e piazzò i piedi sul pavimento, ai lati dei suoi. «Non preferisco.»

Gli mise le mani sui fianchi, le fece scivolare attorno alla curva del sedere e lo attirò nel varco tra le sue gambe. Sollevò gli occhi a incontrare i suoi, cauti e a mezz'asta. «Ti sei davvero masturbato ascoltandomi?»

Lui annuì.

«Non sono riuscito a scacciarmi quell'immagine dalla testa, Becky. Mi eccita da morire.»

«Da quando sei arrivato sono costretto a fare due docce al giorno.»

Zane gemette alle fantasie erotiche che gli affollarono la mente. Con la mano che tremava, gli risalì una coscia fino ad arrivare ai peli pubici ben curati alla base della grossa erezione. La strinse, scoprendo la sensazione di averne tra le dita una che non gli era familiare.

Beckett sussultò al suo tocco e Zane fu assalito dal desiderio di strappargli altri versi spudorati.

Lo accarezzò piano. La pelle morbida che ricopriva il membro circonciso era più tesa della sua. Il glande sporgeva, a forma di prugna, e la fessura luccicava di sperma. Zane ci passò sopra il pollice, in cerca di conferme, e fu subito incoraggiato dall'ansito di Beckett.

A Zane di norma non serviva il lubrificante per masturbarsi, ma magari lui lo preferiva.

Il calore gli risalì lungo il collo. Era eccitato alla follia e annaspava all'intensità di quella nuova esperienza.

Mollò la presa, afferrò Beckett per il sedere e gli appoggiò la testa sullo stomaco. Ispirò il vago sentore di dopobarba e l'odore muschiato del sesso. «Come faccio a darti piacere?»

Gli massaggiò le natiche e lo mordicchiò sulla pancia piatta, appena a sinistra della striscia di peli. Lo stomaco si contrasse e delle dita si insinuarono tra i suoi capelli, tirandolo indietro con gentilezza.

«Il suono della tua voce al mattino mi dà piacere. Ridere con te quando mi accompagni al lavoro o ceniamo o sei sballato mi dà piacere. Fermati adesso, e mi sentirò alla grande.»

«Sì, anch'io. Il sesso non è necessario. Ma Becky?»

«Zane?»

«Voglio farlo.»

Gli occhi azzurri si scurirono e Beckett lo scostò, si piegò nell'armadio e tornò strizzandosi del lubrificante sulle dita.

Mentre si spalmava il liquido luccicante dalla base alla punta, Zane deglutì e si accarezzò. I brividi si rincorsero provocandogli la pelle d'oca. L'aria sembrava più vivida attorno al suo corpo e il minimo movimento della mano la agitava contro la sua pelle ipersensibilizzata.

Piazzò i piedi sulla cucitura della coperta e si spostò più al centro del letto.

Beckett gli gattonò dietro. Zane fu percorso da un fremito d'agitazione e una scossa di calore gli fece scattare l'uccello.

Ne sentì un altro strusciargli sulla coscia, sul fianco. Beckett si appoggiò alla sua spalla e si calò su di lui.

I loro membri durissimi si incontrarono. Il suo corpo assorbì il calore e la tensione di quello di Beckett, che inspirò sul suo capezzolo. Zane si contorse al risucchio d'aria. «Promettimi di non sfoderare paroloni, professore. Già così non durerò a lungo.»

«Niente prosa sesquipedale, polisillabica?»

«Becky,» gemette Zane.

Lui rise e si stirò, l'erezione che gli scivolava sulla parte bassa dello stomaco. «Non durerò a lungo nemmeno io.»

Zane alzò il capo. I loro nasi cozzarono e i loro sguardi si lanciarono in un valzer inebriante.

Un bacio lento si trasformò in tanti più esigenti mentre si stringevano più forte, eccitati allo spasmo. Zane invertì le posizioni nel tentativo frenetico di essergli il più addosso possibile. Quando Beckett si inarcò, insinuò una mano tra loro e afferrò gli uccelli di entrambi, accarezzandoli tra un bacio affannato e l'altro. I loro testicoli rimbalzarono insieme. Beckett mugugnò qualcosa di incoerente, le dita conficcate nella sua scapola.

Zane mosse il pugno avanti e indietro. La pressione sulle punte era una scarica di piacere che cresceva di intensità a ogni carezza.

Beckett si contorse sotto di lui. Eleganza aggraziata tramutata in bisogno tremante, nudo e crudo e così vulnerabile che al solo vederlo Zane fu divorato dal desiderio e aumentò il ritmo ancora e ancora.

Dio, voleva dargli di più. Voleva seppellirsi nel suo corpo meraviglioso e sentirlo tendersi mentre gli veniva sullo stomaco. E lo voleva dentro di sé, talmente a fondo che ogni spinta gli avrebbe agitato le farfalle nello stomaco.

E... e... voleva...

Mollò la presa, provocando il gemito confuso di Beckett. Scivolò lungo il suo corpo, gli piazzò i palmi sui fianchi e portò la bocca a un centimetro dal suo glande gonfio. «Posso assaggiarti?»

Con il respiro spezzato, lui annuì. «Vuoi farlo?»

Zane ci passò sopra la lingua. Salato sotto il sentore dolce del lubrificante. Riprovò, succhiando un po' esitante.

Beckett ansimò come se avesse appena toccato nuove vette di piacere. Se così poco lo faceva godere tanto, Zane desiderava dargli tutto.

Gli divaricò le gambe e si sistemò nel mezzo, posizionato in modo che il suo uccello strusciasse sulla coperta. Prese quello di Beckett in bocca, la punta arrotondata che gli scorreva sulla lingua e gli sbatteva sul palato. Aggiustò l'angolazione e succhiò.

A Beckett sfuggì una serie di imprecazioni oscene che ridussero Zane a un passo dall'orgasmo.

Strinse il sesso alla base e mosse la bocca più veloce e più a fondo. Era caldo e pesante sulla lingua. La consapevolezza che stava facendo scalciare, tremare e supplicare Beckett gli strappò un gemito.

Beckett si inarcò talmente tanto da staccarsi dal materasso. «Zane, sto…»

Lui lo agguantò per il sedere e lo spinse più su che poteva. Beckett sussultò e il suo uccello gli pulsò in bocca, il liquido che gli schizzava sul fondo della gola. Zane lo succhiò durante l'orgasmo, proprio come sarebbe piaciuto a lui, strappandogli un grido.

Quando fu certo che avesse finito, si scostò.

Beckett aveva il viso arrossato e il petto che si alzava e abbassava mentre riprendeva fiato. I loro sguardi s'incrociarono e una traccia di vulnerabilità attraversò quello di Beckett, che deglutì e incurvò un dito. «Vieni qui, Zane.»

Lui ignorò l'erezione dolorante e risalì lungo il corpo del suo ragazzo per baciarlo. Si augurava che sapesse ciò che provava. Che era presente al cento percento. Che poteva fidarsi di lui.

Beckett gli avvolse le braccia attorno al collo e gli rivolse un sorriso tremante. «Stenditi su di me.»

Lui obbedì. L'uccello gli sfregò su una coscia e Zane sibilò alla scossa di piacere.

«Ecco, così,» lo incoraggiò Beckett, posandogli un palmo sulla guancia. «Muoviti su di me.»

«Sei già venuto. Posso occuparmene in bagno, se vuoi.»

Beckett alzò il capo e gli sussurrò all'orecchio: «Vorrei che ti muovessi su di me.»

Le farfalle gli svolazzarono sulla pelle mentre si spingeva contro di lui.

Le mani di Beckett vagarono sulla sua schiena e un dito scese più in basso e gli accarezzò la piega delle natiche. Zane perse la testa e si dimenò fino a raggiungere un appagamento stordente. Lo sperma fuoriuscì a fiotti e lui ci si strusciò in mezzo continuando a venire e venire.

Beckett lo prese tra le braccia e lo tenne stretto durante l'orgasmo. Così stretto che sembrava quasi temesse che Zane non sarebbe rimasto.

Ciò che viene dal cuore va dritto al cuore.
Samuel Taylor Coleridge

Capitolo Diciannove

Z ane ordinò a Beckett di non muoversi e andò a recuperare un panno umido.

Quando si furono ripuliti, Beckett balzò giù dal letto con grazia e a passo deciso.

«Torna qui,» lo richiamò Zane dalla camera. «Non ho ancora finito con te.»

Lui ricomparve nella stanza con la sportina giallo acceso e un sopracciglio inarcato. «Ammiro la tua energia, Zane, ma il secondo round dovrà aspettare.»

Lui gli si lanciò addosso e lo prese tra le braccia. Il sacchetto gli sbatté contro il retro della coscia. «Niente commenti graffianti, mi piacciono le coccole dopo il sesso.»

Beckett sorrise nel bacio dolce.

Zane lo trascinò di nuovo sul letto, su cui rimasero goffamente inginocchiati al centro. «Che c'è lì dentro?»

Beckett si accucciò sui talloni e si mise in grembo la sportina gialla. «Era un po' che avevo l'impressione che mi trovassi attraente. Che forse fossi qualche gradino più in alto nella Scala Kinsey.»

«Scala Kingly.» Zane gli diede una pacca sulla spalla. «Non preoccuparti, professore. Nessuno può sapere tutto.»

Beckett si grattò il naso. «Volevo che ci arrivassi da solo. Stamattina sono scappato perché temevo che avessi scordato le cose che mi hai confessato mentre eri sballato.»

«I diecimila baci? Oh, dicevo sul serio.» Zane si sporse in avanti per rubargliene un altro e si impossessò anche della sportina. Sbirciò all'interno e si immobilizzò.

«Sono arrivato al lavoro e ho trovato questo.»

«Nella spazzatura?» chiese lui, con lo stomaco aggrovigliato e la pelle che scottava.

«No, era appoggiato sulla mia scrivania.»

Ce l'aveva messo la professoressa Mable? «Spero che tu non abbia mangiato il manzo e i broccoli.»

«Il cibo non c'era più. Qualcuno deve aver pensato che volessi conservare il disegno, ed è vero.»

Zane si massaggiò il collo. «Credevo che preferissi le parole, professore.»

«Quando mai ho detto una cosa simile?» Beckett tirò fuori il contenitore con l'immagine di loro due che si baciavano. «Sono rimasto a guardarlo così a lungo che sono arrivato in classe in ritardo mostruoso.»

«È anche il motivo per cui eri tanto esultante?»

«Finché non ti ho visto e ho perso la testa, sì.»

Zane gli prese il contenitore, che posò sul comodino, e lo spinse a stendersi di lungo sul letto. «Sono felice che ti sia piaciuto, Becky.»

«Lo adoro,» ribatté lui, e si accoccolò su un fianco, rivolgendogli la schiena. Allungò una mano all'indietro e si attirò il suo braccio sullo stomaco. «Ogni volta che lo vedrò, mi ricorderò di te.»

Ricorderò.

E rieccolo. Non credeva che tra loro sarebbe durata.

Zane avrebbe potuto *dirgli* che si sbagliava, che prometteva di esserci sempre in futuro. Ma Beckett aveva ragione su una cosa: arrivarci da soli aveva più impatto.

No, non gliel'avrebbe detto. Gliel'avrebbe *dimostrato* in modo che tirasse lui stesso le conclusioni.

Curvò il proprio corpo più lungo attorno al suo principe in una muraglia difensiva. Avrebbe convinto Beckett che era un pesce su cui un toro poteva fare affidamento.

ZANE SI SVEGLIÒ E SORRISE. Beckett non era fuggito. Non si era rintanato sul bordo del materasso. Era proprio dove avrebbe dovuto, con la schiena premuta contro il suo petto.

Stiracchiò le braccia attorno a quel corpo perfetto, il palmo posato lievemente alla base dello stomaco, un'erezione che gli sfiorava l'avambraccio. La sua era accoccolata, gonfia e bollente, tra le cosce di Beckett.

Inspirò il miscuglio dei loro aliti mattutini e lo baciò sulla nuca.

Beckett si svegliò.

«Cosa vuoi fare nel weekend?» gli sussurrò Zane. «Chiedi e ti sarà dato.»

«Leggere Tolstoj in tandem?»

«Ritiro l'offerta.»

Beckett si rigirò nel suo abbraccio. «Abbiamo entrambi un mucchio di panni da lavare.»

«E la spesa settimanale. Abbiamo finito la carta igienica.»

«Di già?»

«Temo di essermi lasciato prendere la mano dalle parole del giorno. Oh, ci servono anche il bagnoschiuma e i cerini. I sacchetti per l'immondizia, e mi piacerebbe preparare un arrosto della domenica, ricetta *kiwi*.»

«Perfetto. Io purtroppo ho del lavoro da finire e Finnegan voleva uscire a bere qualcosa stasera.»

«Finnegan,» ripeté lui, assottigliando lo sguardo. Beckett rise e Zane lo fece smettere con un bacio. «Sto scherzando. Mi sta simpatico, siete molto legati ed è importantissimo che tu coltivi le tue amicizie. A patto che dopo tutta quella pretenziosità...»

«Il pene party lo faccia con te?»

Zane gli mordicchiò le labbra. «Ottimo piano. Mentre sarai fuori, comunque, vorrei studiare meglio i miei personaggi principali. Assicurarmi che siano perfetti prima di proseguire con la storia.»

«Non ho ancora avuto occasione di dare un'occhiata alla tua bozza di trama.»

«Fa' con calma.»

«È che vorrei farlo come si deve. Darle la mia completa attenzione. La leggerò nel weekend, mi prenderò il tempo di assimilarla, poi la prossima settimana la stamperò e ci scriverò le mie annotazioni.»

«Mi rende nervoso sapere che la leggerai. Sarai abituato a bozze che avrebbe potuto scrivere Joyce. Non uno dei Muppets che si è impadronito di una penna.»

«Zane...» lo ammonì lui.

«Noci. Abbiamo finito anche quelle.»

Beckett gli si sdraiò sopra. «Parlando di cose che si mettono in bocca...»

«Bel collegamento, professore. Di classe.»

Una risata gli solleticò il mento. «Ti prego,» provò lui. «Lascia che mi prenda cura di te.»

Un'ondata di affetto attraversò Zane e Beckett gli posò il più lieve dei baci sulle labbra.

Alzò la testa per ricambiare, massaggiandogli i fianchi e passandogli un dito alla base della schiena, cosa che sembrava aver gradito molto la sera precedente.

Beckett gli afferrò le mani e gliele bloccò sopra la testa, contro il cuscino morbido. Scosse il capo. «Fermo e goditela.»

«Tu dopo, allora.»

Lui continuò a scuotere il capo.

«Ma…»

«Shhh.» Gli mordicchiò il lato della gola. Le loro erezioni si strusciarono per uno stuzzicante secondo e Zane fu scosso dai brividi.

Gli era poco familiare avere qualcuno che voleva prendersi cura di lui. Lo spiazzava, addirittura. Era abituato ad accertarsi che le sue partner ricevessero le attenzioni necessarie.

«Voglio succhiartelo,» sussurrò Beckett.

Il suo fiato caldo gli spiovve sulla curva del collo, seguito da una lingua che gli mozzò il respiro.

«Uhm, posso confidarti un segreto, Becky?»

«Qualsiasi cosa.» Gli posò una serie di baci sul petto, il tocco delle labbra morbide che gli solleticava i peli.

Zane si dimenò quando gli catturò un capezzolo e lo tormentò tra i denti, la lingua che scattava contro la carne turgida. Di sicuro sentiva il ritmo irregolare del suo cuore?

Si spostò con le labbra verso l'altro pettorale, il che rendeva difficile pensare. Zane allacciò le mani dietro la testa e lo osservò spostare la coperta e riprendere a tracciare baci sul suo stomaco. Poi gli fece scorrere le unghie ai lati del torso, strappandogli un gemito.

«Cosa volevi dirmi?» gli mormorò sull'ombelico.

«È che… non ho mai… nessuno me l'ha mai succhiato prima d'ora.»

Beckett si immobilizzò, le dita conficcate nei suoi fianchi. «In che senso?»

«Ho fatto parecchio sesso, ma… nessuna ragazza ha mai voluto ricambiare quella specifica cortesia. Non c'è problema. Non è necessario. Nemmeno tu devi.»

Beckett ringhiò. «Porca miseria, sei troppo altruista a letto.»

Gli posò un palmo sullo stomaco e spostò la testa sopra la sua erezione. «E, Zane?» La afferrò alla base in una morsa perfetta.

«Sì?»

«Voglio farlo. Davvero tanto.»

L'eccitazione lo travolse. Abbandonò le braccia di lato e serrò le lenzuola tra le dita. Annaspò nell'attesa che Beckett abbassasse la testa. Il cuore gli martellò quando la sua bocca calda e umida si chiuse attorno alla punta.

Gli sfuggì una sequela di parole troncate, tra cui la promessa che sarebbe venuto come una fontana... e presto.

Beckett fece scivolare il suo uccello dentro e fuori, lavorando con la lingua e la gola morbida. Se Zane aveva creduto che fosse abile con le dita, be'...

Resistette all'istinto di alzare i fianchi e affondare nella sua bocca perfetta. Rovesciò il capo all'indietro. Per quanto detestasse che da quella posizione non riusciva a vederlo, il piacere era troppo assurdo, gli scatenava un fuoco dentro.

Con le dita dei piedi che si arricciavano a ogni carezza e suzione, Zane supplicò di raggiungere l'apice.

Beckett si mosse, lasciò andare la base del suo membro e gli afferrò le natiche da in mezzo alle cosce. Staccò la bocca e Zane gemette per l'interruzione.

«Ci sei quasi?»

Un rantolo incomprensibile.

«Scopami la gola e vieni.» Beckett si riavventò sul suo uccello e gli strinse il sedere, mandandolo in orbita fino a fargli vedere le stelle. Zane spinse in fretta nella sua bocca e l'orgasmo gli esplose dentro. Ondate di piacere si abbatterono su ogni centimetro del suo corpo e lo tennero in ostaggio.

Beckett si scostò appena. Zane era talmente a corto di fiato che riuscì giusto a incurvare un dito per invitarlo ad avvicinarsi.

Lui obbedì e strisciò verso l'alto.

Zane gli tracciò pigramente il sorriso compiaciuto. «La tua bocca è magica.» Sollevò il capo a baciarlo. «Da come mi doni nuove parole a come mi lasci senza.»

Si baciarono ancora e Zane allungò una mano verso la sua erezione, solo per sentirsela scacciare via. «Questo momento è per te. Ora vado a fare una doccia, poi andiamo al supermercato.»

Si alzò e lo lasciò sfatto sul loro letto *di monogamo*.

~

La settimana seguente trascorse così in fretta da sembrare un montaggio.

Iniziavano la giornata al King's, lavoravano, si incontravano per pranzo, tornavano a lavorare, preparavano la cena che mangiavano con Darla, facevano la loro passeggiata quotidiana fino al palchetto, rientravano a leggere o disegnare e pomiciavano come due adolescenti finché non si venivano in bocca a vicenda. Poi si addormentavano in un intreccio di membra e letteratura, e al risveglio ricominciavano da capo.

Zane lo adorava. Adorava pianificare i pasti per la settimana, adorava stare seduto a letto con la musica a tutto volume a disegnare vignette e adorava assistere alle lezioni di Beckett.

Il venerdì si svegliarono tardi. Beckett lo baciò mentre si strusciavano l'uno sull'altro, il pugno attorno a entrambi i loro uccelli. «Non abbiamo molto tempo.»

Le parole gli soffiarono sulla spalla in un sussurro carico di panico e le carezze divennero disperatamente veloci.

Zane si costrinse a ignorare l'orgasmo imminente e incrociare gli occhi lucidi di Beckett.

Lo baciò e venne due secondi dopo di lui. Non aveva mai provato un piacere tanto intenso e al contempo tanto intriso di paura.

Beckett non si riferiva all'inizio delle lezioni, stava parlando del suo visto. Gli restava una settimana.

Benché la voglia di chiedergli di sposarlo gli pulsasse nel petto, e per quanto fosse convinto che fossero destinati a stare insieme, il passo successivo doveva compierlo Beckett.

Zane poteva solo intensificare gli sforzi. Seguì tutte le istruzioni di wikiHow su come coltivare la fiducia – gli porse domande, si aprì a ogni risposta, gli concesse spazio e tranquillità per frequentare gli amici – ma non era abbastanza.

Non aveva ancora compiuto un gesto eclatante.

Lo aiutò a indossare il blazer. Posandogli un bacio sulla nuca, lo circondò con le braccia per abbottonarglielo. «Mi piacerebbe portarti a cena e a fare una passeggiata, dopo le lezioni.»

I loro occhi si incrociarono nello specchio del corridoio e Beckett parve immobilizzarsi nella sua stretta, quasi intuisse che non si trattava di una semplice serata insieme. Per tutta risposta, sbatté le palpebre con aria nervosa e si liberò dal suo abbraccio per raggiungere la porta.

«Oggi in classe parleremo di Beckett.»

Zane gli rivolse un sorrisetto. «Il mio preferito.»

«*Samuel* Beckett.»

«Allora mi serviranno proprio cena e passeggiata.» In realtà sapevano entrambi che gli piacevano parecchio le lezioni di letteratura.

Con le labbra appena incurvate, il professore si caricò la borsa in spalla e uscì di casa.

A dispetto del cielo annuvolato e di un'intera giornata senza Beckett, Zane andò da Darla e le sedette accanto sulla veranda. Lei aveva una boccetta di smalto e lo stava applicando sulle unghie di una mano, aperta sopra una rivista.

«Mi piace quella tonalità di blu, tesoro.»

Darla gli passò la boccetta e mise giù la mano destra.

«Immaginavo che avresti apprezzato. È quasi lo stesso colore degli occhi brillanti di qualcuno, eh?»

Lui raccolse una goccia di smalto con il pennello e gliela stese sul pollice. «Credo che tu sia un po' una so tutto io.»

«Non so un bel niente, Zane,» sospirò lei. «Sono un Toro e il mio adorato marito era un Pesci. Dal momento in cui ti ho conosciuto, l'ho rivisto in te. Sono una vecchia impicciona che voleva soltanto rivivere com'è innamorarsi.»

Zane le sollevò la mano, ne baciò il dorso e riprese a dipingerle le unghie. «È un diverso tipo di sentimento, ma mi sono innamorato anche di te.»

«Anche?» domandò lei, le rughe più pronunciate attorno a un sorriso mentre indicava l'altro lato della villetta bifamiliare.

«Di lui, prima.»

«Lo sa?»

«Non gliel'ho confessato a parole. Ma stasera, Darla, lo farò. Sarà perfetto.»

Non appena lo disse, il cielo si aprì e la pioggia si abbatté sul terreno.

Darla fece una smorfia. «Penso sia meglio non leggere il tuo oroscopo di oggi.»

«Okay, questo non era nei piani.»

«Hai seguito Google Maps per arrivare al cimitero, dove ci hanno rapinati. Quale parte *era* nei piani?»

Zane era in imbarazzo. E meno male che voleva dimostrargli che poteva fidarsi di lui. «Pensavo… siamo venuti qui durante la nostra prima passeggiata serale. Avrebbe dovuto essere romantico.»

Beckett smise di strapparsi i capelli e sospirò. Una mano afferrò la mascella di Zane, seguita da un bacio. «Almeno era un borseggiatore educato. Mi ha restituito il portafogli.»

«Dopo averti preso i soldi.» Zane digrignò i denti per la frustrazione. All'inizio non si era nemmeno reso conto che li stavano derubando. Credeva che il tizio volesse solo delle informazioni. Aveva addirittura sorriso.

Era proprio un fidanzato fantastico e protettivo. Il migliore.

«Ehi,» lo chiamò Beckett, attirando la sua attenzione. «Settanta dollari. Non è la fine del mondo. Abbiamo ancora i cellulari.»

«Mi dispiace, Becky. Non è affatto così che doveva andare la serata.»

Lui lo premette al cancello di ferro battuto, il peso caldo che aderiva alla perfezione contro il suo.

«Se sono in grado di tollerare una passeggiata al cimitero, sono in grado di tollerare tutto, ricordi?»

Era il momento. Zane lo guardò negli occhi. «Beckett.»

«Becky,» lo corresse lui.

Zane aveva il fiato corto. «Beckett, sono…»

Nelle iridi azzurre passò un lampo di preoccupazione, contornato di speranza. La prima ebbe la meglio e Beckett gli piazzò una mano sulla bocca. «No.»

«Non sono sballato,» mugugnò lui contro le sue dita. «So cosa sto dicendo e voglio dirlo.»

Beckett distolse lo sguardo. «Ascolta, le ultime tre settimane sono state intense. Non sono mai stato tanto attratto da un uomo… non mi sono mai sentito tanto a casa con qualcuno. Stare con te fa sembrare sposare Luke il peggior errore della mia vita. Mi se-sento stupido per aver pensato che io e lui fossimo… Non sapevo nulla.»

Zane sorrise. Le sue preferite tra tutte le parole che il professore avesse mai pronunciato, e le aveva balbettate. «Becky, Beckett, stai dicendo che mi ami?»

Lui chinò il mento e fissò il suolo. «Il tuo visto scade la settimana prossima.»

«Sposiamoci.»

Zane se ne pentì all'istante. Diceva sul serio, certo, però si era ripromesso di aspettare che glielo chiedesse Beckett, quando fosse stato pronto. Quando fosse stato sicuro di potersi fidare. Non avrebbe dovuto spararlo a bruciapelo perché non riusciva a tenere a freno l'amore che gli scorreva nelle vene.

Beckett si irrigidì contro di lui e Zane lo sentì ritrarsi. «Non… non…» Serrò le palpebre. «Non può funzionare.»

Gli si prosciugò la gola. Allungò una mano per tentare di intrecciare le dita alle sue, ma lui si scostò e se le infilò in tasca. Zane era stato scaricato troppe volte per non capire ciò che stava succedendo, eppure si rifiutava di crederci. «Voglio soltanto te.»

Beckett si voltò e si avviò nella direzione da cui erano arrivati. «Magari dovresti accettare l'offerta di Darla e sposare lei per il permesso di soggiorno.»

Zane lo lasciò andare avanti, concedendosi un istante per ricomporsi. L'aveva portato lì per aprirgli il suo cuore, ma la sensazione era che gliel'avessero rubato insieme ai settanta dollari.

Aveva scoperto quant'era spezzato il toro, quella sera, e non sapeva come rimettere insieme i cocci.

Nonostante il dolore, sciolse le spalle. Non si era mai lasciato fermare dalle avversità, quindi non si sarebbe piegato. Mantenendosi tre o quattro metri indietro, seguì Beckett attraverso il boschetto.

I rametti gli scricchiolavano sotto i piedi. A ogni passo si alzava un forte odore di terriccio, a seguito del recente temporale. Il profumo della pioggia era ancora nell'aria mentre le loro scarpe sguazzavano nel fango. Gocce cadevano ancora dalle fronde sopra le loro teste, scosse dalle folate di vento.

Il sentiero si restrinse dietro a una curva del pendio che si affacciava su un pittoresco vicolo cieco. I lampioni si accesero e, se tra loro non ci fossero stati disagio e tensione, magari si sarebbero baciati nel punto in cui si era fermato Beckett, in cima a una bassa scarpata.

Zane rallentò e si fermò a sua volta, un paio di metri al lato. Si sbirciarono contemporaneamente con la coda dell'occhio e lui trattenne il fiato, chiedendosi quanto ci avrebbe messo Beckett a distogliere lo sguardo. Invece non lo fece.

Zane cominciò ad avvicinarsi, ma smise quando Beckett indietreggiò di riflesso.

«Te l'ho detto fin dall'inizio, non m'interessa un matrimonio di convenienza.»

«Vuoi sposarti entro la settimana.»

«Voglio restare sposato *per tutta la vita*.»

«Stai scoprendo la tua bisessualità,» insistette Beckett. «Sei curioso ed è normale, ma non puoi volermi per sempre.»

«Sì che posso.»

«Sei giovane. C'è così tanto che non sai.»

Se c'era qualcuno consapevole di quanto avesse da imparare, era lui stesso. «Avrò bisogno di un sacco di lezioni, meglio se impartite da qualcuno che lo fa per lavoro.»

A Beckett scappò una risata spontanea. «Oh, Zane, non ho mai riso tanto…»

E lui non aveva mai avuto un uomo tanto intelligente con cui ridere.

«Però ho…» La risposta fu interrotta all'improvviso quando la scarpata gli cedette sotto i piedi. Beckett cadde a sedere, affannandosi tra le rocce e il terriccio che slittavano. Zane si lanciò ad afferrarlo, ma lui cacciò uno strillo acuto e scivolò diversi metri fuori portata.

Zane si buttò in ginocchio con una tale irruenza che il cuore gli rimbalzò nel petto. Benché non fosse chissà quale strapiombo, era alto abbastanza da farsi male, se si cadeva. Zane non riusciva ad aggiuntare Beckett lì dov'era, appeso a una radice, rivolto verso la parete di fango e roccia che stava crollando.

«Becky, tieni duro. Arrivo.» Studiò il dislivello. Lui era più alto, più grosso.

Strisciò fino al bordo che non si era sgretolato e saltò di sotto. A esclusione della fitta alle gambe causata dall'impatto, atterrò senza ferirsi.

«All'improvviso mi pento di aver rifiutato tutti gli inviti di Finnegan ad andare in palestra.»

«Sono lieto che il tuo senso dell'umorismo sia rimasto intatto, professore.» Zane si posizionò sotto di lui, scalciando i cumuli di terriccio appena caduti in modo da essere ben ancorato al suolo. «Molla la presa, ti acchiappo io.»

«Sai che ti dico? Probabilmente è un buon allenamento per le mie braccia.»

Zane scosse il capo e, in tono burbero ma affettuoso, gli gridò: «Lasciati andare, Becky.»

«Ho paura di farmi male.» Le dita stavano perdendo la presa. Scivolò di qualche centimetro.

«Ho appena capito una cosa.» Zane osservò il suo ragazzo penzolante.

«Mmm, sarebbe?» Nonostante Beckett faticasse tanto per suonare composto, lo sforzo era evidente.

Poco importava, sarebbe volato giù in tre, due... «Ti ho *letteralmente* fatto cadere tra le mie braccia.»

Uno.

Beckett cascò con una risatina e Zane lo acchiappò al volo, serrandogli le braccia attorno alla vita per rallentarne la discesa.

Lo tenne stretto, le ciocche scure che gli solleticavano il mento, il petto caldo che si alzava e abbassava nella sua presa. Beckett gli afferrò i polsi e si liberò. Una dolorosa sensazione di perdita si impadronì del suo cuore, per poi sparire quando Beckett si girò e gli si premette addosso.

Zane lesse la confusione nei suoi occhi. Percepì che tentava di resistere e falliva. Beckett gli allacciò le braccia attorno al collo e gli passò le dita fra i capelli.

«Non può funzionare. Non può.» Beckett lo baciò.

«Sei l'uomo più intelligente che conosca,» ribatté Zane. «Ma stavolta ti sbagli.»

Lui lo spinse via dalla parete della scarpata, le mani che vagavano e i baci che si intensificavano. «Non può funzionare, eppure non riesco a smettere.»

Zane lo prese per le spalle e studiò il suo viso. «Che posso fare?»

«Portami a casa,» gli rispose.

A CASA, LA LORO SOLITA ROUTINE DEVIÒ UN PO'.

Dopo che Leah uscì per la serata, si prepararono insieme per andare a dormire e si infilarono nelle rispettive metà del letto. L'incertezza di Beckett e la disperazione di Zane trasparivano dallo schiocco delle pagine mentre leggevano fianco a fianco, si percepivano nei brividi che assalivano Zane, si assaporavano nei loro sospiri al dentifricio.

«Stai leggendo davvero?» sussurrò.

«No,» ammise Beckett. «Però sto fingendo con molto impegno.»

«Sostieni che tra noi non può funzionare,» continuò lui, alzando lo sguardo a cercare il suo, ancora incollato al libro. «Ma quale parte di te funzionerà meglio quando sarò partito? Andrai là fuori e uscirai con qualcuno? Troverai un altro che arriverebbe in capo al mondo per te? Ti prego, promettimi che non sarà Finnegan, perché lui potrebbe farlo davvero, il che sarebbe controproducente per ciò che sto tentando di ribadire.»

Beckett deglutì, il pomo d'Adamo in rilievo. «Non ci voglio pensare.»

«Ma è la tua storia. Devi continuare a scriverla.»

«Allora mi sa che ho il blocco dello scrittore.»

«Lasciami essere la tua musa.»

Beckett abbandonò la testa all'indietro sul cuscino soffice e si adagiò il libro sul petto. Si voltò a guardarlo. «La mia musa?» «Esatto, so essere piuttosto creativo.» Per dimostrarglielo, Zane balzò giù dal letto e si drappeggiò addosso il tappeto-toro, che gli si avvinghiò alla schiena nuda graffiandogli i fian-chi. Ne sistemò la testa sulla propria e si piegò in avanti. «Insisterò fino a scornarmi per convincerti a tenermi.»

Beckett scoppiò a ridere. «Signore benedetto.»

Lui risalì sul letto a carponi, sbirciando il suo ragazzo da sotto la mandibola finta. Con una delle corna, gli pungolò una guancia. «Mi vuoi.»

«Zane. Hai ventitré anni e...»

«Tagliamo la testa al toro. Hai bisogno di me.»

Beckett si strofinò il viso, attutendo una risatina esasperata. «Che devo fare con te?»

«Devi scrivermi quando sarò rientrato a casa. Devi chia-marmi e mandarmi pacchetti costosi da far schifo. Devi mante-nere una relazione a distanza con me finché non potrò tornare qui. Devi guardare adorante il disegno di noi due sul conteni-tore del cibo, o me sullo schermo mentre ci videochiamiamo.»

«Relazione a distanza?» Beckett sembrava tentato, speranzoso.

Zane bisbigliò in tono cospiratorio: «Prendi il toro per le corna, professore.»

Beckett afferrò la testa del tappeto e gliela sfilò di dosso. Due braccia lo attirarono in avanti. Il dorso del libro gli si conficcò nel petto, ma a Zane non importava. Gli accarezzò la mascella, la leggera ombra di barba che gli sfregava contro la pelle.

Beckett gli premette le mani calde sulle scapole. Nono-stante le coperte aggrovigliate che dividevano i loro corpi,

Zane sentì al di sotto il rilievo della sua erezione. «Dimmi che non ti è venuta a vedermi ammantato dal toro, perché...»

«Voglio fare sesso,» replicò lui con voce roca. Il suo petto si sollevò, imprimendogli il romanzo nello sterno. «È che...»

Zane scostò il libro e si riposizionò sopra di lui. Passò le dita sulla maglietta consunta che indossava, i polpastrelli che scorrevano dai pettorali sodi fino al collo morbido. Il battito di Beckett accelerò.

«Lo voglio davvero,» continuò in un sussurro. «Voglio sentirti affondare dentro di me. Voglio anche sentirti attorno, ma con la tua partenza imminente...»

Zane gli posò un bacio sulla bocca. «Shhh.» Gli sfiorò la punta del naso con la propria. «Non devi darmi spiegazioni per non fare sesso. Te l'ho detto, non ne ho bisogno.» Un secondo bacio lieve gli impedì di fornirgliene comunque una. «Non ti lascerò mai perché non lo facciamo.»

Il petto di Beckett tremò sotto il suo e le sue palpebre si abbassarono.

Zane gli accarezzò l'angolo della bocca con le labbra. «È solo di questo che ho bisogno.»

Quando Beckett riaprì gli occhi, catturò il suo sguardo e gli sorrise. «È solo di questo che ho bisogno.»

Gli infilò le dita sotto le ascelle e iniziò a fargli il solletico. Beckett si dimenò con una risatina che ben presto si trasformò in uno scroscio vero e proprio. Lottò per scacciarlo via, levandoselo di dosso e spingendolo contro il materasso. Gli salì a cavalcioni con le sue gambe flessuose e gli bloccò le braccia con le ginocchia.

Zane era praticamente in lacrime, lo stomaco che fletteva a ogni nuovo accesso di risate. Fece un tentativo disperato di riprendere fiato. «È solo di questo che ho bisogno.»

Recuperò *Orgoglio e Pregiudizio* e glielo porse. «E anche di questo.»

I loro sguardi s'incrociarono sopra il libro. Le braccia e le cosce di Beckett erano ricoperte di pelle d'oca e Zane fremette di rimando, come se una miriade di farfalle si fosse innalzata in volo all'unisono.

Beckett sollevò il libro, gli strinse attorno le cosce e lesse a voce alta: «Avendo ritrovato il suo umore scherzoso, Elizabeth volle che il signor Darcy le raccontasse quando si era innamorato di lei.»

Zane si mordicchiò il labbro. *Anche Lizzy vuole che il suo signor Darcy dica le cose chiare. Magari perfino che le ammetta per primo.*

Beckett proseguì: «"Come è cominciato?" disse. "Posso capire il piacere di proseguire, una volta iniziato, ma che cosa ti ha dato la spinta iniziale?"»

Cosa, in effetti?

Forse, quando si fosse sentito pronto, anche Beckett l'avrebbe condiviso con lui.

Il professore si schiarì la gola. «"Non so dire l'ora, il luogo, lo sguardo, o le parole che hanno posto le basi. È stato troppo tempo fa. Mi ci sono trovato in mezzo prima di accorgermi che fosse cominciato."»

Il rossore sulle sue guance suggeriva altrimenti. Il suo Becky sapeva precisamente l'ora, il luogo, lo sguardo e le parole che avevano posto le basi.

Beckett si fermò, mise via il libro e si sporse in avanti. Il bacio che seguì scatenò un brivido in entrambi. «È impossibile leggere con te che mi sorridi in quel modo sognante.»

Zane lo prese tra le braccia e lo tenne stretto. «Allora dovremmo baciarci finché non ci addormentiamo.»

I capelli di Beckett gli spiovvero sul volto, solleticandogli la fronte. Zane li spinse indietro, solo per ritrovarseli di nuovo addosso quando Beckett gli baciò la guancia, il ponte del naso, lo spazio tra le sopracciglia. Labbra morbide gli aleggiarono su una tempia e un respiro caldo gli soffiò sull'orecchio e lungo la mascella. Nessuno l'aveva mai baciato senza voler andare oltre ed era la sensazione più dolce e rassicurante del mondo. Era qualcosa di... incondizionato e gli gonfiava il petto nel miglior senso possibile.

Un altro bacio gli sfiorò l'attaccatura dei capelli, un altro ancora gli mordicchiò il lobo dell'orecchio.

«Lascia che ti baci anch'io,» pregò con voce roca, attirando Beckett verso la sua bocca.

Perfetto.

Non c'erano altre parole per descrivere quel momento. Perfetto. Perfetto. Perfetto.

L'amore è una nebbia che si forma col vapore dei sospiri.
William Shakespeare

Capitolo Venti

«**A**ndrò a ordinare e non fantasticherò affatto su di te.» Zane gli rubò un bacio davanti al divanetto a L del King's. «O magari andrò solo a ordinare.»

«Mettiti seduto, Zane,» gli ordinò Beckett con quel suo tono da professore, e lui si accasciò sul sofà. «Prendo io i cappuccini.»

Lui gli soffiò un bacio mentre si allontanava. Avrebbe voluto che non fosse già lunedì. Il fine settimana era volato via tra faccende domestiche, un'uscita a un festival degli aquiloni con Darla e accudire una Leah ubriaca fradicia rientrata tardi il sabato notte.

Nonostante l'imminente partenza di Zane, che aleggiava come un fantasma attorno a loro, si adattavano alla perfezione l'uno all'altro. Scherzavano con naturalezza e a letto si scambiavano sempre un bacio prima che Beckett si girasse a leggere e Zane a disegnare.

Il protagonista della sua storia somigliava inspiegabilmente a Beckett. Diverso colore di capelli, diversi vestiti, ma le stesse linee aggraziate del corpo.

Zane fissò con gli occhi a cuore la borsa di pelle del professore, posata lì accanto. Aveva il lembo aperto ed era, come al solito, stracolma. Un mazzetto di fogli con delle parole familiari – le sue – faceva capolino.

La sua bozza.

Un po' nervoso, Zane la sfilò dalla borsa. Rimase accecato dalla quantità di segni rossi. Sbatté le palpebre, la gola serrata mentre leggeva correzione dopo correzione. Tutte costruttive. Tutte giustissime.

Tutte comunque una mazzata al cuore.

Per quanto sia piena di energia e possegga ogni componente di una storia ricca d'azione e romanticismo, ora come ora la trama non funziona.

Beckett aveva utilizzato tre pagine bianche per spiegare nel dettaglio perché le motivazioni del protagonista non fossero abbastanza forti da tenere in piedi una serie, perché la posta in gioco dovesse essere più alta e in che punti aggiungere dei contrasti per arricchire la storia. Aveva perfino appuntato degli esempi. La dovizia era apprezzata, eppure straziante.

Zane scorse un movimento con la coda dell'occhio e osservò il tavolo su cui settimane prima aveva schiaffeggiato una donna con un guanto. Beckett era seduto lì con le loro tazze e lo scrutava con cautela. Doveva avergli visto prendere la bozza e gli aveva lasciato spazio perché potesse leggere le sue annotazioni.

Al suo sorriso dispiaciuto, il cuore di Zane divenne pesante come un macigno. Abbassò lo sguardo sui fogli e strofinò il pollice sulla graffetta che li teneva insieme.

Percepì dell'ulteriore movimento e serrò le palpebre mentre Beckett si avvicinava. Sentì il calore che emanava; i cuscini si abbassarono sotto il suo peso e il profumo lieve del suo dopobarba gli ostruì la gola.

Si dipinse in faccia un sorriso che sperava non vacillasse e si costrinse a riaprire gli occhi. «Ehi, grazie per le correzioni.»

Beckett posò la bozza di trama sul tavolino, accanto ai loro cappuccini ormai freddi. «Volevo che la rivedessimo insieme, dopo le lezioni.»

«A tal proposito: non farai meglio ad affrettarti, professore?»

«Guardami.»

Lui obbedì, ma solo per un istante.

«Oh, Zane.» Beckett lo attirò a sé, le mani che lo afferravano per le spalle. Zane si abbandonò nell'abbraccio, la fronte premuta nell'incavo del suo collo.

Dita forti gli accarezzarono la schiena incurvata mentre lui si sforzava di deglutire.

«Sono dalla tua parte,» mormorò Beckett. «Hai una fantastica immaginazione. Sarà una bella storia.»

Per quanto Zane volesse credergli, magari lo diceva solo per consolarlo. Avrebbe dovuto esserci abituato. Per tutta la sua carriera scolastica, qualsiasi cosa avesse scritto gli era stata restituita grondante di rosso. Le critiche non avrebbero dovuto ferirlo tanto, ma invece lo ferivano.

Si aggrappò al suo ragazzo e gli premette un bacio spaventato sulla giugulare.

Beckett era un Merlot da duecento dollari, lui invece era un vino in cartone con una semplice etichetta che diceva *rosso*.

Sarebbe mai stato abbastanza intelligente?

Beckett gli sollevò il capo e unì le loro bocche in un bacio caldo e intossicante.

Una sveglia suonò sul cellulare, ma loro non se ne accorsero neppure. Nella caffetteria affollata, Beckett gli mordicchiò le labbra e gli rubò un bacio dopo l'altro.

Zane ne aveva bisogno.

Doveva assicurarsi di essere intelligente a sufficienza. *Per forza.*

~

NEL RIENTRO VERSO CASA, ESCOGITÒ UN PIANO CHE coinvolgeva Darla.

Per la precisione, coinvolgeva la sua tessera della biblioteca.

Dopo aver trascorso la giornata a riscrivere la bozza di trama sul tavolo della cucina di Darla, con Leo che faceva le fusa sui fogli, la trascinò in biblioteca in auto.

Auto che Beckett gli aveva dato il permesso di usare ogni volta che desiderava.

Darla ne approfittò per agghindarsi e scelse un abito di paillettes intonato alle sue unghie azzurre. Zane l'aveva dissuasa dal mettersi dei tacchi che avevano tutta l'aria di non essere indossati da diversi decenni, per cui si era infilata con riluttanza delle ballerine e aveva portato il bastone.

Con accanto la sua adorata diva, Zane puntò dritto alla sezione di saggistica della biblioteca comunale.

«Merda. Ci sono così tante file di scaffali. Da dove comincio?»

Darla lanciò occhiatine maliziose a un uomo anziano che leggeva il giornale in uno dei caratteristici divanetti rossi. «Cosa vuoi sapere?»

«Tutto.»

«Suvvia, mi pare poco realistico.»

«Beckett sa tutto. Per cui devo saperlo anch'io.»

Darla staccò lo sguardo da Mister Giornale. «Il nostro Beckett è un giovane intelligente, eppure non sarebbe in grado di disegnare nemmeno se ne andasse della sua vita. Ha assunto un tizio per tinteggiargli le pareti. Ha chiesto al suo Finnegan di piazzargli il computer e l'impianto audio di casa. Si fa aiutare da sua madre per compilare la dichiarazione dei redditi.»

Zane sfilò un libro dallo scaffale. Lui sapeva disegnare. Se la cavava piuttosto bene con l'informatica e l'elettronica. Le tasse non erano il suo forte, ma sapeva come usare gli attrezzi più comuni.

Ciononostante, non era abbastanza.

S'impilò libri su libri sopra il braccio e andò con Darla a prenderli in prestito.

~

QUELLA SERA, SEDETTE DI FRONTE A BECKETT AL TAVOLO DI Darla, le lasagne al manzo e formaggio nel forno. La casa profumava di soffritto d'aglio e cipolla, e Zane si augurava che il sapore della cena sarebbe stato buono quanto l'odore.

Il campanello suonò.

Darla si alzò in piedi con un gran sorriso. Nell'ultima ora aveva atteso quella visita con ansia mentre giocavano a *Carte Contro l'Umanità*. Suo nipote e il marito dovevano fare un salto a presentarle con orgoglio i nuovi arrivati in famiglia.

Ascoltarono il trambusto di gridolini e moine che proveniva dalla porta, seguito dal pianto di un neonato.

Beckett alzò lo sguardo sopra la tazza di tè allo zenzero e si scambiarono un sorriso in silenzio. Quello del suo ragazzo era al limite del timido, quasi stesse immaginando come sarebbe stato rientrare a casa con dei bimbi tutti suoi. Zane ricambiò, strappandogli una risatina alquanto nervosa.

«Adorabile,» commentò Darla, conducendo in salotto due uomini esausti ma attraenti.

Quello che somigliava al Theo della foto sorrise loro con tanto di fossette e mise giù un seggiolino dell'auto che conteneva un bambino lamentoso.

«Jamie, com'è che il tuo piccino è tranquillo?»

«È la mia presenza rasserenante,» rispose lui asciutto. «Facciamo cambio e lo vedrai.»

Theo scosse il capo, divertito. Osservò di nuovo Zane e Beckett, a cui Jamie stava stringendo la mano. «Beckett, è un piacere rivederti.»

Zane gli rivolse un cenno di saluto e Jamie si presentò.

Probabilmente sarebbe stato il momento giusto per fare altrettanto, ma Zane si limitò a fissargli l'orologio mentre si stringevano la mano. Un istante di totale vuoto mentale.

«Sei in aspettativa da un pezzo,» gli stava dicendo Beckett.

«E ci resterò ancora per un po'.»

Il bimbo pianse più forte e Theo chiamò il nome di suo marito in preda al panico. «Il mio ha bisogno di te.»

Jamie rivolse loro un sorriso complice e tornò verso i seggiolini.

Darla si chinò tra i due emettendo versetti dolci. Theo si spostò accanto al bambino più calmo che, proprio in quell'istante, cominciò a piagnucolare. «Oh Cristo, sono davvero io.»

Jamie prese in braccio il primo neonato e gli diede qualche pacca sulla schiena mentre guardava affettuosamente Theo. «Non sei tu. È solo irritato.» Il bimbo fece un ruttino. «E a quanto pare gonfio.»

«Attic è molto più calmo. Ti somiglia, perfino. Devono essere i tuoi geni stoici.»

«Magari,» ribatté Jamie, «è perché a lui non abbiamo ancora dato un nome.»

Theo si accasciò sul divano. «Non ne trovo uno che mi convinca. Atticus è un nome forte, e mi piace il nomignolo Attic. Gli altri non mi sembrano abbastanza speciali.»

Darla baciò Attic e si alzò lentamente in piedi. «Che nomi sono in lizza?»

Zane recuperò il cellulare. Strizzò l'occhio a Beckett e gli inviò un messaggio.

Zane: Quali sono i tuoi nomi preferiti per un bebè?

Beckett tirò fuori il telefono e lesse.

Dieci secondi dopo, il palmo di Zane vibrò.

Beckett: Non ci ho mai pensato.

Zane: Bugiardo. Ci hanno pensato tutti.

Beckett si appoggiò allo schienale e riprese a digitare.

Beckett: Non ridere.

Zane: Così mi viene subito voglia di farlo.

Beckett: Zane...

Zane: Okay, promesso.

Beckett: Lyric per una femmina. Sky per un maschio.

Zane: Oh mio Dio, non puoi chiamare i nostri figli Lyric o Sky. Gli altri li picchieranno.

Beckett: D'accordo. Quali sono i tuoi preferiti?

Zane: Per un maschio, Xander... Sono un fan sfegatato di *Buffy*.

Beckett: Fammi indovinare: per una femmina Willow? *Prego che sia Willow e non Buffy*

Zane sghignazzò.

Zane: Stavo pensando Sydney.

Beckett: Ti piace Sydney? A te?

«È un bel nome,» protestò lui.
«Sei sicuro di non essere australiano?»

Darla incrociò lo sguardo di Zane. «Magari avete dei nomi da suggerire a cui loro due non hanno ancora pensato?»

Theo li osservò trepidante. «Sì… come ti chiami? Scusa, mi sarei dovuto presentare quando sono entrato, ho il cervello annebbiato. Ieri ho dormito soltanto, tipo, sei ore.»

Jamie sbuffò e scosse il capo. «Tocca a te stanotte, e sei ore saranno il paradiso.»

Lui si alzò dalla sedia e andò a presentarsi per bene.

«Zane.» Theo pronunciò il suo nome. «Bello, eppure…»

Jamie adagiò il bimbo ormai addormentato, ma ancora senza nome, nel seggiolino. «Non prenderla sul personale, nessun nome gli suona bene.»

«Be', io lo chiamerei Jamie,» ribatté Theo. «Peccato che uno dei miei ragazzi se ne sia già appropriato.»

Il marito si piegò sul divano e gli posò un bacio lieve sulle labbra. A vederlo, Zane fu assalito dalla voglia di agguantare Beckett e baciarlo davanti a tutti allo stesso modo. Il mondo intero avrebbe saputo che era il suo signor Darcy.

«Il tuo chi?» intervenne Theo, raddrizzandosi e fissandolo.

Doveva aver mormorato l'ultima parte. «Darcy.»

«Oh, mi piace.» Theo si girò di scatto verso suo marito, al colmo dell'entusiasmo. «Jamie, mi piace!»

Zane sbirciò al lato e vide che Beckett lo osservava da sopra il telefono, su cui stava scrivendo.

Beckett: Lizzy.

DOPO AVER CENATO TUTTI INSIEME, ZANE E BECKETT tornarono a casa e trovarono Leah in salotto che spostava vestiti puliti dal cesto della biancheria alla valigia.

«Vado a Boston.»

Beckett si appollaiò sul bracciolo della sua poltrona, affatto sorpreso dal subitaneo cambio di piani di sua sorella. «Lui chi è?»

«Un musicista. Fa parte di una band chiamata Hurry Me Home. Ha un talento eccezionale.»

Zane scorse il macello che Leah aveva lasciato in cucina e si mise al lavoro per ripulirlo.

«La mia porta è sempre aperta per te, se le cose non dovessero funzionare e avessi bisogno di tornare qui.»

Lei gli gettò le braccia al collo. «È così bello andare dove ti porta il cuore.»

Zane distolse lo sguardo da quello di Beckett e sorrise all'acqua saponata.

Prima di partire, Leah lo strinse forte e gli bisbigliò all'orecchio: «Invitami al matrimonio.»

Bello sapere che almeno un Fisher aveva capito che Beckett non si sarebbe liberato di lui tanto facilmente.

Quando lei partì e Beckett si infilò sotto la doccia, Zane chiamò Jacob. Dopo la serata trascorsa con Darla e la sua famiglia, c'era una fastidiosa sensazione che lo tormentava.

Si distese a letto, appoggiato a un cuscino, e lo ascoltò raccontare le disavventure con Cassie. «Basta parlare di noi. Tu come stai? Manca meno di una settimana. Non vediamo l'ora di dare la tua festicciola d'addio venerdì.»

Lui espirò piano. «Volevo parlare proprio di questo.»

«Sembri nervoso. Stai bene?»

Zane sospirò. «Sono innamorato di Beckett.»

La linea crepitò quando Jacob trattenne il fiato per lo stupore. «Sei innamorato di Beckett?»

«Siamo entrambi innamorati, dobbiamo solo riuscire ad ammetterlo.»

Un suono lieve giunse dal corridoio, ma nessuna traccia di Beckett.

La voce sorpresa di Jacob gli riempì l'orecchio. «Wow,

sono… E mi hai lasciato parlare di cacca per dieci minuti. È questa la conversazione che avremmo dovuto avere.»

«È meraviglioso, Jacob. Ora capisco perché lui e Anne erano tanto uniti. È intelligentissimo e gentile e caloroso e divertente.»

«Sono, ehm, felice per te, Zane. Però stai per partire…»

Già. Era un bello schifo. «È l'altra cosa di cui ti volevo parlare. Non mi sembra giusto organizzare una festa d'addio e non tenerla qui. Lo so che è difficile con un neonato, ma spero che venerdì possiate venire voi da noi.»

Jacob rispose con voce roca: «Ci puoi scommettere. Ci arrangeremo. Prenoterò una camera d'albergo oggi stesso.»

A Zane si gonfiò il petto. Sull'orlo delle lacrime per tutto l'amore che stava per lasciare, chiuse la chiamata.

Iniziarono una nuova routine serale. Dopo la cena e una passeggiata, si mettevano a letto. Solo che, invece di disegnare sulla tavoletta grafica, Zane leggeva libri. Leggeva e leggeva e leggeva.

Più si avvicinava la data della sua partenza, più si immergeva nelle pagine.

A due giorni dal volo, Beckett entrò in camera dopo una doccia, i capelli che gocciolavano sulle spalle nude, l'asciugamano basso sui fianchi. La croce che Zane stava spuntando sul calendario tremolò. Tappò in fretta la penna e la buttò sul ripiano incasinato del comò.

Si guardarono quasi intimiditi, dondolando entrambi sui talloni. Non facevano sesso da un'intera settimana e, per quanto non fosse necessario, Beckett era sexy da morire e Zane non aveva modo di mascherare la sua reazione con addosso solo i boxer di raso.

Beckett notò il calendario e si adombrò.

Lo spazio che li divideva era meno di un paio di metri, ma avrebbe potuto essere la distanza dalla Nuova Zelanda.

«Videochiamate, ricordi?» Zane ammiccò e saltò a letto, dimenandosi per infilarsi sotto le coperte. La sua erezione non si affievolì e rifugiarsi nel libro serale non migliorò la situazione.

Nuovo piano: leggere per dieci minuti, poi sgattaiolare via senza farsi notare mentre Beckett era concentrato sul suo libro.

Sollevò il testo sulla storia dei movimenti LGBT, usandolo come scudo dal corpo stupendo del suo ragazzo. Poco dopo udì passi lievi aggirarsi per la stanza, rumore di cassetti aperti e richiusi e di coperte che si scostavano. Il materasso si abbassò accanto a lui e Beckett fece cadere qualcosa tra loro sul letto.

Zane rifiutò di staccare gli occhi dal libro. L'aveva aperto su una pagina a caso verso la metà e aveva davanti un diagramma.

Aggrottò le sopracciglia alle parole "Varianza delle reazioni bisessuali" sotto l'asse orizzontale, diviso in numeri da zero a sei.

Alzò lo sguardo sul testo sopra il grafico e si sbatté il tomo in faccia con un gemito.

«Zane?»

Spinse via il libro e strisciò sotto le coperte finché non fu sotterrato dal suo imbarazzo e da un Beckett molto nudo.

Gemette di nuovo, e il suono crebbe d'intensità quando Beckett si accostò, la solidità del suo petto che gli scottava un fianco, e si unì a lui dentro il bozzolo. La luce penetrava dal bordo in alto, dove restava uno spiraglio sopra le loro teste. La loro caverna fu riscaldata dalla risata dolce di Beckett.

«Che succede?»

Che succedeva? Che Zane era un idiota, ecco cosa. Prendeva regolarmente delle cantonate.

Si strofinò il viso e si mise a ridere. «Sono un po' sfacciato. Un gran sognatore e un ancor più grande idiota.»

«Perché lo dici?» domandò lui.

Zane sbirciò attraverso le dita. «È *davvero* Kinsey, non Kingly.»

Un sorriso illuminò il volto di Beckett. «La Scala Kingly ha riscaldato i più piccoli recessi del mio cuore.»

«Merda. Ora mi dirai che questo non è un letto di monogamo!»

«Be', dato che l'hai accennato...»

Tentò di rotolare via e Beckett gli salì addosso, il peso caldo del suo corpo che lo premeva sul materasso. La mezza erezione di Zane decise di rendere la situazione più ardua indurendosi ulteriormente.

Beckett gli scostò le dita dal viso e gli sorrise. «È un letto *da* monogamo, nel senso che voglio condividerlo in intimità soltanto con te.»

«Credevo che fosse una di quelle parole che si scrivono uguale ma hanno due significati differenti.»

«Un omonimo?»

«Tu, Merlot. Io, cartone.»

«Come, scusa?»

«Qual è la parola che cercavo?»

«Mogano.»

«Giusto.» Il sospiro di Zane aleggiò tra loro, ma era l'ultimo che si sarebbe concesso. Se proprio doveva essere un idiota, sarebbe stato un idiota ottimista. «Ha riscaldato i più piccoli recessi del tuo cuore?

Il mento di Beckett picchiettò contro il suo in una serie di baci lievi. «Sì.»

Zane lo afferrò dal retro della testa e passò la lingua lungo quel morbidissimo labbro inferiore. La sua voce divenne roca. «Ha, mmh, scaldato altro?»

Lui rispose approfondendo il bacio. Attraverso il sottile strato di raso che li separava, Zane non poteva dubitare dell'eccitazione di Beckett. Premeva solida contro la sua.

«Odio che tu debba partire. Lo odio. Lo Odio.»

Le coperte si gonfiarono mentre Beckett ondeggiava e l'aria si insinuò tra loro. I baci diventarono frenetici.

«L'idea di condividere il massimo livello d'intimità possibile e poi vederti partire... Dio, per quanto volessi averti... sono stato ferito in passato e...»

«Va bene così, Becky. Possiamo solo restare abbracciati.»

Un gemito gli soffiò sul lato della bocca e gli arrivò fino all'orecchio. «Non riesco a trattenermi un momento di più.»

«Cosa vuoi?» sussurrò Zane.

«Averti dentro di me.»

Ansimò quando Beckett insinuò una mano tra loro e lo accarezzò da sopra i boxer.

Una scia di baci gli percorse il collo. «Ti voglio dentro così a fondo da non riuscire a *pensare*.»

Oddio. Lo desiderava anche lui. «Sei sicuro?»

Beckett gli sedette a cavalcioni, le coperte che si alzavano e gli scivolavano giù lungo la schiena. La luce della stanza ferì gli occhi di Zane. Sbatté le palpebre e lo trovò con in mano un preservativo e un flacone di lubrificante. «Ero sicuro stamattina quando mi sono svegliato e mi hai sorriso. Ero sicuro nella doccia mentre mi preparavo. Ero ancora più sicuro quando ti ho sentito parlare al telefono con tuo fratello.»

Aveva ascoltato la sua confessione, dunque. Eppure una cosa era origliarlo per errore, un'altra era sentirselo dire in faccia. Zane avrebbe reso quel momento memorabile.

La mano avvolta attorno alla propria erezione, Beckett mosse il pugno. Il glande roseo e tondeggiante luccicava di sperma.

Gli strusciò il sedere sull'uccello e Zane si aggrappò alle sue cosce in flessione per resistere all'ondata di eccitazione che gli pulsava nelle vene.

Annuì, a corto di parole, e tentò di attirarlo in un bacio.

Beckett si chinò e gli invase la bocca con la lingua. La

spinse dentro e fuori, prima piano, poi più veloce. Zane sollevò i fianchi al ritmo dei loro baci profondi, strappandogli gemiti bisognosi. «Sì, proprio così.»

«Che posso fare per te? Per farti godere?»

Beckett scivolò verso il basso e gli strattonò i boxer. «Per cominciare liberiamoci di questi.»

Il raso gli strofinò sul sesso e Zane si inarcò sul materasso, inspirando con forza. Beckett lanciò l'indumento sull'asciugamano rimasto sul pavimento e si sedette sulle sue cosce, le mani che gli stringevano i fianchi. L'erezione di Zane vibrò in attesa. Beckett le avvolse attorno le dita e la accarezzò mentre recuperava il lubrificante.

«Non dovrei prepararti?» ansimò lui.

«Non hai notato quanto mi sono trattenuto in bagno prima di tornare in camera?»

Zane rischiò di venire, il cervello invaso da immagini del suo ragazzo che si scopava con le dita. Aveva il cuore che martellava quando Beckett gli infilò il preservativo e ci spalmò sopra una dose generosa di lubrificante.

Risalì lungo il suo corpo, sfiorandogli il glande, e gli premette un bacio lento sulla bocca. Zane lo scostò giusto il tanto da guardarlo negli occhi. Erano carichi di desiderio, ma anche di un'emozione e di un bisogno che provava lui stesso.

«Sei bellissimo, Becky.»

Lui gli sorrise, si posizionò e, centimetro erotico dopo centimetro erotico, scese sul suo uccello. I capelli gli spiovvero in avanti mentre chinava il mento sul petto e si mordeva il labbro per soffocare un gemito. Gli appoggiò una mano sul pettorale sinistro, i polpastrelli che premevano forte. Contrasse i muscoli interni.

Zane non venne per miracolo. Boccheggiò, supplicando di avere qualche istante prima che Beckett cominciasse a muoversi. Quando riprese il controllo, lo fulminò con lo sguardo. «Dannazione, avresti dovuto avvertirmi di quant'è incredibile sentirti.»

Lui gli pizzicò un capezzolo con un sorrisetto sfacciato, sollevò i fianchi e riaffondò sul suo membro. Il suo sedere lo avvolgeva alla perfezione. Stretto, bollente e, porca miseria, Beckett continuava a rimbalzargli sul bacino.

Il piacere si espanse nel suo petto e arrivò fino allo scalpo. Zane rovesciò la testa all'indietro sul cuscino e piazzò le mani sulla testiera.

Il letto emise un lamento, o forse era stato lui. O entrambi. L'uccello di Beckett gli sbatteva sulla base dello stomaco. L'intensità dell'orgasmo che montava era al limite della tortura.

Le loro pelli si schiaffeggiavano e i suoi fianchi si alzarono dal materasso per assecondare il ritmo di Beckett. Zane si aggrappò alla sua schiena e lo tirò giù per un bacio. Quando afferrò la sua erezione e cominciò ad accarezzarla, i loro ansiti si mescolarono.

Beckett spostò le mani sulle sue spalle e si avvinghiò a lui. I loro sguardi s'incontrarono e Zane si accorse che Beckett tremava. «Odio che tu debba partire.»

Lo odiava anche lui.

Beckett strofinò la mascella sulla sua e gli succhiò la punta dell'orecchio. «Scopami in modo che ti senta ancora quando te ne sarai andato.»

Il suo intero corpo fu travolto da calore, desiderio e frustrazione. Ribaltò le posizioni, Beckett sotto di lui sul materasso con le dita conficcate nel suo sedere mentre Zane lo scopava. Forte e rapido, con il desiderio di andare abbastanza a fondo da raggiungere il suo cuore.

Un gemito strozzato gli soffiò sulla gola e lo sperma gli schizzò sullo stomaco. L'orgasmo di Beckett pulsò attorno al suo uccello e, con altre due spinte, Zane venne così intensamente che la sua vista andò in cortocircuito e tutto divenne nero con chiazze di luce.

Beckett lo strizzò di ogni goccia finché Zane non collassò. Riprese fiato contro il suo collo, senza riuscire a smettere di ansimare. Il sesso era sempre stato piacevole, ma quell'intimità era proprio su un altro piano. Non era comparabile.

L'orgasmo l'aveva investito come un tornado, eppure si era lasciato alle spalle un insolito sconforto. Zane aveva un peso sul petto, la gola dolorante. Si tirò su e osservò Beckett, labbra gonfie, guance arrossate e occhi tristi.

Si ripulirono e rimasero abbracciati. Beckett gli baciò la pelle morbida sotto il mento e riprese il suo libro.

«Leggeresti per me, Zane?»

«È una... come si chiama quando faccio una cosa che in genere fai tu?»

«Inversione dei ruoli.»

«Esatto.»

«Adoro la tua voce.»

«Il mio accento alla Chris Hemsworth, vuoi dire?»

Beckett gli tamburellò le dita sul petto. «Siete entrambi sexy da impazzire.»

«Dov'è che vive questo tizio?»

«Perché?»

«Perché non ci andremo mai.»

Stretto tra le sue braccia, Beckett presto si addormentò. Zane gli premette un bacio sui capelli e lottò contro il pizzicore agli occhi.

Com'era possibile che l'indomani si dovessero già salutare?

Un cuore che ama è la saggezza più grande.
Charles Dickens

Capitolo Ventuno

Zane seguì *Ten Storey Love Song* degli Stone Roses fino al salotto, stringendo forte un grande foglio arrotolato. Muoversi nella villetta gli era così familiare. Era strano pensare che l'indomani non sarebbe rientrato a casa accolto da pareti color prugna e morbida moquette, librerie strabordanti e dipinti incorniciati di cavalli.

Si fermò sulla soglia del soggiorno e inspirò il profumo dei muffin alla cannella e noci pecan che Beckett aveva preparato. Li avevano divorati nel corso delle tre ore precedenti e Zane detestava la vista del piatto vuoto. Sembrava fin troppo un pronostico del futuro.

«Mio marito aveva abboccato in pieno.» Darla chiacchierava con Finnegan attorno all'isola della cucina, in mano una tazza da tè dal contenuto discutibile. Si era messa tutta in tiro, come ogni volta che andavano in biblioteca, indossando un prendisole giallo acceso e orecchini di piume.

Finnegan notò che Zane li osservava e inarcò le sopracciglia con fare cospiratorio. Lui annuì. Era arrivato il momento. Aveva tramato con Libri a Colazione, negli ultimi giorni.

Al tavolo da pranzo, Anne cullava una Cassie addormentata e rideva con Jacob. Sempre più innamorati, e Zane sapeva cosa si provava.

Al loro arrivo, aveva trascorso un'ora a coccolare Cassie mentre salutava suo fratello tra le lacrime.

Lovesong dei Cure cominciò. Zane aveva creato una playlist con le sue canzoni d'amore indie preferite e quella gli provocò un groppo alla gola. Strofinò il pollice sull'elastico che teneva arrotolato il foglio che aveva in mano.

Si guardò attorno e individuò Beckett, proprio come era successo la sera in cui l'aveva visto per la prima volta. Seduto sulla poltrona fin troppo imbottita davanti al caminetto in pietra, ciocche scure contro i cuscini chiari. Una gamba a cavallo del bracciolo e uno stivale turchese che gli fasciava il polpaccio.

Fu uno sforzo spostare l'attenzione su Natalie Fisher, lì accanto a parlare con suo figlio.

Beckett continuò a trattenere un sorriso e sorseggiare il vino e lei gli diede una pacca sul capo, si chinò e lo baciò sulla guancia.

Peccato che Zane non fosse abbastanza vicino da origliare la loro conversazione.

Natalie lo scorse a guardarli e la sua espressione si fece raggiante. Dunque sapeva che era il ragazzo di suo figlio. L'amante. La musa.

Beckett seguì il sorriso della madre fino a trovarlo e mise giù la gamba, sedendosi dritto. Zane fu scosso da una scarica elettrica mentre si avvicinava a lui.

Quasi avessero percepito un cambio d'atmosfera nella stanza, i presenti si fecero silenziosi e li osservarono.

Dio, Beckett era bellissimo. Gli occhi di un azzurro intenso, gli zigomi alti e l'intelligenza traboccante.

Il blazer blu marino che gli aveva comprato Zane gli calzava a pennello.

Di nuovo un nodo alla gola. L'indomani a quell'ora non ci sarebbe stato nessun Beckett seduto di fronte a lui.

«Ti ho preparato una cosina,» esordì, e gli tamburellò scherzosamente un capo del rotolo sul petto.

Beckett si bloccò, l'emozione che gli illuminava lo sguardo. Prese il foglio e lo aprì.

«Sono Wanda e Jasper. Ho pensato,» Zane indicò i dipinti sulla parete, «che magari avresti voluto appendere anche uno dei miei disegni.»

Gli occhi azzurri erano colmi di una tenerezza soverchiante.

Gli ospiti si erano raccolti attorno a loro per ammirare il suo lavoro artistico, Beckett invece continuava a studiare lui.

«Grazie,» gli sillabò.

«Di niente,» rispose allo stesso modo. Poi si schiarì la voce e lanciò un'occhiata cospiratoria a Finnegan. «E adesso forza, è ora di darci una mossa.»

Beckett aggrottò la fronte, sorpreso. «Usciamo?»

«Sì, sgomberiamo la villetta,» replicò Zane ammiccando. «Partiamo alla volta dello Chiffon.»

ZANE SI PREPARAVA DA UN'INTERA SETTIMANA PER QUEL momento. In compenso non era pronto a trovare Luke al bancone dello Chiffon, un sidro tra le mani.

I loro amici, escluse Anne e Cassie, che erano andate a dormire all'hotel, seguirono Finnegan al tavolo che avevano riservato, inconsapevoli della complicazione.

Beckett, che se n'era accorto più o meno nello stesso istante, si era immobilizzato alla vista del suo ex marito dall'altro lato della stanza.

«Non era così che doveva andare,» si scusò Zane sottovoce. «Possiamo spostarci in un locale diverso, ho...»

Beckett gli girò il mento e lo fissò negli occhi. La luce delle candele a centrotavola danzò attorno a loro. «Non m'importa se questo posto è pieno di Luke. Questa serata è per noi.»

Nel bel mezzo del ristorante, Zane gli gettò le braccia al collo. Aveva deciso di aspettare il momento giusto. Aveva studiato il piano perfetto per pronunciare quelle parole, ma al diavolo.

Era tutto troppo intenso, troppo magico, e non poteva attendere un altro minuto, anzi, neppure un secondo. Aveva intenzione di ripeterlo per una vita intera e voleva che quella vita cominciasse il prima possibile.

Si avvicinò e sussurrò all'orecchio del suo ragazzo: «Ti amo, Beckett.»

Inspirò il suo profumo e si scostò, sfiorandogli la mascella con le labbra.

Beckett lo guardava con gli occhi lucidi.

Aprì la bocca, ma Puck prese vita sul palco, la voce amplificata dalle casse.

«Cinque minuti all'ultima sfida di sinonimi, signori e signore. Il nostro habitué Beckett Fisher potrebbe raggiungermi dietro le quinte?»

Beckett trasalì e lanciò un'occhiata frustrata al suo migliore amico, che puntò un pollice verso il palco.

«Sembra che Finnegan ci abbia riservato un posto. Dammi un secondo, vado a spiegare che non posso.»

Zane osservò il palco, poi Beckett. «Ma ti divertirai come mai nella vita. Le sfide di sinonimi sono il massimo. Superlative. Imbattibili.»

«Sì, ma non quando stai guardando il tuo ragazzo e passando in rassegna un milione di parole nel tentativo di trovare le migliori per dirgli quanto lo ami anche tu.»

Che bisogno c'era di prendere l'aereo per volare in Nuova Zelanda? Zane stava già galleggiando a mezz'aria.

«Fila là sopra e da' il meglio, fallo per me.»

Beckett gli cinse il viso e lo baciò. «Per te,» acconsentì e si diresse con determinazione verso Puck.

Zane si mosse a zig zag tra i tavoli, euforico e nervoso. Aveva la bocca secca, per cui si recò in fretta al bancone a procurarsi dell'acqua. Luke lo scorse e lo chiamò. «Mi domandavo se sareste comparsi, stasera,» gli disse. «Beckett di sicuro adora questo posto.»

Un'acqua fredda scivolò verso Zane, che afferrò il bicchiere umido di condensa. Si avvicinò a Luke con riluttanza mentre beveva. «Perché sei qui?»

«Perché Puck sta lavorando,» rispose lui. «È il miglior maestro delle cerimonie del locale. E poi sto annegando i dispiaceri che mi sono meritato.»

«Dov'è il tuo ragazzo?»

Luke alzò il bicchiere e bevve. «I dispiaceri in questione riguardano il fatto che non ne ho più uno.»

«Oh. Magari anche tu devi fare un po' di metamorfosi.»

Zane stava per lasciarlo al suo drink, quando Luke riprese a parlare. «Prima Anne è passata a trovarmi. Mi ha raccontato della tua festa d'addio.»

«Sei sorpreso di non essere stato invitato?»

«No. Lo capisco. Beckett mi ha parlato chiaro a inizio settimana. Mi ha spiegato che la vostra è una relazione seria. Che io e lui dovremo trovare un modo per starci attorno.»

Zane trattenne un sorriso intenerito e speranzoso. «E tu sei disposto a farlo?»

«Ci proverò.» Luke bevve un altro sorso mentre Puck parlava al microfono.

Zane scolò la sua acqua, lo stomaco che si rivoltava alla vista di Beckett sul palco, in attesa, a scrutare confuso Finnegan che non l'aveva seguito.

«Stasera, ad affrontare Beckett Fisher, vi prego di dare un caloroso benvenuto a una new entry qui sul nostro palco, Zane Penn.»

Lo sguardo di Beckett scattò lungo la stanza e si puntò su di lui. Zane lo sostenne.

«Ti scontrerai con *Beckett?*» Luke era sbalordito.

Zane tenne gli occhi fissi sul suo ragazzo e aggirò lo sgabello di Luke per raggiungere il palco.

«È imbattuto,» continuò lui, rimarcando l'ovvio. «È un campione, là sopra. Ti renderai ridicolo.»

Zane si immobilizzò, poi si voltò verso Luke. Nel suo petto si era smosso qualcosa, sull'onda di una rivelazione. Come all'ambulatorio, quando si era reso conto di essere attratto dall'intelligenza. O in auto con Beckett quando aveva imparato quant'era importante per lui la stabilità. O la notte dopo la prima visita allo Chiffon, quando aveva capito perché era così attaccato a Beckett.

Per quanto avesse creduto di aver navigato le correnti impetuose del suo cuore, c'era ancora una grossa tempesta in cui navigava da sempre ed era arrivato il momento che sbucasse il sole.

Rispose a Luke, ma le parole erano rivolte a se stesso. «Magari non sarò intelligente qui.» Si picchiettò la fronte. «Però lo sono qui.» Si abbassò le dita sul petto. «Salirò su quel palco perché, tra tutti i posti che mi mettono a disagio, è quello in cui più voglio essere. Starò in piedi di fronte al pubblico e probabilmente mi metterò in imbarazzo. Dimostrerò a Beckett che non c'è niente al mondo che non farei per lui.»

Indicò Jacob, Darla e Finnegan al loro tavolo riservato. «Porta il tuo sidro e goditi lo spettacolo.»

Girò sui tacchi, chiamò a raccolta il coraggio e corse sul palco.

«Che stai facendo?» mormorò Beckett non appena lo raggiunse.

«Era così che avevo programmato di dirti che ti amo. Ho anticipato i tempi. Mi sono lasciato trasportare.»

Lui ridacchiò. «È per questo che ho trovato un dizionario dei sinonimi sotto il letto, stamattina?»

Zane gli strizzò l'occhio mentre Puck animava la folla. Li mise in posizione l'uno di fronte all'altro, i microfoni stretti in mano.

Zane afferrò il proprio nel palmo sudato. Sarebbe finita prima che se ne accorgesse.

Ti prego, non scegliere un argomento incomprensibile. Sarebbe stato felice di pronunciare anche solo una frase.

La fronte di Puck luccicava di brillantini. Rivolse loro un sorrisetto e parlò di nuovo al pubblico.

Il battito di Zane accelerò. Era il momento. Lui e Beckett in una sfida di sinonimi.

«Il tema di oggi è stato suggerito da una vicina impicciona e un caro amico. Darla, Finnegan, alzatevi e fate un inchino. Beckett e Zane, qualunque melensaggine ne venga fuori è colpa loro.»

Zane si girò di scatto verso i due sfacciati sorridenti. Che avevano combinato?

«Pronti, ragazzi?» chiese Puck.

Beckett gli sorrise e inarcò un sopracciglio.

Lui si ricordò di respirare. «Sì.»

Puck lanciò la monetina e Zane scelse croce. «Testa,» annunciò Puck. «Significa che inizia Beckett. Nell'eventualità in cui finiate il minuto senza interruzioni, passeremo a uno spareggio con le allitterazioni a bruciapelo e sarà Zane a cominciare.»

Uno spareggio. Come se potesse mai succedere.

Zane si mordicchiò il labbro e guardò Beckett negli occhi. «Forza, cominciamo.»

Puck strillò nel microfono: «Il vostro tema: amore.»

Entrambi scoccarono occhiatacce verso il loro tavolo, poi tornarono a osservarsi impacciati.

Beckett enunciò con calma: «Il nostro è iniziato con una *bromance*.»

La mano di Zane tremò quando sollevò il microfono. Andare sul personale, rapportare a loro due l'argomento, gli provocò le farfalle allo stomaco. Amare Beckett, invece? Era così semplice che, alla fin fine, forse quella sfida non sarebbe stata tanto complicata. «Insistevi che l'amore richiede tempo e pazienza.»

Beckett inclinò il capo. «Resistevo all'idea dell'amore a prima vista.»

La voce di Zane si abbassò a un sussurro diffuso dalle casse. «Per l'amor del cielo, eravamo entrambi incapaci di cogliere i segnali.»

Continuarono a scambiarsi sinonimi, frasi idiomatiche e giochi di parole, e fu una sorpresa quando Puck chiuse la manche. Procedevano entrambi a gonfie vele.

Il luccichio negli occhi di Beckett fece scordare a Zane ciò che avrebbe dovuto fare.

Puck gli ricordò all'orecchio di pronunciare una parola per dare il via alle allitterazioni a bruciapelo. Potevano usarne al massimo due... e dovevano avere senso.

All'improvviso nella sua mente non ne era rimasta nemmeno una. Sparò la prima cosa che gli passò per la testa. «Pontificare!»

Si augurava di non essere arrossito troppo.

Beckett gli rivolse un sorrisetto e continuò: «Il piacere...»

«Di preferire...»

«Permanentemente...»

Non dire peni, non dire peni. «Un perfetto...»

«Premuroso...»

«E pimpante...» Zane si trattenne dallo strofinarsi la fronte.

«Zane Penn.»

Zane attirò Beckett in un abbraccio, mollando il microfono

a Puck. Quello del suo ragazzo, incastrato tra i loro petti, amplificò il suo sussurro. «Mio principe.»

Beckett sostenne il suo sguardo e lo baciò.

Puck annunciò entusiasta Zane, lo sfavorito che aveva conquistato la vittoria... e il campione. Nel ristorante si innalzò un coro di festeggiamenti.

Zane continuò a baciare l'amore della sua vita.

Invano ho lottato. Non è servito. I miei sentimenti
non possono essere repressi. Dovete permettermi di
dirvi con quanto ardore vi ammiro e vi amo.
Jane Austen

Capitolo Ventidue

Una volta a casa, si baciarono mentre andavano in camera.

Beckett lo guidò fino alla sponda del letto e si staccò da lui.

«Sei stato fantastico su quel palco.»

«Non ti ci abituare. È stata un'occasione unica.»

«Non so nemmeno da dove cominciare a scrivere di questa giornata.»

Zane tentò di afferrarlo, ma lui si divincolò. «È questo che scrivi su quel tuo diario? La nostra storia?»

Beckett frugò nella borsa di pelle. «Ne ho dovuto comprare un altro per farci stare tutto.»

«Che stai facendo, professore? Perché, se non ti dispiace, vorrei continuare a baciarti.»

I loro occhi si incrociarono. «Ho anch'io qualcosa per te,» rispose lui.

Lo stomaco di Zane si contrasse. «Ti prego, non darmi un regalo d'addio. Ti prego, non dirmi addio in generale.»

Dalla borsa, Beckett estrasse la sua seconda bozza di trama e gliela porse.

Zane lo studiò con prudenza. «Di certo sai come rovinare l'atmosfera.»

Beckett scoppiò a ridere. «È molto, molto meglio, Zane. Dovresti essere incredibilmente fiero di te.»

«Sul serio? È buona?»

«Buonissima.»

Tremando, Zane le diede un'occhiata. C'erano comunque annotazioni rosse ai margini, ma molte meno. E c'era perfino una faccetta sorridente. «La manderò a Jacob e lavorerò con impazienza sulla prima stesura mentre aspetto di poter tornare qui.»

«Ho anche questo.»

Gli sventolò davanti alla faccia un pezzo di carta ripiegato, e lui lo osservò. «Cos'è?»

«Ho chiesto *un sacco* di favori.»

Zane si irrigidì; qualcosa nel suo tono gli provocò un fremito nella pancia.

«Per farla breve, la professoressa Mable coprirà il mio corso estivo di letteratura e Luke quello di scrittura creativa.»

«Che stai dicendo?» Zane aprì il foglio e il cuore rischiò di esplodergli.

«Vengo con te per l'estate.»

Zane si lanciò giù dal letto così in fretta che Beckett non ebbe il tempo di prepararsi e inciamparono entrambi all'indietro, cadendo sulla poltrona. La testa di toro del tappeto finì su quella di Beckett, una luce impetuosa negli occhi vitrei.

Con le gambe strette attorno alle sue cosce, Zane lo baciò intensamente. «Vieni con me?»

«Vengo con te. In prima classe, perché era l'unico posto disponibile, ma sono sicuro che troverò qualcuno con cui fare cambio.»

Zane lo baciò di nuovo. Non riusciva nemmeno a…

Un altro bacio. «Bene. Mi sono ripromesso di educarti su

tutto ciò che è *kiwi*. Aspetta, come sai che saremo sullo stesso volo?»

«Ho preso il tuo biglietto da dietro il calendario che mi stava strappando il cuore dal petto.»

«Hai aspettato fino all'ultimo minuto per condividere con me quest'importantissima notizia? Sarei ferito, se non fossi al settimo cielo.»

Beckett gli fece scorrere un dito sul naso e sulle labbra, poi lo baciò. «Non ho avuto l'okay definitivo fino a stamattina. Ho prenotato il volo e stampato il biglietto prima della festa. Volevo accertarmi che andasse a buon fine per non illuderti, e volevo dirtelo da solo.»

«*Vieni con me*.»

Un sorriso spuntò sul viso di Beckett. «Sì. E quando avrai il permesso di tornare,» Beckett gli parlò all'orecchio, «ti sposerò.»

Zane si scostò, le labbra che si incurvavano. «È immaturo da parte mia gongolare perché me l'hai chiesto entro la fine del mese?»

«Diciamo che non è questo il punto.»

Zane lanciò uno sguardo eloquente ai piedi di Beckett e al rigonfiamento nei jeans di entrambi. «Parlando di *punte*... è tutta la sera che hai addosso i miei stivali.»

Beckett rise. «Mi sto preparando a una vita di disavventure.»

«Non sono le migliori?»

«Immagino che tu abbia ragione. Altrimenti forse non ti avrei mai incontrato.»

«Certo che sì. Era destino. Era scritto nelle stelle.»

«Non credo in quella roba.»

«Non credevi nemmeno nell'amore a prima vista, eppure eccoci qui.»

«Come sapevi che per me è stato amore a prima vista?»

Non ne era stato certo. Ci aveva sperato. «Protestavi troppo.»

Beckett scosse il capo divertito.

«Ti darò qualcosa in cambio, se mi dici *la precisa ora, luogo, sguardo e parole che hanno "posto le basi".*»

«Cosa mi darai?»

Zane risalì il suo blazer con le dita e gli allisciò il colletto. «Ho sempre pensato di volere il Sacro Graal dell'amore a prima vista, ma mi sbagliavo.»

Beckett inarcò un sopracciglio. «Ti sbagliavi?»

«L'amore è intimo. Ha bisogno di tempo ed esperienza per maturare. L'attrazione fisica non è sufficiente; si tratta di nutrire i sentimenti. La fiducia. Ci vogliono tempo e impegno per coltivarli. Non vorrei mai che pensassi che lo do per scontato.» Zane gli scoccò un bacio giocoso sulle labbra. «Tocca a te.»

Beckett gli afferrò la nuca, le dita che si insinuavano sotto l'attaccatura dei capelli mentre i loro sguardi si incontravano. «A dispetto di tutte le mie proteste riguardo all'amore a prima vista, di tutta la mia paura e la mia agitazione...» Beckett si accostò, un muro accogliente di calore contro il suo corpo, e gli sussurrò all'orecchio: «Avevo abboccato a *Toy Story*.»

**Lettore, lo sposai.
Charlotte Brontë**

Vi mancano già Zane e Beckett?

In questa novella sexy potrete andare in vacanza in Nuova Zelanda (disavventure comprese) prima di tornare negli Stati Uniti, dove vi attende una grossa sorpresa. Un sacco di Zane e un sacco di Beckett, battute, battibecchi e momenti erotici, il tutto racchiuso in 4500 parole roventi!

Il Pesci mette al tappeto il Toro: Segni dell'Amore #4.5

Tempo di vacanze: tempo di provare qualcosa di nuovo…

Trascorrete un altro po' di tempo con Zane e Beckett in questo breve seguito sexy di "Il Pesci prende all'amo il Toro", in cui rendono più profondo il loro legame.

Questa novella è stata pubblicata in precedenza in tre parti sul gruppo Facebook "KU in the Korner".

Ringraziamenti

Al mio maritino: grazie, grazie, grazie. Sei la mia roccia e la mia ispirazione per ogni storia d'amore. Vir. La mia cheerleader. Grazie per tutte le frasi motivazionali e per aver ascoltato il mio blaterare incessante. Sei un'Ariete paziente. Sunne. Sempre così solare e pronta ad aiutarmi. Ringrazio il cielo per il tuo occhio per i dettagli e per la tua disponibilità a dirmi le cose così come stanno. Ti ho pensato per tutto il tempo durante la stesura: sei proprio un Toro, e volevo che il libro fosse perfetto per te.

Un altro ringraziamento grande come una casa va a Teresa Crawford che, tra le tante eccellenti correzioni, ha notato il mio amore per il verbo pizzicare.

Grazie infine a Hot Tree Editing – Andrea, Bec e Olivia – per aver lavorato con me nella fase di pre-editing e sviluppo del manoscritto.

Grazie a HJ's Editing per il copyediting: è incredibile quanto tu sia brava a tagliare e affinare la narrativa. Hai le dita d'oro!

Un grazie entusiasta a Posy del Labyrinth Bound Edits per l'attento proofreading.

Urrà per la copertina di Natasha Snow! Sul serio, adoro trovare le tue copertine nella posta.

Per la splendida grafica del Pesci e del Toro tra i capitoli, devo ringraziare Maria Gandolfo.

Un altro grazie a Meags per il sensitivity reading (amo gli Australiani xx) e ad Andrew per avermi aiutato con i riferimenti alle arti grafiche.

E l'ultimo ringraziamento è per Vicki, che è stata la mia rilettrice finale! <3

L'autrice

Sono una grande, GRANDISSIMA fan dei romance a "cottura lenta". Amo leggere storie dove i personaggi si innamorano pian piano.

Alcune delle situazioni di cui preferisco leggere e scrivere sono: da nemici ad amanti, da amici ad amanti, ragazzi che proprio non vogliono saperne di cogliere i segnali, bisessuali, pansessuali, demisessuali, tutti (gli altri) se ne sono accorti, l'amore non ha confini.

Scrivo storie di vario genere: romance contemporanei con una buona cucchiaiata di angst, romance contemporanei spensierati e, a volte, persino storie con una spruzzata di fantasy.

Se volete saperne di più sui miei libri, visitate il mio sito: www.anytasunday.it.

www.ingramcontent.com/pod-product-compliance
Lightning Source LLC
Chambersburg PA
CBHW022142170626
46807CB00005B/2046